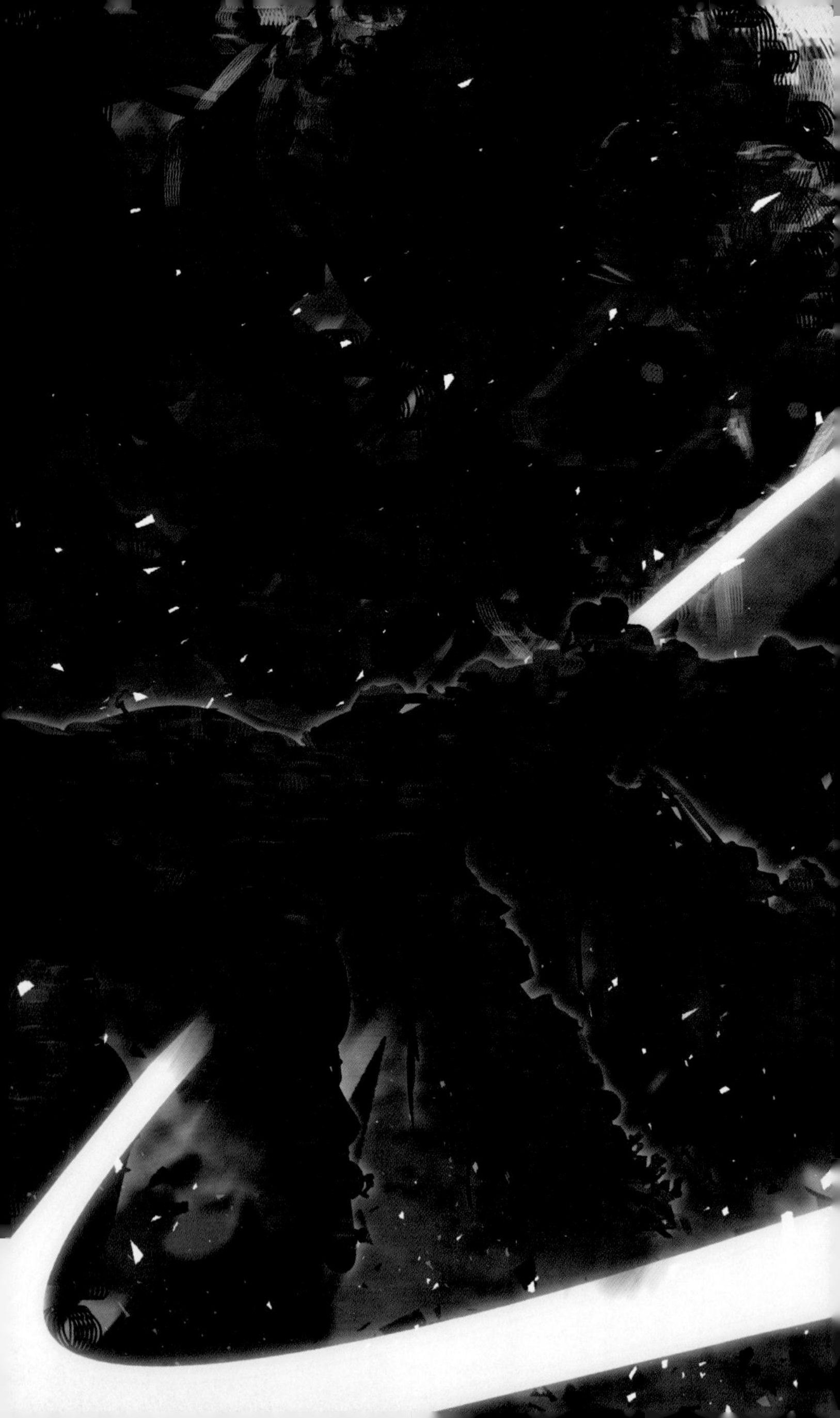

春の日びより
Harunohi Biyori
illust. ひたきゆう
乙女ゲームのヒロインで
otome game no heroine de saikyo survival
最強サバイバルVIII
TOブックス

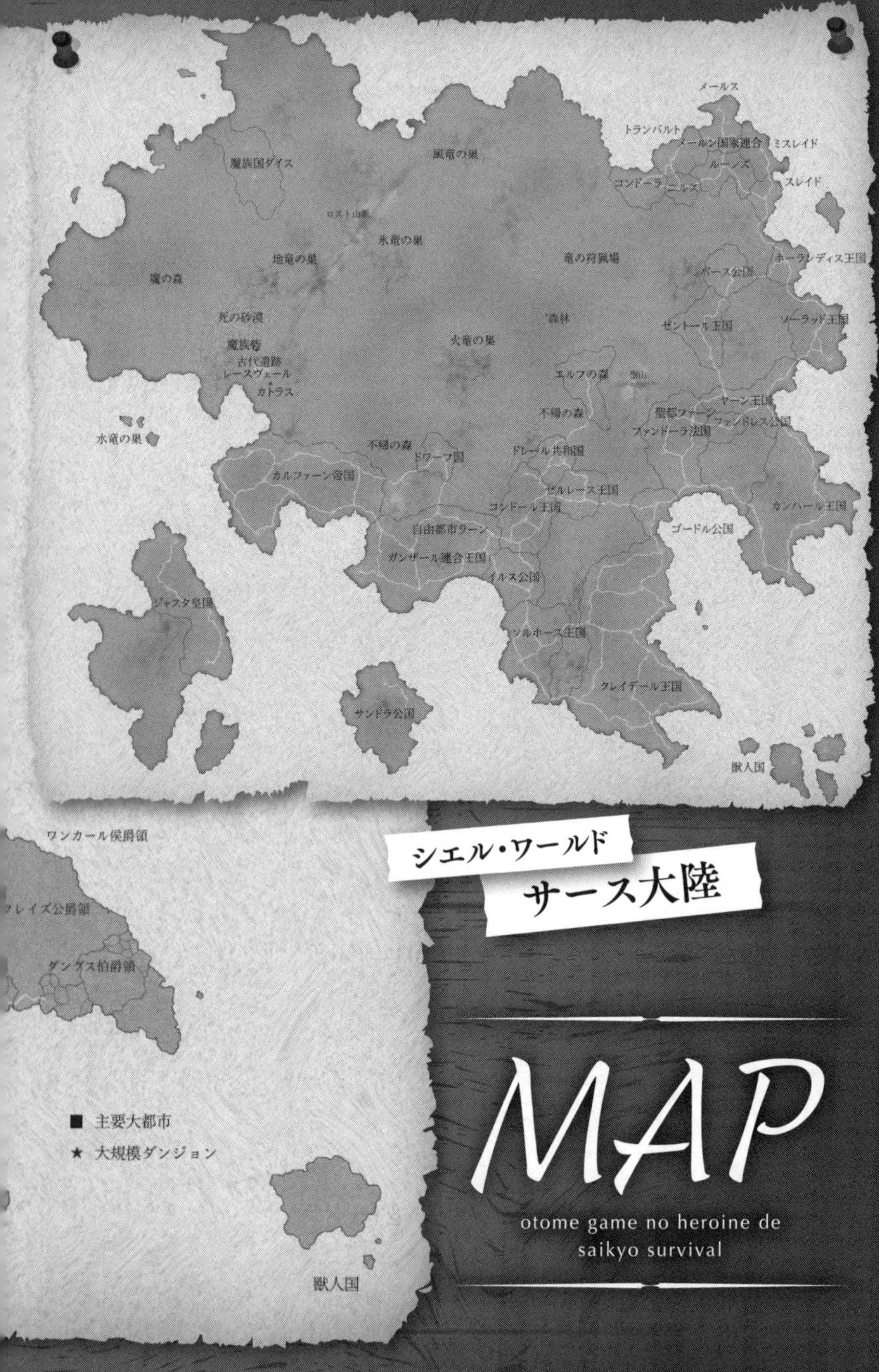

シエル・ワールド

サース大陸

MAP

otome game no heroine de
saikyo survival

大森林
街道
コンドール王国
魔物生息域
セイレス男爵領
ホーラス男爵領
セドラス伯爵領
バッシュ伯爵領
ヘーデル伯爵領
メランド伯爵領
旧ダンドール公国領
セントレア伯爵領
イルス公国
コンド鉱山
トーラス伯爵領
ボルド伯爵領
ダンドール辺境伯領
ケンドラス侯爵領
魔物生息域
旧国境
ダンス侯爵領
フーデール公爵領
カルヴァーン伯爵領
街道
サンドーラ伯爵領
グリムス伯爵領
ベールトン公爵領
スタンレイ伯爵領
リスト侯爵領
緩衝地帯
ソルホース王国
オーズ侯爵領
クレイデール王国
王都
魔術学園
コーレス侯爵領
魔物生息域
レスター伯爵領
ラクストン公爵領
旧国境
ルナール伯爵領
街道
ソラッド伯爵領
リーセル侯爵領
リース伯爵領
旧メルローズ公国領
ロンデール伯爵領
メルローズ辺境伯領
ハンクース侯爵領
サングラール伯爵領

otome game no heroine de saikyo survival

第二部

学園編

―鉄の薔薇姫―

VIII

第四章

銀の翼に恋をする

前編

イラスト　ひたきゆう
デザイン　AFTERGLOW

contents

アリア（本名:アーリシア・メルローズ）

本作の主人公。乙女ゲーム『銀の翼に恋をする』の本来のヒロイン。転生者に殺されかけた事で「知識」を得た。生き抜くためであれば、殺しも厭わない。

エレーナ

クレイデール王国の第一王女。乙女ゲームの悪役令嬢だが、アリアにとっては同志のような存在。誇り高く、友情に熱い。

クララ

ダンドール辺境伯直系の姫であり転生者。乙女ゲームの悪役令嬢の一人。アリアを警戒している。

カルラ

レスター伯爵家の令嬢。乙女ゲームにおける最凶最悪の悪役令嬢。アリアと殺し合いたいと考えている。

characters

characters

フェルド

お人好しな凄腕冒険者。幼いアリアに最初に戦闘スキルを教えた人物。

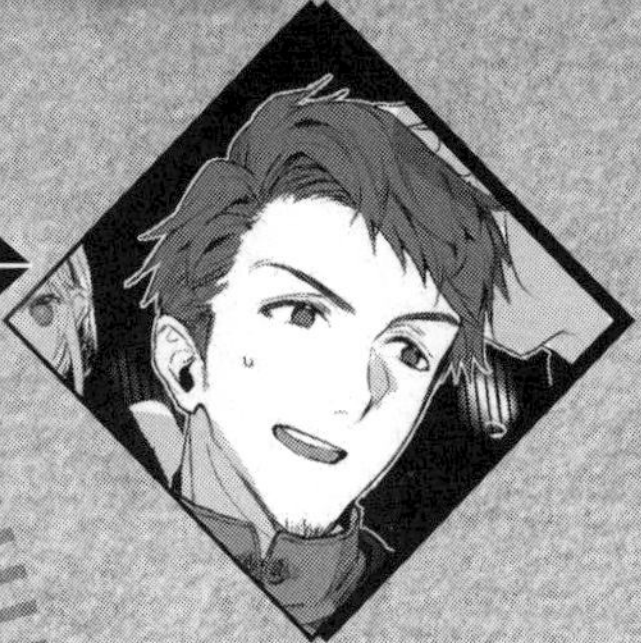

ヴィーロ

冒険者。凄腕斥候。アリアを気に入り、暗部騎士のセラに引き合わせた。

セラ

メルローズ辺境伯直属、暗部の上級騎士（戦闘侍女）。アリアを戦闘メイドとして鍛えた。

カミール

魔族国の王子。無法都市・カトラスにてアリアと出会う。魔族内の過激派からは命を狙われている。

アーリシア（偽ヒロイン）

乙女ゲームの知識を得た元孤児。本来アリアが担うはずだった"乙女ゲームのヒロイン"という立場に収まり、魔術学園にて暗躍している。

【サバイバル】survival
厳しい環境や条件の下で生き残ること。

【乙女ゲーム】date-sim
恋愛シミュレーションゲーム。

第二部

学園編

鉄の薔薇姫 Ⅷ

第四章　銀の翼に恋をする・前編

帰還

「……エレーナ様がお帰りになります」

わずかな灯りだけが照らす薄暗い室内に、クララ・ダンドールの声が零れる。

魔族の襲撃によって行方不明となったエレーナが発見され、護衛である男爵令嬢共々帰国することになったと、王城にいるクララが買収したダンドール家縁者の文官から報告が届いた。

すでに王国内では、『魔族の襲撃前に、運良くカルファーン帝国へ短期留学をされた王女が、被害に遭った学園の生徒を慮り、留学を切り上げて早めに帰国する』ことになっており、上級貴族家と貴族派以外はそれを真実として受け止め、誰が描いた絵か分からないが、エレーナの評判は上がっていた。

一部の貴族家は王女が誘拐されたと噂していたが、実際にそれを目撃した者は王家の関係者しかおらず、その貴族家の発言も証拠もなく王女を貶めるだけの発言となり、良識のある貴族からは眉を顰められる結果となった。

それはエレーナのこれまでの働きが、それだけ多くの貴族に認められていたからだ。

それにもし、その貶める言葉が信じられたとしても、それほど大きな影響はないと、クララは自分の【加護《ギフト》】で〝予見〟することで、起こりうる未来を高い確率で読み取っていた。

そもそも貴族令嬢が醜聞を厭《いと》うのは、彼女たちが他家へ嫁ぐことを前提としているからだ。だが王女エレーナは、王太子エルヴァンを廃して女王となることを決意した。

その結果、エルヴァンにどのような未来が待っているのか、まだ確定した予見は視えていないが、最悪の場合、王女の護衛である男爵令嬢の手にかかる未来さえあるのだ。

そのエルヴァンは傾倒する子爵令嬢と共に、学園の南にある大規模ダンジョンへ潜っている。

本来なら王太子である彼は、妹であるエレーナの身を案じながらも、王女のいない穴を埋めるべく公務に勤しむべきだろう。だが、エルヴァンはそれをすることもなく、この時勢に外聞を気にもせずダンジョンへと潜った。

当然のように保護者気取りの王弟アモルや、傷が癒えたナサニタルも同行している。一度だけエルヴァンからは、社交辞令のようにクララも同行するかと問われたが、クララはそれを断った。あの子爵令嬢と一緒にいて、自分でも平静を保てるか分からなかったからだ。

もちろん、エルヴァンを心配する気持ちはあるが、クララの予見ではおそらく多くの犠牲を出しながらも、無事に戻ってくるはずだ。

あのダンジョンにも、離島のダンジョンと同じく、王家だけが知る裏道が存在する。

そのダンジョンに何度も潜っているというカルラさえも知らない裏道を、王子可愛さに教えた国王陛下の甘さにも溜息が出る。

前回の教訓からエルヴァンとアモルは多くの騎士を連れている。王女の派閥に近い近衛騎士団ではなくアモルが懇意にする第二騎士団だが、その代わりに多くの騎士を用意できたはずだ。

それだけでなく法衣貴族のナサニタルは、聖教会神殿長である祖父の力を借りて、光魔法が使える大勢の神官騎士を引き連れていたので、少なくともエルヴァンが死ぬことはないだろう。

ただし、王家を護る近衛騎士ですらない者たちに王家の秘を教えたことは、国王陛下だけでなくエルヴァンやアモルたちにとっても、かなりの失態となるはずだ。

その結果として、エレーナによるエルヴァン廃嫡の確率は、さらに上がったとクララは予見している。

「……あなたたち、分かっていますね？」

「「「「はい、クララ様」」」」

クララの呼びかけに、部屋の暗がりにいた四人の女性が一斉に返した。

元暗殺者ギルドの人間で、死にかけていたところを救われた、ヒルダとビビ。そして同じ北辺境地区支部の暗殺者で、ギルドが消滅して家族が貧窮していたところを救われた、ドリスとハイジ。

四人とも〝灰かぶり姫〟によって窮地に陥り、それを救ってくれたクララに恩を感じていた。

初めは打算による関係だった。

クララは〝予見〟により彼女らを窮地から救って手駒を手に入れ、四人は己の力を活かせる仕事と大きな庇護を手に入れた。

だが、現代人の感性を持つクララは非情になりきれず、彼女たちに情を持ってしまった。そしてヒルダたちも、婚約者に冷たくされながらも彼のために命を削るクララの姿に、〝灰かぶり姫〟への恨みを後回しにしてでも守りたいと思うようになっていった。

「エル様……王太子殿下には何度も進言して、苦言を申したこともありました。しかし、わたくしの声は届かず、エレーナ様がお戻りになれば殿下の王太子の地位も危うくなるでしょう。王太子殿下を守るために、もう手段は選びません」

クララの〝予見〟通りなら、エレーナが帰還する頃にはエルヴァンたちもダンジョンから戻るはずだ。学園が再開される頃にはエルヴァンも学園に戻ってこられるだろう。

……あの〝少女〟と共に。

「我々の目標は、アーリシア・メルシス子爵令嬢ただ一人。あらゆる手段を用いて彼女を亡き者にしてでも、確実に排除いたします」

＊＊＊

「――出航するっ！」

船長の声と共に、カルファーン帝国の港町に出航を知らせる鐘が鳴り、王女エレーナと私たちを乗せた船が港から離れ始めると、手を振って追いかけてくる港町の子どもたちに気の良い船員たちが手を振り返していた。

私たちの見送りには、カルファーン帝国を代表してロン……ロレンス第三王子が来ていた。

本来なら『友好国から短期留学に来た王女』に、国賓級の待遇で見送りが行われる予定だったが、とある事情により派手な見送りはなくなり、ロンや宰相を含めた数十名のみの見送りとなった。

「……アリア。あなた、何かしましたの？」

「…………」

エレーナが目を細めて睨むようなその視線に、私が曖昧に微笑んで誤魔化すと、彼女は呆れるように息を漏らした。

「もぉ……あまり危険な真似は駄目ですからね」

「善処する」

見送りが簡略化された原因は、エレーナに手を出そうとしたとある商人を私が暗殺したからだ。

詳細はクレイデール王国である私たちには伝えられていないが、セラと会話をしていたカルファーン帝国宰相の感じだと、それによって皇太子と側妃の派閥に問題が生じ、皇后派閥と側妃派閥の力関係が激変するかもしれない事態になっていると察せられた。

……それはいいのだけど、どうして大国の宰相である侯爵閣下が、男爵家の夫人でしかないセラにあそこまで腰が低いのだろう？　会話の内容も曖昧にはしていたけど、国勢に関する結構な重大情報ではないのか？

後でセラにそのことを尋ねてみると、『大人の世界は色々とあるのですよ』と悪い笑みを浮かべていた。

カルファーン帝国からは、もう数日出航を遅らせるよう打診はあったが、聡いエレーナは面倒ごとがありそうな気配を察して、『お父様に早く顔をお見せしたくて……』と憂いの帯びた演技を見

せることで、無事に予定通り出航を果たした。

セラもそうだけど、エレーナは凄いな。演技の話ではなく、彼女は正確に情勢を読み取って、有利な状況に持ち込むことを知っている。今回の件も傍から見れば大したことはないが、やっていることは未来予知に近い。

エレーナは女王となることを決めた。私の本名を名乗る、まるで乙女ゲームの〝ヒロイン〟のような女に傾倒する王太子を見限って、腹違いの兄を追い落とす覚悟をしたのだ。

そのことで、これまでエレーナを傀儡《かいらい》として操ろうとしていた貴族派閥だけでなく、これまで味方だった、古い考えを持つ王家派閥の一部も敵となるだろう。その中には政治的な争いだけでなく、直接的な手段に訴えるためにエレーナに近づいてくる者もいるはずだ。

それを阻むために、私が得た新たな力は、有効な手段となる。

虚実魔法【拒絶世界《オブリビオン》】。

光と闇。本来なら人の限界を超える高レベルの複合魔術だが、私は【鉄の薔薇《アイアンローズ》】と併用することで、制限時間付きだがそれを世界に顕現できた。

闇によって影を投影し、光によって実体を与える。

それによって竜ですら見分けの付かない虚像を創りあげることは出来たが、それはあくまで一面に過ぎない。

現実の虚像を創り出すのが、【拒絶世界《オブリビオン》】の〝光〟であるのなら、あの夜に使った技は、【拒絶世界《オブリビオン》】の〝闇〟になる。

虚を実とすることが出来るのなら、その逆も可能となる。影使いラーダの影に潜む技法と原理は同じだが、虚実魔法で虚と化した私は現実の質量さえも虚として、数里の距離を瞬く間に飛び越えることさえ可能とした。

だが、現実問題として、空間転移ではないので障害物を通り抜けることはできず、目に見える場所にしか跳ぶことはできない。

それにこちらから攻撃をする際には、【拒絶世界《オブリビオン》】を解除する必要がある。

こちらの存在が知覚されているのなら、解除して攻撃に移る瞬間に反撃を受ける可能性もあるだろう。光と闇の切り替えはできず、解除と再起動の必要がある。

あの夜は、敵の放つ闇の魔素を目で捉えて殺気を補則したことで、その跡を追うことができた。制限時間があることから、あの時は捕らえるか始末するかの二択だったが、ランク4らしきその男はかなりの速度で、城の周辺にある富豪や貴族が住む、一等地の屋敷に飛び込んでいった。

あとは、彼の後に続いて侵入して、その場にいたロンの敵対派閥を始末して、数秒もかからず帰還した。

制限時間はあり、問題点もあるが、それでもランク4の暗殺者を始末できたことで、ある程度の有効性は確認できた。

エレーナを傷つける者は、私が必ず排除する。

「アリア、暇なら模擬戦やろうぜっ」

自分の能力を考察していると、暇そうに見えたのかそんな声が掛けられた。

声を掛けてきたのは山ドワーフの重戦士ジェーシャだ。彼女は、最初はロンの派閥で雇ってもらう腹積もりだったが、同じ山ドワーフのドルトンの強さを見たことで、半ば強引に私たちについてくることを決めた。

もっともエレーナやミラに言わせると、それだけではないそうだけど。

「いいけど……話は終わったの？」

「うん、まあな。これからよろしくってことだっ」

「了解」

話というのは、ジェーシャの所属についてだ。クレイデールの暗部に所属するという話もあったが、あまり彼女に向いているとも思えない。

そこにミラからお誘いがあったそうで、いずれヴィーロが暗部に入ると決まっていることもあって、戦力補強の意味でも、ジェーシャが〝虹色の剣〟に加入ことが決定したらしい。

彼女が入ってくれることで私も魔術師として動きやすくなる。本来なら魔術師がもう一人欲しいところだが、高ランクの魔術師で冒険者になろうと思う者はほぼいないので、ある意味仕方がない部分ではある。

クレイデール王国への航路は、海流の影響か、帝国へ向かうよりも王国へ戻るほうがわずかに早い。この船はメルローズ家の所有だが、出航したメルローズ領の港には戻らず、王都に近い王家直轄地の港へ向かうと船長が話していた。

私は基本的にエレーナと一緒にいるが、エレーナが遠話の魔導具を使って国王陛下と協議をしているときや、公務をしている時間はジェーシャなどと模擬戦をしていた。

戦闘力的にはフェルドやドルトンが近いのだが、ランク5になったばかりなので、感覚の調整をするためにも近接の師匠であるセラやヴィーロにも鍛錬をしてもらった。

だからといって身体を動かしてばかりではない。

つい忘れてしまいそうになるが、私もエレーナもまだ学生なのだ。

「なんでオレまで……」

「ジェーシャも文句を言わない。冒険者にも知性は必要なの。アリアちゃんなんて文句一つ言わないわよ？」

「……ぐ」

エレーナはまだいいが、私は少々危ない部分もあって勉強をしていた。そこにミラが先生役として名乗りをあげ、そこにジェーシャが付きあわされた形だ。

どうしていきなりそんなことを言い出したのかと言うと、師匠《セレジュラ》への対抗心から、ミラも私の師匠的な何かをしたかったそうだ。でもこれなら……

「ジェーシャも護衛として学園に通えるか」

「……え？」

そんな海上の旅をして四週間後……。

「帰ってきましたね……アリア」

「うん」

海の向こうに、港町が見えてきたことで感慨深げに呟くエレーナに、私も実感を持って頷いた。

私たちは、ようやく故郷に……クレイデール王国に帰ってきた。

それぞれの報酬

「エレーナ、よくぞ無事で帰ってきた。レイトーン夫人、そして冒険者の方々もご苦労であった。顔を上げてくれ」

「ありがとうございます、陛下」

穏やかだが威厳のあるクレイデール国王陛下の言葉に、エレーナが凛とした笑顔でそれに返し、私たちも顔を上げることが許された。

国王陛下はまだ三十代の美丈夫で、その金髪と面差しはエレーナとよく似ていた。その隣にいる、ふんわりとした可愛らしい女性は正妃である第一王妃殿下だろう。

エレーナ曰く、公平で誰にでもお優しい方だけど、ただそれだけだと。

悪い方ではない。二十年ほど前も様々な問題を抱えていた王家の中で、葛藤していた当時の王太子だった陛下の心を救ったのが彼女だった。

だが、元子爵令嬢の彼女を陛下が正妃としたことで、内政でも外交でも様々な面で問題が起きている。公式行事以外、ほぼ何もできない彼女に代わって王妃の仕事をしていたのが、エレーナの実母である第二王妃殿下だが、それらしい女性の姿は見えなかった。

実の娘に合わす顔がないのか、本当に興味がないのか分からないが、もし、彼女の心に変わりがないのなら、エレーナが女王となるために動き出したと知れば暴走する可能性もある。

そのことについて、エレーナは少しだけ困った顔をしながら――

『その時は、わたくしがお母様の権力をすべて取り上げ、その仕事もわたくしがすることになるのでしょうね……。本当に困った方々ですこと』

――と、そう残念そうに言葉を漏らしていた。

エレーナはまだ情が残っているように思えたが、それでも割り切ってはいるのだと感じた。そちらは私が手を出すよりもエレーナが自分で処理をするのだろう。

「――アリア・レイトーン」

「……はい」

不意に陛下から声を掛けられた。何事かと思って意識を向けると、私を見つめるその瞳は、国王としてではなくエレーナの父親として微笑んでいるように感じられた。

「そなたの働きはエレーナより聞いている。此度の件、まことに大義であった。本来なら金銭とは別の褒美を取らせるところだが……」

別の褒美とは昇爵だろうか。でも、レイトーン家はすでに私が騎士団の暴走を止めたことで、準男爵から男爵へと昇爵している。様々な要因……複数の貴族派が失脚したことで幾つかの貴族家がお取り潰しになり、その穴埋めとして下級貴族から中級貴族へと上がったのだ。

私一人の功績で、下級貴族から中級貴族に上がるほど、貴族社会は軽くない。

〝知識〟の中のあの女は、男爵位を簡単な手柄で得られる爵位だと思い込んでいたが、簡単な手柄程度で数万人の命を預かる領主になれるはずがない。それがまた私の功績で上がったとしたら、他の中級貴族家から相当なやっかみを受けることになるだろう。

それが分かっているから陛下も悩んでいる。その隣で第一王妃殿下が興味を持ち始めたように目を輝かせたところで、彼女が何かを言う前にエレーナが口を開いた。

「陛下、発言をお許しください」

「どうした、エレーナ。言ってみなさい」

「はい、ありがとうございます。アリア……彼女には是非とも、わたくしの友人として〝自由な立場〟でいてほしいと願っております」

「そうか……」

自由な立場。ものは言い様だが、エレーナは『王女の友人』――私が第一王女の庇護下にあると知らしめ、国家が戦力として取り込むことや、正妃や他の貴族家からの余計な横やりや問題から私を守ってくれた。

おそらく正妃殿下の興味があからさまに減ったところを見るに、エレーナの発言がなければ、上級貴族との縁組みでも画策された可能性もあったはずだ。

その他にも私がエレーナの友人枠に入れば、エレーナに取り入ろうとする貴族令嬢を退ける盾となることもできる。

でも、そんなことよりも、エレーナが私を友人にする許可を父親に求めたことで、私の視線に気づいた彼女が少しだけ頬を赤くした。

「……良かろう。それでは、アリア・レイトーンよ。エレーナの〝友人〟として学園でも共にいてやってくれ。褒美の件はあとで宰相に伝えておく」

「はい……ありがとうございます」

私は陛下の言葉に頭を下げて礼を言う。でも……その一瞬、瞳がこちらを見定めるように細められたのを見て、貴族からの評価は良くないが、さすがに一国の王は一筋縄ではいかないなと感じた。

突然の謁見だったが、闇竜を倒した話も伝わっており、警戒もされたのだろう。

私たちもクレイデール王国へ帰還して、その日のうちに王城まで辿り着いたわけじゃない。クレイデールに到着したのは昨日の昼のことだった。

＊＊＊

私とエレーナは約四ヶ月ぶりにクレイデール王国へと帰ってきた。

今までは気にしたこともなかったけど、風の匂いもお日様の光も、渇いた砂漠とはまるで違うと実感する。

だけどそうしてばかりはいられない。私たちの仕事はそこで終わりではなく、すぐにエレーナを王城まで送り届けなくてはいけないのだ。

「アリア、この子爵領の領主殿が出迎えに来られていますので、わたくしは方々に挨拶をしてきます。子爵殿は王家直轄地を管理する王家派の方ですが、誰が紛れ込んでいるか分からないので注意をするように」

「了解、セラ」

セラが一応の娘である私に注意をしてその場を離れた。さすがに直轄地の領主が貴族派と関わっているとは考えにくいが、油断はしないほうがいいだろう。

子爵は一応、警備の兵を出してくれているが、王都までの護衛騎士には陛下が近衛騎士を寄越してくれた。私とも顔見知りであるエレーナの側近たちや、学園で警備をしていた近衛騎士がいたことから、彼らもエレーナの帰りを心待ちにしていたのだろう。

張り切って兵を出してくれた子爵には申し訳ないが、彼らの足では、お城から寄越された軍用馬車の速度に合わせられるとは思えない。それでも彼らには頼みたい仕事はあった。

エレーナを王城へ送り届けることが最優先となるが、軍用馬車四台では運べる物に限りがある。そこで私たちは個人の荷物と陛下への献上品などを優先して馬車に積み、その他の荷物を子爵に運んでもらうことにした。

その中には、カルファーン帝国からの贈り物である布類や酒類、多数の香辛料などもあるので、近衛騎士の数名がそれに同行することになっている。

王都の周辺は広大な森が広がっているが、兵士が巡回をしているので山賊などは現れず、魔物も低ランクのものしか出てこない。

王都までの途中にある宿場町には通常の宿しかないが、このような場合に備えて、町を管理する準男爵の屋敷は、それなりの広さがあった。

その準男爵も、さすがに王女を泊めることになるとは思っていなかったようで、可哀想なほど緊張していたが、その息子は王都で働きたかったらしく、冒険者の格好をしていた私に軽薄な感じで何度も話しかけてきた。

結局、青い顔をして飛んできた準男爵に、私が男爵家の令嬢で王女の側近だと知らされた彼は、顔を青くして奥へ引き籠もり、見送りにも姿を見せることはなかった。

「アリアは、あのような男性は苦手ですか？」

そんな様子を見た養母のセラが私に囁くように声を掛けてきた。

「脅威にはなりそうにないから、どうでもいいけど」

「いえ、そうではなくて……。男性の好みとしては？　ああいう年上ではなくて、年下のほうがいいでしょうか？」

「年齢はよく分からないけど、一緒にいるのなら強いほうがいい」

「……そうですか」

何故かセラは頭痛がしたように眉間を押さえて、小さく「……望み薄」と呟いていた。

そうして私たちは準男爵の屋敷で一泊して、特に大きな問題もなく、翌朝には出発して王都を目指し、昼過ぎにようやく到着した。

そのまま休む暇もなく国王陛下へ謁見となり、それが無事に終わって一息ついたところで、私たちを案内してくれた女官から、冒険者〝虹色の剣〟は応接室で待機をするようにと聞かされた。

エレーナは休養のために王宮にある王女宮へと入り、セラも侍女に戻ってそれに同行している。私は学園での側近で、セラから侍女の教育も受けているので、エレーナに同行することもできるのだが、まずは冒険者として宰相から話を聞く必要があるそうだ。


「……やっぱり、オレ、場違いじゃねぇか？」

六人と世話役のメイドが二人いても、まだかなりの余裕がある豪華な応接室でジェーシャが不安げに声を漏らした。

私たちは陛下との謁見に備えて全員礼服に着替えている。私でさえ帝国で貰ったドレスを着ているが、さすがに大柄なドワーフ女性用の礼服は王城にもなく、ジェーシャもそれっぽい服装をさせられたが、どうも着せられている感じが拭えない。

ジェーシャは関係者ではあるが、国家から依頼を受けたわけではないので陛下との謁見には呼ばれていない。それでも〝虹色の剣〟の一員になったことで宰相との面談は回避できなかった。

「ジェーシャ、俺たちの仲間になったのなら、情けないことを言うな」

「……ウっす」

腕組みをしながらソファーに腰掛けたドルトンに睨まれ、ジェーシャが奇妙な返事をすると、それを見かねたのか、再び無精髭を剃ったフェルドが苦笑しながら声を掛けた。

「俺たちは冒険者だ。どんな格好でも礼儀をしっかりしていれば、大きな問題はないさ。ヴィーロを見てみろ。堂々としすぎるほどにしているだろ?」

「本当に、胡散臭くて詐欺師みたいねぇ」

「口が過ぎんぞ、ぽっちゃりエルフ」

「はぁ⁉」

何故か、ヴィーロとミラがいつものようにじゃれ合いを始める。

確かに礼服を来ているヴィーロはかなり胡散臭いが、それを口に出すのはミラくらいだ。そのミラもぽっちゃりとは言われるけど、人族としては普通だ。他のエルフはもっと細いだけで。

出会った頃はおっとりとした女性だと思ったが、師匠と再会してからミラの気性が昔に戻っているようだとドルトンが零していた。

「皆、揃っているな」

そうしていると扉が開いて、四十代後半ほどの目つきの鋭い男性が応接室に入ってきた。彼は謁見の時も陛下の傍らで私たちを注視していた。

宰相のメルローズ辺境伯……。精霊が言っていた、私の桃色の髪の元になったメルローズ家の人間だ。

それはすなわち、私のお母さんと血縁者である可能性がある人物で、私がずっと関わることを避けてきた人物でもあった。

「座ったままで良い」

立ち上がろうとする私たちを席に戻して、宰相は私の顔と髪を見て一秒か二秒目を瞑ると、すぐに空いていた一人掛けのソファーに腰を下ろす。

「本題の前に、まずは礼を言わせてもらう」

＊＊＊

「――この度は、急な依頼を受けてもらい感謝する。陛下からも充分な報償を与えるように申しつかっている」

「礼を言われることではありません。こちらの仲間もそこにいたのだから、我らを選んでくれて、こちらこそ感謝している」

宰相、ベルト・ファ・メルローズの言葉に、〝虹色の剣〟のドルトンが外行きの言葉を使って頭を下げた。

そんな彼らを見てベルトはあらためて思う。彼らほど信頼が置ける冒険者も滅多にいない。ドルトンたちは本当にベルトの期待通りの仕事をしてくれた。

宰相としてのベルトの期待だけでなく、ベルト個人の望みとして、王女だけでなくこの〝少女〟も連れ帰ってきてくれたのだから。

（アリア・レイトーン男爵令嬢……か）

セラが養子にしたという孤児の少女。あらゆる苦難と敵から王女を守り抜き、その威名は裏社会にも轟き、この若さで信じられないことに、ランク5にもなる〝竜殺し〟だ。

以前から報告があった桃色髪の少女。報告で容姿は聞いていた。遠くから見たこともあった。だが、間近で見たのは謁見のときが最初であり、顔を合わせるのはこれが初めてだった。

ベルトは驚いていた。面立ちも髪の色も、駆け落ちして亡くなった末娘の面影を色濃く残していたからだ。

その瞳だけは娘とは違う。その瞳の色は、ベルトと同じ翡翠色だった。

それだけでも血の繋がりを感じずにはいられない。やはり、あの孤児院で〝アーリシア〟と名乗った少女は、孫娘ではなかったのだ。

だが、あの娘は今、王太子や王弟、神殿長の孫とも懇意にしていると聞く。

ただ怪しいというだけで今更排除をしようものなら、王太子と王弟は王家派から離れ、貴族派はあの娘を取り込み、この国はさらに乱れることになるだろう。

それとベルトの直感だけで、今更メルローズの分家であるメルシス家との養子縁組を解消することは難しい。今、目の前にいるアリアという少女が、本物のアーリシアだと判明しない限り……。

「アリアと言ったか。此度はご苦労であった」

「ありがとうございます、宰相閣下」

ベルトの言葉にアリアも返すが、その声もベルトの娘とよく似ていて、思わず想いがこみ上げる。

この少女が、これほどの力を得るには、どれほどの逆境と苦労があったのだろうか。

「……陛下よりお褒めの言葉と共に、宝物庫から魔導具を一つ与えると言われた。認識を曖昧にするものだが強い力はない。おそらくは肌で強さを察することができない、愚か者の鑑定を曖昧にする程度のものだ。……この意味が分かるか？」

「はい」

ランク5や4の手練れなら鑑定をせずともアリアの強さを察することが出来るだろう。だが、鑑定だけを覚えた者や、鑑定水晶を使う者なら彼女の力を理解できなくなり、愚か者が王女を狙おうとするなら、まず邪魔な人間の排除をしようとする。

陛下はそれを与えることで、アリアを〝王女の囮〟とした。王女の身の安全を考えるのなら、護衛であるアリアの強さを誇示したほうがいい。だが、状況が切迫すれば無謀な手段で王女を狙うこともあると王家は考えた。

その時にアリアの力が分からなければ、邪魔な彼女を誘拐するか命を狙う。

陛下は、娘可愛さにアリアを囮とすることを選んだのだ。ベルトもこんなものを孫かもしれない少女に渡したくはない。

だが、アリアが母である娘と同じ気質なら、自分の身を挺してでも王女を護ろうとするはずだ。

「それと同時に、その魔導具に刻まれたクレイデールの紋章は、お前の立場を保証する。それを持っているかぎり、並の貴族家では手出しはできなくなる」

そこまで語り終えたベルトが魔導具のペンダントを差し出しながら、その視線が鋭くアリアを射貫く。

「その力はどこで身につけた？」

「冒険者ヴィーロや養母から学びました」

「元孤児だと聞いたが、魔術はどこで覚えた？」

「ほぼ独学です。学園でも習えました」

「孤児なら……何か親の〝形見〟を持っていないのか？」

「…………」

ベルトの最後の問いにアリアの目がわずかに細められた。そしてベルトは、その様子でアリアが『指輪《形見》』を持っているのだと確信した。

それをアリアが認めれば、すぐにでもメルローズ家に迎えることができる。ただ一言だけ、ベルトを『お祖父様』と呼んでくれたら、ベルトは全力で彼女を守るために動き出すだろう。

他家に出したくないのなら孫のミハイルと婚約させれば良い。だが、強引に事を進めることはできない。今のアリアはたった一人でも、貴族の力を振り切ってこの国を出奔できる実力があった。

「……私は、冒険者のアリアです。宰相閣下」

「……そうか」

その言葉を聞いてベルトは、自分の娘と同じようにアリアも自分の決めた道を進むのだと、そう言っているように聞こえた。

＊＊＊

メルローズ辺境伯。その国の宰相で暗部組織の長でもある人物だ。

……やはり、気づいているな。彼の言葉に否定はしたが、そのやりとりで確証を持たれたと感じた。でもそれは仕方のないことだ。私も間近で見た瞬間、彼が私と近しい血縁者なのだと感じたのだから。

今はまだ王女の庇護があるので強引な手段には出ないと思う。それでも、私と血の繋がりがあるなら諦めが良いほうではないだろう。

ここで認めてしまえば私はまた運命に巻き込まれてしまうことになる。……でも、少しだけ寂しい気持ちになるのは、そんな血の繋がりを感じてしまったせいだろうか。

宰相も同じような感情を持ったのか、それから少し老け込んだかのように、淡々と私たち〝虹色の剣〟への報償の話へと移った。

「今回のお前たちへの報償は、大金貨で五千枚となる。本来ならここから冒険者ギルドに仲介料として一割を納めることになるが、お前たちは帝国領で属性竜を討伐したことで、少々話が変わってくる」

大金貨五千枚……これを六人で分けたとしても、一人頭で平民が生涯で稼ぐ金額の五倍以上になるだろう。仲介料がかかるのは仕方ない。冒険者の大部分は、通行税以外の税金を払わない自由民なので、これが報酬分の税金代わりになるのだ。

ただ、平民の税が収入の四割から五割なので、国の要請で未開地の探索をする冒険者はかなり優遇されている。

その代わり、素材に関しては少々変わってくる。宰相が言った、話が変わるとは、私たちが倒した闇竜の素材が原因だった。

「お前たちが持ち込んだ闇竜の素材は、個人消費分を抜かして、すべて国で買い取らせてもらう。査定はまだだがおおよそ大金貨三千枚だ。丸ごと持ち帰ってくれたら、桁が一つ違ったが」

「無茶を言わんでください。帝国の軍でも丸ごとの回収は無理でしょうよ。魔石は帝国に渡していますが……」

「そちらもある程度こちらで補填させてもらう。すまなかったな、ドルトン。お前が気を利かせてくれたおかげで、帝国への借りが随分と減った」

「王女殿下から対応は聞いていましたからな。それとやはり、ギルドは素材が欲しいと？」

「珍しい闇竜の素材だ。裏にいる商業ギルドは、どうしても欲しいだろうな」

冒険者ギルドは、商業ギルドが資金を出すことで傭兵ギルドから派生した。そのため冒険者が持ち込む素材はすべて商業ギルドの管轄となる。

仲介料は一割だが、素材は二割が手数料として引かれ、その半分が税として国に納められる。残る一割がギルドの運営費だが、ギルドの職員は商業ギルドから賃金を貰っているので、その程度で足りるらしい。その代わり、ギルドを介さず素材を売った冒険者には厳しい罰則があるくらいだ。

要するに冒険者ギルドは、商業ギルドが魔石を含めた魔物素材を取り扱うことで生じる利益によって運営されている。だから商業ギルドとしては、手数料より闇竜の素材を扱うことで生じる様々な利益を欲した。

でも今回の闇竜は、カルファーン帝国で狩ったものなので、クレイデール王国の商業ギルドに権利はない。すでに税金分は帝国に魔石を献上という形で納めているので、その他の権利はすべて私たちにある。

どうせ払わなければいけない税金なら、魔石を渡してどちらの国にも恩を売ったほうがいいという、ドルトンの判断だった。

「ギルドは手数料の代わりに素材の買い取りを要求している。正直、国家でも確保はしたいので、どの素材を渡すか面倒な折衝になるが……お前たちの取り分は増えるので、それで構わないな？」

「ああ。そうしてもらえると助かる」

宰相とドルトンはそんな会話をして、揉めることなくすんなりと終わった。

私たちの報酬は大金貨五千枚の他に、帝国に渡した魔石の補填として素材代込みで同じく五千枚。合計にして大金貨一万枚になる。

私たちの分は鱗が幾つか、それと角や牙、飛膜などを一部確保しているので、問題は何もない。

本来ならエレーナを発見した時点で〝虹色の剣〟の仕事は終わっており、それだけならここまでの金額にならなかったが、エレーナが私を捜すように依頼をしたから闇竜と戦うはめになり、金額が跳ね上がった。

ドルトンたちも私を見つける理由があり、それで国家が金銭を渋るようなら私の報酬を皆で分けようかと考えていた。

「それと、希望者には貴族の爵位が与えられる。領地もない名ばかりの下級貴族だが、ドルトンとヴィーロは強制的に受けてもらうぞ」

「分かってますよ」

ドルトンは一代限りの名誉貴族から準男爵となった。人族の国家であるクレイデール王国だと、亜人はその辺りが限界だ。フェルドは元貴族だから今更爵位は必要なく、ミラも断ると思う。ジェーシャは少しばかり物欲しそうにしていたが、残念ながら彼女は対象外だ。

逆にヴィーロが宰相の言葉にあっさり頷いたのは、彼が暗部の騎士になることが決定しているからだ。

「これで報償の件は終わりだ。今回は本当に助かった。あとは充分に休んでくれ。それとアリア」

「……はい」

話は終わりと言いつつ呼び止めた宰相に返事をすると、彼は私を少し辛そうな顔で見て、すぐに鋭い視線を向けてきた。

「お前には引き続き、王女殿下の護衛をしてもらう。殿下はその期限を王太子殿下が学園を卒業する時までとお考えだが、それで、貴族派がすべて大人しくならなかったら、お前はどうする？」

現在の王太子エルヴァンは学園を卒業すると同時に成人となり、正式に次期国王として儀式を行うことになっている。

要するにエレーナはそれまでに決着をつけるつもりだ。宰相閣下の問いは、引き続き城に残れという意味か、それとも期待をしているのか？　でも、私は最初から決めている。

「それまでにすべてを排除します」

「……そうか。ならば、王家より認識阻害の魔導具が渡された時点で、お前に暗部の室長として最上位の排除許可を与える。役目を果たせ」

「はい」

王女の囮として敵を引きつける。そのために宰相は、私が敵を排除することに許可を出した。

たとえ許可が無くても私はそれをするだろう。でも……だからこそ、彼はそれを言葉にすることで私を守ろうとしている……そんなふうにも思えた。

＊＊＊

『――グォオオオオ……』

ズズンッ……と重たい音を立てて最後のオーガが崩れ落ちると、わずかな静寂が満ちた空間に人の声が溢れ始める。

「……やった」

「倒したのか……」

「……勝てた。勝ったぞっ!!」

その声を皮切りに生き残った騎士や兵士たちから歓声が湧き上がる。だが、その声は勝利の声ではなく、生き残れたことへの安堵の叫びに聞こえた。

王太子エルヴァンと王弟アモルによって、大規模ダンジョンの攻略が行われた。

それには聖教会の神殿長である法衣男爵の孫ナサニタルが、聖教会からの全面的な協力を得ることでそれを可能とした。

以前、エルヴァンとアモルがダンジョンへ赴いたときには、それを貴族派に知られないためにもごく少数で、冒険者の手を借りて攻略した。

だが今回は、その秘匿を聖教会が行うことで、第二騎士団五十名とそれを補佐する従者と兵士が六十名、そしてエルヴァンたちが連れてきた従者や、ナサニタルが連れてきた神官騎士を含めて、前回の三倍近い規模で行われた。

だが、その結果、ダンジョン探索と魔物を倒すことに特化した冒険者を使わなかったことで、裏道である七十階層から最下層に降りるまでに、二十名以上の犠牲者を出した。

そして最下層にはランク6の守護者こそいなかったが、ランク5と思しき戦闘力1500を超えるオーガの変異種が十体待ち構えていた。

エルヴァンたちは短期決戦ではなく作戦を立て、体力を少しずつ削ることで勝利を得ようと考えた。そして、五十時間に及ぶ死闘のすえ、さらに多くの犠牲者を出してようやく勝利をもぎ取った。

第二騎士団は、以前王太子を狙った貴族派騎士の裏切りを許したこともあり、どれだけ犠牲を出しても、王太子や王弟の信頼を回復しなければいけなかった。

聖教会に関しては神殿長やナサニタルの思惑というよりも、大規模ダンジョンの精霊から得られる【加護《ギフト》】に関心があるように思われた。

このダンジョンは強い加護を得られない、王家の者が潜ることはないダンジョンだ。だが、その代わりに精霊の気質は大らかで、多くの者が【加護《ギフト》】を得られると伝えられていた。

そしてオーガを倒した直後、求める〝欲望〟がある四人の男女が一斉にダンジョンの精霊に呼ばれ、次の瞬間、同じ場所に戻された。

その中で、乙女ゲームの〝知識〟を得た少女は、ヒロインと同じように王都近くの大規模ダンジョンにて精霊と出会い、ヒロインとは違う【加護《ギフト》】を得た。

「……あは……」

その歪んだ笑みを誰にも見られることなく、少女は鑑定水晶を使い自分の能力を確認する。

――【加護：魅惑】――

そして……。

「……なぜ」

王太子エルヴァンもダンジョンの精霊に呼ばれ、その精霊が発した、どこか嘲るような言葉と、自分が得た【加護《ギフト》】に戸惑いを隠せないでいた。

《――あなたたちを満たすその想いに、ふさわしい力を与えましょう――》

その【加護《ギフト》】は……アモルの前の王弟で、最初に加護を得たことで早世した、叔父の力と同じものであった。

心の癒し

今年初めに魔術学園が始まり、砂漠に落ちた王女たちが戻った頃には、もう夏も終わりに近づいていた。クレイデール王国の夏は帝国ほど暑くはないが湿度が高い。けれど、街中にも緑が多いせいか、場所さえ選べば爽やかな風が吹いていて、少しだけ秋の気配を感じさせた。

魔術学園は王女エレーナが戻ったことですぐに再開するかと思われたが、実際にはまだ目処が立っていない。

そもそも、王都に屋敷がない下級貴族の多くは地元に戻っている。遠話の魔導具で学園再開の知らせを受けたとしても、地方の貴族が戻るには一ヶ月以上かかるのだから、そう簡単には再開時期を決められないのだ。

それと問題になったのが、作物の収穫が終わり、農閑期になって社交界が活発となることで、貴族が通う魔術学園も冬の休暇が長く取られていたことだった。

通常、地元が遠方にある貴族の子弟は、冬の間は王都に残って社交して過ごすことが通例となっている。だが、下級貴族は社交界よりも地元を優先する場合があるので、今再開しても、来年まで戻らないと決めている貴族もいた。

それでも一部の地方貴族は地元に残らず、すでに学園に戻っていた。それは、今年卒業する三年生たちだ。

今年十五歳となった貴族の彼らは、成人の証として学園を卒業する必要がある。下級貴族はそこまで拘らないが、中級貴族となる男爵家以上の者たちは、王城で行われる卒業パーティーの参加資格があり、それに出席することが一種の誇りでもあった。

そういう理由で、中級以上の貴族と、王都の騎士団や役所などに内定している下級貴族は、卒業準備のために忙しく学園を駆け回っていた。


「わたくしたちも完全に無関係……というわけではありませんけど」

「懐かしゅうございますね」

学園にある執務室にて、ぽつりと漏らしたエレーナの言葉に、今回から正式な王女宮の筆頭侍女になったセラが、懐かしそうに微笑んだ。

「王城で行われるパーティーに参加できるのは、生徒だけではありませんからね」

卒業する生徒は、パートナーとして一人、異性を連れて行くことができる。

その多くは生徒の婚約者で、病気や相手が幼すぎる場合を除いて、婚約者をパートナーとして連れて行くことが暗黙の了解となっていた。

婚約者が決まっていない場合や、当人同士の意向で婚約を解消したい場合は、意中の相手を誘って、良い返事が貰えればその人をパートナーに出来るが、家の事情でその人が婚約者となるかどうかは分からない。

もちろん、最後まで相手が決まらない場合もあるが、その場合は城にいる若いメイドや執事が仕事着のままエスコートをする。城で働く彼らは貴族であることが多いので、そのまま互いを気に入って婚約者となる場合もあったそうだ。

「セラは、かなりの数の殿方にお誘いを受けたと聞いたことがありますわ」

「今の夫は、その時は視界にも入っていなかった後輩でしたね。殿下もお誘いを受けているのではありませんか?」

セラの言葉に、エレーナは苦笑するように曖昧に微笑んだ。

エレーナやアリアのような一年生でも、学園が再開されると、相手が決まっていない三年生からお誘いがある可能性がある。

婚約者がいない場合はある程度相手も選べるが、エレーナのような立場は政治が強く絡むので、個人的に好いていても簡単には誘いを受けられない。一般的に婚約者をパートナーにする風潮があるので、周囲の貴族たちは一番近しい相手だと見るからだ。

「当時、筆頭婚約者だったダンドールの姫ではなく、子爵令嬢をパートナーにしたお父様は、大変なことになったそうね? 今でも継続して大変なのですけれど、それでお母様が婚約者から降りていたら、お父様は人知れず毒杯を仰ぐことになったのかしら?」

ここが自室でなければ、父娘でも不敬と取られかねない言葉を使って薄く笑うエレーナに、セラは聞こえなかったかのようにお茶を煎れ直す。

確かに、他の辞退した婚約者と同様にダンドールの姫まで辞退することになれば、前国王陛下は、早世した第二王子を王太子とした可能性もある。エレーナが言ったように、問題を起こした王族が後に継承問題で揉めないようにするためには、最悪そういうこともあり得たのだ。

エレーナが王になると決めたことで、本当に最悪の場合、王太子エルヴァンがそうなる可能性もある。

先ほど笑ってしまったのも父を笑ったのではなく、そうなる可能性があったとしても国家のため、そこで暮らす民のため、王を目指すことを止めない薄情な自分をエレーナは笑ったのだ。

(……あまりよくありませんね)

セラは、エレーナの精神が、孤独に戦っていた昔に戻っていると察した。

現在アリアは、砂漠の死闘で傷んだ防具を直すために王都に下りている。必要なことなので仕方がないのだが、過去にアリアが行方知れずになっていたときも、エレーナは今のような状態だった。

たとえ、幼少時から大人よりも優秀と讃えられ、民のために王となることを決めたとしても、エレーナはまだ十三歳になったばかりの少女なのだ。

王太子が子爵令嬢にうつつを抜かして、公務を疎かにしているせいで、その分の仕事もエレーナが受け持ってきた。

エレーナが砂漠に飛ばされていた時もそれは変わらず、現在もダンジョンへ向かったという王太子が溜めていた仕事を片付けるため、戻ってきたばかりで多大な労力を強いられている。

そして現在も多くの貴族や関係者が面会に訪れており、選別するだけでも多くの時間が取られている。部下である文官たちもいるが、政治的な判断には経験が必要であり、それが出来るセラでも、さすがに今回は多すぎると感じていた。

本来ならそれを選別するのは母親である第二王妃の仕事だが、向こうにその気はないらしい。

そんな状況で数日とはいえ、唯一の友人というべき存在と離れたことで、内面的な負の部分が疲労という形で表に出てきているのだろう。

そんな状態でも表向きのエレーナは完璧な王女を装い、学園の再開や卒業パーティーに向けて面会に来た学園関係者と無事に話を終える。

もう本日中の面談はなく、これで少しは休めると、微かな笑みを浮かべて廊下を歩いていたエレーナとセラは、向こう側から見知った顔が近づいてくるのに気がついた。


「あら、クララ。お久しぶりですね」

「……エレーナ様、無事にお戻り、喜ばしく存じます」

その人物は、エレーナの従姉妹で、王太子の筆頭婚約者であるクララ・ダンドールだった。従姉妹の帰還にすぐに顔を見せなかったのは、二人の間にある溝がまだ埋まりきっていないからだ。

(それにしても……随分と印象が変わりました)

久しぶりに見たクララの尊顔に、セラが感心混じりの警戒をする。

ダンジョンで【加護《ギフト》】を得たせいか、クララからは以前のような、被害者ぶった甘えがなくなっているように見えた。だがそれは、彼女が成長したからではなく、執念めいた情念だけで動いているように思えた。

エレーナにおけるアリアのような心の〝癒し〟があればいいのだが、本来癒しとなるはずの婚約者が別の女性に傾倒しているので、クララはエレーナ以上に精神が不安定な状態にある。

だがそれよりも、セラは彼女が連れている四人の侍女が気になった。セラの視線に気づいたのか、クララが少しだけ目を細めて口を開く。

「この者たちは、北の地で新たに雇い入れた『護衛侍女』になります。わたくしの〝力〟になってくださるのよ」

「それは勇ましいこと」

クララが紹介すると侍女たちは無言のまま頭を下げ、その様子とクララの物言いに、エレーナは少し棘のある言葉を返した。

クララは公式ではないとはいえ、人のいる場所で『護衛侍女』と口にした。もちろん暗部の者ではないのだろうが、おそらくはセラやアリアと同じ『戦闘侍女』になるのだろう。それを〝力〟と称したのは、場合によってはそれを行使することもあると公言したようなものだ。

エレーナもクララの精神状態に気づいて、その言動に釘を刺した形になったが、その一言でクララの侍女たちから発せられる気配が強くなり、それに応じてセラがエレーナを庇うように一歩前に出る。

おそらくは主人への忠誠もあって感情が強く出てしまったのだろう。だが、エレーナとセラは、その感情の起因となったのが自分たちではなく、他にあるのだと感じた。

アリア……〝灰かぶり姫〟。たとえその場にいなくても、その存在は裏に生きる者たちには大きな影響を与えている。

そしてエレーナは、その侍女の一人……表情が分からないほど長く伸ばした前髪から零れ見える、憎しみに燃えるようなその瞳が何故か気になった。

そんな微妙な空気にエレーナもクララも思わず黙り込む。すると、そこに空気を読まない、朗らかな声が掛けられた。


「あら、何をしていらっしゃるの？」


だが……その声音とは裏腹に、発せられる気配から漂う〝死〟の臭いに、クララの侍女たちが無意識に身構える。

緩やかにうねる光沢のない黒い髪……。

病的なまで白い肌に、酷く隈が浮き出た紫の瞳だけが爛々と輝いてその場の者たちを見つめ、その人物にエレーナが警戒するように目を細めて小さく呟いた。

「カルラ……」

＊＊＊

「アリアちゃん……またボロボロにしてきたのね」

私が相変わらず客がいない店内に足を踏み入れると同時に、店主のゲルフからそんな呆れた声を掛けられた。

「うん。この防具があったから帰ってこられた」

「もぉ！　そんなことを言われたら、無茶を叱れないわね！　詳細はミラちゃんから聞いているから知っているわ。それでそっちの子がジェーシャちゃんね？」

「……ウッす」

ゲルフは岩ドワーフの防具職人で、自分が着たくても着られない、女性用の可愛い防具を作ることを生きがいとしている男性だ。

先ほど客はいないと言ったが、それでも王都の女性冒険者や女性騎士には密かに人気があり、けして安くはない防具を特別注文しているみたい。

そんなゲルフの本日の装いは、背中が剥き出しになった朱色のマーメイドドレスで、髪を結い上げて、綺麗に整えられた髭面でバチンッと片目を瞑るゲルフに、あの気の強いジェーシャが私の裾を掴んだまま動けなくなっていた。

「大丈夫。ゲルフの腕は確かだから」

「……そうじゃねぇ」

「初々しい反応ね。初めてミラちゃんが店を訪れた百年前を思い出すわ。あなたは山ドワーフみたいだけど、人族の国なら同族みたいなものよ。特別にゲルフ姉さんと呼ばせてあげるわ」

「良かったね、ジェーシャ」

「……そうじゃねぇ」

今日、ここに来た理由の半分はジェーシャの防具を作るためだ。

彼女は元々着ていた壊れた鎧や魔族砦の防具を手直しして使っているが、それでよく大きな怪我もなく闇竜戦を生き残れたものだと感心する。それでも、せっかく報酬が入ったのだから良い防具を作ったほうがいい。

「まずはジェーシャちゃんの希望を聞こうかしら？　武器は両手斧？　それなら今までは重装鎧？」

「あ、ああ、そうだ。でも、敵の懐に飛び込んでいくこともあるから、軽い甲虫素材を使っていた」

少し慣れてきたのか、ようやくジェーシャが掴んでいた私の裾を放す。

「甲虫系の素材はないわねぇ……。あれはカルファーン帝国の気候で大きく育つから使える素材で、こちらでもダンジョンから採れるけど、あなたが着られるほど大きな素材は珍しいわ。……あなた、顔は美少女なのに、肩幅凄いわね」

ドワーフ族は小柄でがたいが良い。女性ドワーフもそうだが、小柄なドワーフ女性は筋肉がそれほどでもなく、人族の子どもと間違われることもあった。だがジェーシャの身体は、大柄なドワーフ男性であるドルトンに近い筋肉と横幅がある。

「砂漠じゃ強くないと舐められるんだから、仕方ねぇだろ、おっさんっ」

「あら？」

「……姐さん」

「素直な子は好きよ。それはともかく、ドルトンのようなミスリルを混ぜた全身鎧なんて、お金がいくらあっても足りないわ。魔物素材をミスリルで補強しましょうか。私と違って上背《うわぜい》があるから似合うと思うわ。それで、おへそを出そうかと思うんだけど、どうかしら？」

「勘弁して……」

結局ジェーシャは、飛竜と呼ばれる亜竜の鱗でスケイル鎧を作ることにしたらしい。飛竜もランク4から5にもなる上級素材だが、それでも属性竜の素材やミスリルに比べれば格段に安価だ。

ジェーシャはそれに自分の取り分である十数枚の闇竜の鱗を使って、手甲を作ってもらうそうだ。

「それでアリアちゃんなのだけど……そろそろ外見は大人の身体になってきたから、良い素材を使おうかと思っているの」

「お金はあるから構わないけど……？」

魔力による身体の成長も、身長の伸びについてはほぼ止まっている。

魔力で外見が成長するのは最大で三歳前後だが、男性の場合は二十歳、女性の場合は十八歳くらいで、成長と老化遅延が逆転する。私の場合は外見が十六歳程度まで成長しているので、これからは徐々に年相応になっていくはずだ。

寸法も二十歳くらいになれば身体の厚みも変わってくるのだろうが、その辺りは調整が利くみたい。

「もちろん、代金もある程度はいただくわ。でも、素材に関してはミラちゃんから預かっているのよ」

「ミラの素材って……闇竜の翼の飛膜？」

ミラは自分の報酬分として闇竜の飛膜を片翼分持ち帰っていた。自分の装備を作ると言っていたが、ゲルフによると過度な装備を好まない小柄なエルフのため、片翼の五分の一程度しか使わなかったそうだ。

残った素材を修理素材とするのもいいが、竜素材の耐久年数と再生能力を考えると、破損する確率も低く、数百年も使用するなら、その時は別の素材で作り直したほうがいいらしい。

ゲルフの話によれば、私が闇竜の素材を、鱗数枚と逆鱗一枚しか取らなかったので、ドルトンとミラが相談の上で、飛膜を装備の素材としてゲルフに渡したらしい。

……気にする必要なんてないのに。今まで酷い大人は数え切れないほどいたが、関わった人たちには本当に恵まれている。

師匠から貰ったブーツや手甲も、すでに百年以上経っているので、この機に私用に作ることとなった。メインの革のドレスも今の私に合わせて、幾分か大人っぽくすると言っていた。

それと――。

「アリアちゃん、お金があるのなら、ドレスを作らない？　パーティーにも着ていけるちゃんとしたやつ。アリアちゃんもミラに劣らず小柄だから、せっかくの飛膜が余っちゃうわ。出来るなら最強のドレスを作ってみたいのよ！」

「……考えておく」

突然趣味に走り始めたゲルフを宥めながら採寸をした私とジェーシャは、やっと解放されて疲れた顔で店を後にした。

本日の予定としては、私のランク更新とジェーシャの移籍のために冒険者ギルドに向かうつもりだったけど……。

「さすがに今日は止めとく？」

「そうだなぁ……なあ、アリア。ここらで旨いものを食っていかねぇか？　王都暮らしが長いなら何軒か知ってるだろ？」

「そうだね……」

「アリア？」

突然立ち止まり、ここからでも見えるお城のほうへ目を向けた私に、ジェーシャが怪訝そうな顔で振り返る。

今見えた光……この気配は……あいつか。

「ごめん、ジェーシャ。食事はまた今度」

「お、おいっ？」

ジェーシャの呼び止める声を背に、私は王都の中を走り出す。人混みを縫うように抜けて路地に飛び込んだ私は、そのまま建物の壁を駆け上がると、屋根に飛び上がって再び王城へ顔を向けた。

「――【鉄の薔薇《アイアンローズ》】……【拒絶世界《オブリビオン》】――」

＊＊＊

「……機嫌が良さそうね、カルラ」

並の人間なら気圧されるような異様な雰囲気の中、一歩踏み込んできたエレーナに、カルラの口元が幾分か愉《たの》しげにほころんだ。

「あら、お姫さま。ご旅行はいかがでした？　随分と良い旅だったようで……これで少しはまともな会話もできそうで、嬉しいわ」

レスター伯爵家令嬢、カルラ。筆頭宮廷魔術師の末娘で、王太子の第二妃に内定している少女であり、今や誰もが認める危険人物だ。

カルラが聖教会の関係者を皆殺しにして神殿を焼いた事件は、教導隊の裏の顔が知られることを恐れた聖教会が不問としたことで、お咎めなしとなったが、その事実は市井《しせい》に知られていなくても、多くの貴族が彼女の危険性を知ることとなった。

カルラの罪を問おうとした貴族家もあったが、それらはすべて居なくなった。文字通り、一夜にして消滅したのだ。

そのことは貴族社会に大きな衝撃をもたらした。

貴族にとって力とは、権力であり財力であり、貴族間の繋がりから生まれた政治力と軍事力だ。カルラの起こしたことはその認識を根本から覆すものであり、貴族たちはカルラの死を望みながら、表だって声をあげることを控えるしかなかった。

王家の思惑として、子を望めないカルラを第二妃としたのは、筆頭宮廷魔術師を取り込むことで、宮廷魔術師団が王家派であることを示すためだ。

そのためにカルラの事件を表沙汰になる前に処理したが、結果的に、宮廷魔術師団を引き込む以上の〝緊張〟を呼び込む羽目になった。

そんなカルラの在り方は、その場にいた誰もが知る、とある少女と似ていた。

少女は、敵対する相手を皆殺しにすることで裏社会から『灰かぶり姫』と畏れられ、カルラは貴族家を滅ぼす『茨の魔女』として関わることさえ忌避されている。

確かに、恐ろしい少女だと以前から認識していた。だが、今のその姿から発せられる気配は、どういうことだろうか？

以前と比べても、見つめるだけで視界が歪むほど禍々しくなっており、ランク４の実力者で多くの実戦経験のあるセラでも、正面に立つには多くの勇気を必要とした。

「カルラは、もう出歩いてよろしいの？」

「ええ、お姫様。あなたが戻ったことでようやく軟禁が解かれましたわ。お父様は、できることなら死ぬまで引き籠もってほしそうでしたけど、せっかくなので、お父様のお仕事でも見学しようと思いましたの」

「…………」

堂々と親への嫌がらせに来たというカルラに、エレーナも思わず目を閉じて眉間に指をあてた。

だが、彼女の機嫌が良い原因は、アリアが戻ってきたからだろう。

アリアのこと以外で、ここまで饒舌なカルラを見るのは珍しいことだが、彼女が『まともな会話』ができると言ったのはおそらく本心だ。

逆に言えば、会話のできない相手は〝人〟として見ていない。彼女にとって人以下とは、家畜と同等であるとしか思えてならなかった。

だから、この場で数少ない〝会話〟が成り立つ相手であるエレーナ以外が皆殺しにされたとしても、それはカルラにとって当然のことなのだと、納得させられるほどの異様な雰囲気がカルラからは感じられた。

「ああ、そう言えばエル様がお戻りになるそうよ？　例のあれと一緒に」

「「…………」」

次にカルラが語った言葉に、その情報を得ていたエレーナとクララが違った意味で顔を顰めた。

根本的には同じなのだろうが、二人は心配する対象が違うのだ。

「今からエル様に会いに行こうかしら？　それでもし、おかしな加護でも得て、おかしな具合に変わっていたら……」

「……何をするおつもり？」

カルラの言葉を突然遮ったその〝声〟に、周囲に緊張が奔《はし》る。

「ふぅ〜ん？」

カルラはそこで初めて、その存在に気付いたかのようにクララを紫の瞳に映した。

「あら、ダンドールのお姫様。わたくしが何をするつもりだと思って？」

「あの娘になら何をしても構いません。ただ、あの方に手を出すおつもりなら、わたくしが止めます」

クララはカルラの視線に顔色を悪くしながらもそう言ってのける。

カルラはクララの言葉に一瞬きょとんとしてから、ニコリと微笑んでクララに一歩踏み出した。

「退《ど》きなさい」

ただ一言……それに魔力と威圧を乗せた、ただそれだけで、クララを守ろうとした彼女の侍女たちが膝をつく。

彼女たちは弱くない。元暗殺者である彼女たちは、近衛騎士と同じランク3の実力がある。だがその実力は、直接戦闘ではなく搦め手で戦うための強さであり、この国で最凶と呼ばれるカルラを止めるには〝覚悟〟が足りていなかった。

だが――

「私は……退きませんっ」

カルラの圧力に蒼白になりながらも、クララはカルラの威圧に意思の力で耐えきり、その場に留まってみせた。

「クララ……」

エレーナはその姿に思わず息を呑む。クララは八歳の時点で何かに取り憑かれたように性格が変わってしまった。根本的な中身はクララのままで、まるで大人の知識に呑み込まれてしまったかのように、エレーナから見て別人にしか見えなかった。

だが、今の彼女の姿は、幼い頃の遊び相手としてエレーナが憧れた、消えてしまったダンドールの姫としての威厳を感じさせた。

「なんのご用かしら、お姫様?」

そのクララの姿に思わず一歩踏み出そうとしたエレーナへ、カルラが見向きもせずにその手の平を向けていた。

「心配なさらずとも、ダンドールのお姫様には何もいたしませんわ。ただ、その覚悟が本物かどうか、確かめようと思いましたのよ？　ほら、こんなふうに」

その瞬間、カルラの手の平から光が放たれ、弧を描くようにエレーナを庇おうとしたセラのすぐ前で曲がり、そのまま立ち上がろうとしていたクララの侍女たちの頭上を掠めて、高価な玻璃《ガラス》細工の窓を蒸発させた。

おそらくは、火魔術の【聖炎《ホーリーフレイム》】だろう。だが、レベル5の火魔術をここまで制御できる者はほぼいないはずだ。

「ダンドールのお姫様は、一応の覚悟は見せられたわ。でも……あなたには〝覚悟〟があって？　お姫様」

カルラの興味がクララからエレーナへと移り、まるで戯れる仔猫を見るような優しげな瞳で、不穏な言葉を紡ぐカルラに、暗部の騎士として飛び出そうとしたセラをエレーナは片手で制した。

「下がりなさい、セラ」

「ですがっ」

必死に訴えるセラをエレーナが強い瞳で止める。

ここは、エレーナの戦場だ。ここで引けばエレーナは舞台に上がれなくなる。それにここでセラが飛び出せば、カルラは容赦なく彼女を焼き殺すだろう。

「エレーナ様っ」

まるで幼少時に戻ったかのように、ただ〝妹〟のように想う彼女を心から心配する叫びがクララから溢れた、その時——

「そこまでだ、カルラ」

消滅した窓の外から現れたその人物は、その一言でカルラにすべての意識を向けさせた。

「あら、アリア。お久しぶりね」

いつの間に現れたのか、声が聞こえるまで誰も彼女が来たことに気づけなかった。

普段城で見る侍女服とは違い、幾多の戦いを潜り抜けた、すり切れたドレスを纏うアリアは、カルラにも劣らぬ威圧もあって、壮絶な雰囲気を漂わせていた。

その覚悟のあまりの美しさに、感じられる気配の甘美な強さに、カルラは恋する乙女のような満面の笑みを浮かべる。

「アリア、ここで私を止めてみる？」

「カルラ、お前の舞台とはこんな場所だったの？」

二人の威圧と殺気に、王女の部下である文官や女官たちが、次々と気を失って崩れ落ち――不意にカルラが威圧を消した。

「確かに、まだ早いわね。私もあなたも、もう少し強くなれるでしょ？」

「そうだね」

朗らかに語るカルラにアリアが冷淡に答え、カルラはその微笑みをその場にいる、彼女が認めた者たちへと向けた。

「それでは、エレーナ様、クララ様、またお会いいたしましょう？　学園での楽しみがまた増えましたわ」

＊＊＊

「色々とありましたのよ？」

上機嫌なカルラがどこかへと消えて、残されたクララと気まずそうに別れたあと、自室に戻ったエレーナが愚痴のように今日あったことを私に話す。

今日の出来事は、そこまでエレーナの精神に負担を強いたのか。いつまでも終わらない彼女の話に養母に視線を向けると、セラは微かに笑みを浮かべたまま何も言ってはくれなかった。

「でも、陛下がそんなことにならなくて良かった」

「あら、アリアは随分と優しいのね」

エレーナの話のなかの、陛下が廃嫡されたかもしれなかった部分で、そう言葉にした私が意外だったのか、エレーナが微笑みながらも軽く私を睨む。

「そうなったら、エレーナと会えなかったから」

「…………」

何故かそのあと、エレーナは無言のまま顔を逸らして、しばらく私の顔を見ようとはしなかった。

魅惑の少女

（手が足りない……）

小さな一頭牽《いっとうび》きの馬車の中で、そんな思考だけでなく、私の口からも呟きにも似た溜息が漏れた。

砂漠戦で傷んだ装備を修復するために外に出る許可を貰ったが、私には出来る限り早くエレーナの側に戻るよう、セラから要請が来ていた。

セラとは養母と養女の関係だが、国家の暗部組織と、そこから依頼を受けた冒険者の関係でもある。そのことがなくてもエレーナの警護に戻るつもりではいるが、問題はたった数日でも王女の側を離れられない警備体制にあった。

一番の問題はやはりカルラだ。カルラは私と殺し合うまで、エレーナやクララを害する気はまだないはずだが、彼女たちの周囲はその範疇ではなく、近衛騎士では気まぐれなカルラの暴挙を止められない。

カルラは王太子の婚約者で準王族として見られているので、中級貴族が多い近衛騎士だからこそ、筆頭宮廷魔術師の令嬢であるカルラを止めることに、気後れを感じる者も多いはずだ。

だが、それ以上にカルラの戦闘力は脅威と見られている。おそらくこの国で最強はカルラだ。加護の力だけでなく単純な魔術だけでも、すでに父親の筆頭宮廷魔術師を上回っているだろう。

カルラの暴挙が国家内で許されているのは、カルラが王家の戦力として畏怖されていることと、下手に暗殺を試みても甚大な被害が予想されるからだ。

だからこそセラは、彼女に唯一対抗できると思われている〝竜殺し〟の私に、カルラと敵対勢力、双方への抑止力として戻ることを望んでいる。

やはり手が足りないな……。エレーナの側近にもなれて、高位貴族であるカルラに物申せる立場の者が必要だ。……望みは薄いが。

「アリア、何か言った？」

「ううん」

馬車の向かいの席から掛けられた声に、私は小さく首を振る。

今日はお目付役としてセラの息子……一応、私の弟ということになるセオがついてきている。用事としては冒険者ギルドになるのだが、以前一緒に行くはずだったジェーシャは、あの次の日には教育係のミラにつきあってもらったらしい。

私は別に一人でも問題なかったのだけど、何故かセラから――

『アリア、あなたは王女殿下の側近であり、男爵家の令嬢だと思われています。今回は公的に外を歩く鍛錬と思い、セオを従者代わりに連れて行きなさい』

――と言われた。まぁ、それをする必要性があるのなら仕方ない。

だから今の私は、擦り切れた革のワンピースではなく、王宮で着る侍女服のまま、執事姿のセオを連れていた。

それはそれとして……。

「セオは、あのお嬢様のお世話はいいの？」

セオはメルシス家ご令嬢の護衛執事となっていたはずだ。

まるであの女が固執していた〝ヒロイン〟のような立ち位置にいるあの子爵令嬢は、王太子、王弟、神殿長の孫らと、レスター領のダンジョンに潜っていたと聞いている。

セオが子爵令嬢の護衛執事なら同行していると思っていたのだけど、宰相への報告で先に戻ってきたのだろうか？

でもセオは、そんな私の問いかけに不満と呆れが入り混じった顔をした。

「……置いて行かれたんだよ」

セオの話によると、子爵令嬢からダンジョンへの同行を希望されたが、暗部の騎士であるセオは、それを止めようと説得を試みた。

セオの立場としては当然だ。光魔術を覚えたと言っても、ランク1か2程度の光魔術師など、役に立つより足手纏いになるはずだ。

何度か、行く、行かない、のやり取りがあり、何故か王弟アモルが直々に子爵令嬢を連れていくと発言したことで、セオが慌てて宰相へ報告を行っている間に、子爵令嬢は彼を置いてダンジョンへ向かってしまったそうだ。

「まぁいいんだけどね……。宰相閣下が言うには、彼女を取り巻く状況が変わったらしくて、僕は彼女の護衛をしなくてもいいことになったんだ」

「状況？」

小さく首を傾げる私に何故か軽くよろめいたセオは、顔を近づけると声を潜めて教えてくれた。

「アリアだから情報は共有するけど……あのお嬢様、ちょっと出生が怪しいんだ。王太子殿下と関わって何を考えているのか探るために、護衛ではなく、監視任務に変わったんだよ」

「そうなんだ」

それ、宰相の個人的判断の任務だよね？　本当に話してもいいことなの？

「明日から、またあのお嬢様の所に向かうよ。だから今日は、アリアに会いたかったのもあったけど……なんで、また強くなっているのかなぁ……」

「身長は同じくらいになったよね？」

「そうなんだけど……っ。はぁ……僕がランク5になるのは、いつのことだろう」

セオは自分が強くならないことを気にしているらしい。でも、私やカルラと比べるからおかしいだけで、その歳でランク3なら充分だと思うけど。

「何年かかるか分からないけど、セオならいつか辿り着けるよ」

「何年……」

私の励ましたはずだったその言葉に、セオは立ち眩みがしたように大きくふらついていた。

レイトーン家の御者が冒険者ギルド前で馬車を止め、私とセオは連れだって約半年ぶりとなるギルドの扉をくぐる。

随分と久しぶりになるけど、認識阻害の魔導具を着けていても私たちのことを覚えている冒険者がいたようで、人垣が割れるように受付までの道を空けてくれた。

「……さすがにあれは忘れないでしょ」

「以前のことなら不可抗力」

外見が若い女なので絡まれることはあったけど、対処は不可抗力だと答える私に、セオが無言のまま首を振ると同時に、受付のほうから声が掛けられた。

「アリアさん、お久しぶりです」

そちらへ顔を向けると、ヴィーロの婚約者であるメアリーが私に小さく手を振っていた。

私を見て、なんとなく安堵しているように見えるのは、ヴィーロから事情は聞いていたからだろう。かなり美人のはずなのに、どうしてヴィーロと婚約したのか、いまだに分からない。

「久しぶり」

「あの人から聞いてはいましたが、無事で良かったです。聞きましたよ。鱗を初めて見ましたが凄いものですね」

まだ闇竜退治がされたことは公になっていないので、ぼやかしてくれているが、それも時間の問題だと思う。

ジェーシャは鱗を装備にするし、フェルドの大剣も竜の角から作られる。彼は今、それを作ってもらうために、ガルバスの所へ向かっている途中で、私とミラの革装備も竜の飛膜から作るので、見る人が見れば、虹色の剣が闇竜を倒したと分かるはずだ。

あとはゲルフの腕次第だが、竜の中で最も硬い鱗……逆鱗を、私の装備の心臓の上になるように付けてもらう予定になっている。

「それで、本日はどうなさいました？」

「ランク5の更新を。近接と魔術で」

「……早いですね。私があなたの登録をしたのが五年前なのに」

彼女に男爵領で登録してもらったのが五年と半年前になる。五年どころか一生かけてもランク4にならないのが普通なので、私は特異な部類になる。

「まあ、聞いていましたから、上にも話を通してすでに作成してあります。念のために軽く実演していただきますが、もうこちらを付けていただいて構いませんよ」

どうやらヴィーロとメアリーが話を通してくれたそうで、彼女は木の箱から取り出した、ランク5の冒険者認識票《タグ》を私に差し出した。

ランク1の認識票は銅板だが、ランクが上がるごとに魔鉄を混ぜ、ランク5の認識票は真っ黒な魔鉄製となる。

鎖のついたそれを受け取り、首から下げると、周囲でそれとなくこちらの様子を窺っていた冒険者たちが、黒色の認識票を見て顔を引きつらせた、そのとき――。

『――――！』

広いギルドの奥で何か争うような物音が聞こえた。

「……あれは？」

「あ～……そう言えば初めてでしたか？　半年ほど前から、騎士らしき若い方が登録なさいまして、あの若さでランク3でしたから、偶《たま》に絡む冒険者がいるようでして」

メアリーが顔を顰めて、背後の男性職員が動き出した。

騎士らしき、と言っているのなら貴族である可能性がある。平民でも働き次第で騎士になれる辺境と違って、王都ならほとんどが下級貴族である騎士爵だからだ。

そんな人物に手を出すとしたら、地方から出てきた冒険者かな？　そのとき面白がって彼らを取り囲んでいた人垣から、その人物らしき後ろ姿が垣間見えた。

「……少し見てくる」

「えっ⁉　お、お手柔らかにお願いしますよ！」

小さな悲鳴のような声をあげるメアリーに軽く手を振り、そちらに足を向ける。

あの後ろ姿とこの気配には、なんとなく覚えがある。

私に気づいた冒険者から連鎖的に人垣が割れて、その場にいた人物が顕わになった。

なるほど、これは絡まれる。後ろ姿しか見えていないが、その赤毛の青年は一般的な軽装鎧を着ているけど、その下の衣服と腰に下げている剣が、あきらかに冒険者のものとはランクが違う。

冒険者から見ればまだ若いので金持ちの道楽に見えたのだろう。私も子どもの頃からまともな装備をしていたので、冒険者にも貴族にも絡まれた。

絡んでいた相手は青年と同じランク3くらいに見えたが……山賊みたいな風体で、このギルドでは見たことのない冒険者だった。

その男は、人垣が割れたことで視線を向けて、そこにいた侍女服を着た私に下卑た笑みを浮かべて――次の瞬間、顔中から汗を溢れさせた。

「は、〝灰かぶり姫〟ぇぇぇぇぇぇぇっ⁉」

そう叫びながら腰を抜かしたようにギルドの外に飛び出していくその男を、ギルドの冒険者たちが呆気にとられた顔で見送り、私を見て慌てて周囲を空けてくれる。

……盗賊ギルドの人間か。灰を被らなくても随分と顔が知られているようになったみたい。

「アリア嬢⁉」

そんなやり取りに唖然としていた青年が声をあげ、名を呼ばれたことであらためて彼を見ると、やはり見知った顔だった。

「……ダンドール様、どうしてこちらへ？」

その方は、こんな場所には無縁のはずの高位貴族、クララの兄、ロークウェル・ダンドールその人であった。

＊＊＊

「ドリス。アレは本当にこの街に寄るの？」

王都から南に下った宿場町の一つで、時計塔に忍び込んだ女性の一人が、もう一人の女性に話しかけた。二人ともよくある高級宿の女給らしき格好をしていたが、聡い者が見れば、どちらも斥候系の技術に長けていることに気づくだろう。

「ああ、間違いないさ。クララ様の〝予見〟でもそうだと言っていただろ？　ビビ」

長い黒色の前髪で顔を隠したビビと、男性のようにブルネットの髪を短くしたドリスは、王太子の筆頭婚約者であるクララの側にいた侍女であった。

だが、二人とも侍女に扮していた時と顔立ちの印象が違っていた。特にビビなどは前髪を多少弄った程度の変化しかないはずなのに、クララが見てもすぐに特定できないほど別人になっている。

しかも、そのどちらも、素顔ではない可能性があった。

それは変装の技術だったが、それを実用レベルで使うのは冒険者の斥候ではなく、盗賊ギルドや暗殺者ギルドの人間だけだ。

「そうだけどさ……でも私はっ」

「ビビ、あんた……まだ、アレの暗殺に失敗したことを気にしているの？　あんたがクララ様の役に立ちたいのは知っているけど、気負いすぎだよ」

ビビは以前、学園での暗殺に失敗した。しかもそのときに使った毒が元でその対象は光の属性に目覚め、クララは顔色を青くしていた。もちろんそれは不可抗力で、クララの〝予見〟でさえ見通せないことであったが、ビビは激しく恐怖した。

ビビは誰かに依存しないと生きていけない人間だ。暗殺者ギルドの頃から〝誰か〟に依存して、その対象がクララやヒルダにかわってもそれは変わらなかった。

その二人を守るためにも今度は失敗できない。あの二人に依存できなくなってしまえばもう誰に依存していいか分からず、ビビはその未来が来ることを恐れたのだ。

裏社会に属していながら、物心つく頃から理解もせずに悪事を働いてきたビビは、愚かなほどに純粋だった。

「ビビ、今はとにかくクララ様の命令通りにするよ」

「……わかった」

ドリスの叱咤にビビも目の前のことに集中する。

彼女たちの任務は、王太子を惑わすアーリシア・メルシス子爵令嬢の暗殺だ。だが、無理に襲うのではなく、危険なら撤退を優先することをクララに厳命されている。目的は早く確実に殺すことではなく、王太子の卒業までに確実に排除することだ。そのためには機会を見送り、情報収集に徹することも重要だとクララに教えられた。

子爵令嬢を暗殺できる機会の中で、今回クララが〝予見〟により指定したのは王都とレスター領の境にあるこの宿場町だった。

暗殺者であった彼女たちも最初は、もっと暗殺に適した場所があると考えていた。だが、彼女たちと同様にクララの〝予見〟によって救われたハイジがレスター領に潜入した結果、彼女たちは他の場所で彼女を殺せない理由を知った。

メルシス子爵令嬢は旅の間、一度として自分の寝室で眠ることがなかった。彼女は、夜になると必ず、王弟アモルかナサニタルの寝室にいたからだ。

警備の厳しい王太子エルヴァンの寝室にだけは、まだ入り込むことはできていないはずだが、高級宿が一つしかなく、多くの騎士たちと離れて宿泊するこの宿場町では、必ず王太子の寝室に向かうとクララは〝予見〟した。

正確に言えば〝予見〟は半分でしかない。乙女ゲームの正史イベントで、王太子が暗殺者の襲撃を受けることに気づいたヒロインは、機転を利かせて、宿の人間さえ忘れていた屋根裏の通路を発見し、彼の窮地を救ったのだ。

あの子爵令嬢もそれに気づくとは限らないが、彼女は目的を果たすために、高確率でそれを使うとクララは〝予見〟した。もちろん、そんなゲームの知識が情報源だと、ビビたちには知るよしもないが、彼女たちはクララを信じた。

「クララ様が言われるとおり、暗部の連中は来ていない。だが、王都に着けば暗部の騎士らしきあの執事のガキが合流するはずだ。その前に片を付けるよ」

「了解、ドリス。もしものときは陽動を宜しく」

ビビは前髪に隠れた眉間に皺を寄せながら頷く。暗殺の邪魔をしたあの少年執事も殺したい相手だが、子爵令嬢を殺せば意趣返しもできるだろう。

クララの〝予見〟通り、一軒しかない高級宿に王太子一行が入るのを確認した二人は、事前に入れ替わっていた従業員として怪しまれることなく宿の仕事に戻る。

国家の諜報を担う暗部の騎士がいれば、これほど簡単にはいかなかったはずだ。だが、王族警護に慣れていない第二騎士団の中でも功名心のある貴族出身者が警備に就いたことと、もうすぐ帰れるという浮かれた空気が、怪しまれることなく彼女たちの侵入を許してしまった。

王太子や王弟の部屋は三階建ての宿の最上階だ。ナサニタルと子爵令嬢は同じ最上階だが、身分的に騎士団長などの部屋を挟んだ端のほうになる。

通路には警備の騎士はいるが、すべての部屋を見張っているわけではない。ドリスが見張りの騎士に夜食を運ぶ隙に空き部屋の一つに侵入したビビは、その部屋にある暖炉から屋根裏の隠し通路に侵入し、そこでクララの指示通り子爵令嬢が現れるのを待った。

子爵令嬢の部屋に侵入して直接暗殺することも考えたが、わざわざ悲鳴をあげても簡単に見つからない場所に来てくれるのだから、〝予見〟を信じてここで待てば、確実に暗殺することができるだろう。

「…………」

そう信じて待ち受けるビビにしても、本当に子爵令嬢が現れるか不安に思う。

クララの〝予見〟も完璧ではない。それでもビビはクララを信じていたが、〝予見〟はあくまで演算された最も可能性の高い未来でしかなく、クララ自身がそこで現れなければ撤退することを命じていた。

クララの不安を晴らすため、できるならここで殺してしまいたいと、ビビは来ないことを不安に思っていたのだ。

――カタン。

（……本当に来た！）

微かな物音が聞こえて、ビビは手に持つ毒を塗った暗器を握りしめる。

近づいてくる……。忍び足も使えないド素人。室内履きの布靴の軽い足音から、ビビはそれが少女だと読み取った。

小さな杖の先に灯した、光量を絞った【灯火《ライト》】の明かりが暗闇を微かに照らした瞬間、ビビは音もなく飛びだした。

だが——

(——え?)

微かな光に照らされた少女の顔を見て、ビビは暗殺者ギルドで懇意にしていた〝誰か〟と同じ懐かしい空気を感じて、思わず足を止めてしまう。

「……誰かいるの?」

「——っ!」

気づかれた。だがビビは何故か、こんな場所にいるはずのない人間に対して、そう問いかけられる少女の胆力を好ましいと思った。

(いや、こいつは殺す相手だ……)

だが、ビビとしても殺すのはクララのためであって、この少女を恨んでいるわけではない。だからせめて……。

(苦しまないように殺してあげないと……)

そう思ってしまった。

「……恨むなら私を恨んで。可哀想だけど……」

まるで無辜《むこ》の子どもを殺すような微かな罪悪感を覚えて、思わず必要のない言葉まで少女に掛けてしまった。

「そう……なのですか」

少女はビビの言葉に少し脅えながらも、悲しげな表情を浮かべた。

(なんて顔をするんだよ……)

この少女は以前ビビが使った毒でも生き残った。でも、もうビビに最初のような警戒する気持ちは消えていた。少女の悲しげな顔を見て、殺しをするビビを心配しているようにさえ感じられた。

すべてはビビの勝手な〝妄想〟だ。

知らない相手なら警戒はするが、親しく感じる相手の言葉なら、肯定的に考えてしまうのが人間だ。例えば物語を読んで、その〝主人公〟が一般的に受け入れることが難しくても、その人物の視点で見ることで、肯定的に思えることはないだろうか？

心を変えられたのではなく、少女を好ましいと思えたからこそ、ビビは彼女を信じられるという結論に自分の考えで辿り着いた。

「悩んでいるの？　あなたにはきっと……大切な人がいるのね？」

「なぜ……それを？」

大抵の人間には悩みもあれば、大切な人もいる。それを指摘するのは占い師が使う常套手段だが、肯定的に思う少女の憂いのある微笑みに、ビビは彼女が自分を理解してくれる人間だと思った。

好ましい相手に、すべてを肯定されるという甘い毒がビビを蝕み始め、次第に少女に固執していった。

「私の命が必要なら……あげます。でもっ」

少女は、動くことのできないビビにそっと近づくと、毒付きの暗器を握る彼女の手をそっと握りしめる。

「あ、危な……」

「いいえ。こんなことちっとも怖くないわ。私が力になってあげる。あなたは大切な人を取り戻したいのでしょう?」

「あ……」

少女の言葉でビビの脳裏に〝誰か〟の顔が思い浮かぶ。

ビビは誰かに依存しなければ生きていけない。でも誰かではない。クララでもヒルダでもなく、ビビはあの〝人〟に褒めてもらいたかったのだと理解した。

それ以上に……それを気づかせてくれたこの少女を守りたかった。

それがただ、誰にでも当てはまる適当な言葉を肯定的に受け止め、自分の中の物事と勝手に合わせただけに過ぎなくても……。

クララには恩義がある。けれど、クララもこの少女と話し合えばきっと分かってくれると、ビビはそう結論を出した。

「あ、ありがとう……。私はビビ。あなたの名前を教えてくれる?」

「私のことはリシアって呼んで。友達はそう呼ぶの」

「友達……うん。また会いに来るね。リシア」

「ええ、待っているわ。あなたの望みが叶ったら、また会いに来てくれる？」

「もちろん！」

そう言ってビビは少女リシアの手を握り、照れくさそうな笑みを浮かべて暗闇の中へ消えていった。そんなビビを笑顔のままで見送り……。

「ふふ……。ナサニタル君の〝お友達〟にも彼女のことを教えてあげないとね」

リシアは、微かな明かりだけが仄かに照らす天井裏で、満面の昏《くら》い笑みを浮かべていた。

そうしてクララの〝予見〟を用いた暗殺は、メルシス子爵令嬢の〝魅惑〟によって退けられ、ビビはクララの下に戻ることなく王都から姿を消した。

少年たちと一年次の終わり

「――【浮遊《レビテイト》】――」

レベル5の闇魔術【浮遊《レビテイト》】を使ってふわりと宙に浮かび、ギルド訓練場の壁を蹴って飛び上がる私に、セオが短く切った丸太を全力の身体強化で放り投げた。

「――【兇刃の舞《ダンシングリパー》】――」

短剣技の【戦技《せんぎ》】を発動し、左右に構えた黒いナイフとダガーから繰り出される怒濤の八連撃が、一抱えもある丸太を一瞬で粉砕する。

パラパラと雨が屋根を打つような、砕かれた木片が落ちる音だけが聞こえる中で、音もなく床に下りた私に、それを見ていた職員たちから響《どよ》めきにも似た声が漏れた。

ランク5の認定という王都でも珍しい出来事に、手の空いていた職員のほぼ全員が見学に来ていたようだ。その中で一緒に見学をしていたロークウェル・ダンドールが、若干気まずそうにしながらも感嘆したように拍手をしてくれた。

「今の騎士団にランク5はいないが、やはり凄まじいものだな……。あらためてその実力を見せてもらえて感謝する」

「恐れ入ります」

随分と持ち上げられたものだと思いながらも、一応貴族令嬢らしくスカートの裾を摘まんで礼を言う。少しだけ彼の様子がおかしかったが、それは頭痛がしたような顔をしたセオが、私が摘まんでいるスカートを指さしたことでようやく理解する。

一般女性でも膝から下は見えているし、冒険者の女性なら手足の露出は気にしないけど、貴族の女性は違う。貴族女性の脚は常に足首までドレスの裾で隠されている。だから貴族は脚を見せるのははしたない行為だと考えられていた。

平民の職員たちは誰も気にしていなかったし、セオも頭を抱えるけど慣れていた。要するに私が侍女服のまま宙を飛び回ったことで、彼に脚が見えてしまったのだろう。

「では、すまないがアリア嬢。少し時間をいただけるだろうか？　弟君も一緒に」

「かしこまりました、ダンドール様」

ロークウェルに絡んでいた盗賊崩れが逃げ出したあと、少し話をしたいと言った彼だったが、私がランクの更新をすると聞いてそれを見学させてほしいと言ってきた。

騎士を体現したような彼のことだから、単に私の用事を優先させてくれたのかもしれないし、戦士として高ランクの戦技を見たかっただけかもしれない。ただ、私の技を見た彼は真剣な顔をして、中級貴族の養女でしかない私の時間を取ることに頭を下げた。


「では、お話とはなんでしょうか？」

ランク5冒険者の権限でギルドの応接室を借りることができた。こういう権限自体初めて知ったけど、提案してくれたメアリーの話では、高ランクの冒険者は貴族案件の依頼を受けることもあるので、ギルドが対応してくれるみたい。

ここからは高位貴族ではなく、一人の学生として会話をしてほしいという彼の要望もあり、分厚い魔物革の硬いソファーにセオと共に腰掛けると、向かいに座ったロークウェルは一度立ち上がって再び頭を下げてきた。

「先日、王城で妹が迷惑をかけたこと。そして、王女殿下の許に駆けつけることができなかったこと、すまなかった」

「……頭をお上げください。あれはあなたの責任ではありませんよ」

先日の迷惑とは、エレーナとクララがあまり良くない関係にあり、その場の微妙な空気にカルラが絡んだ件だろう。

エレーナはクララが裏で動いていることにある程度気づいている。そのうえで苦言を呈するだけで放置しているということは、エレーナもそれを容認しているのだ。

実際に王太子の件はすでに王族案件となっている。すでに陛下はある程度諦めている節もあるが、まだ割り切ることもできないだろう……とエレーナは言っていた。

その落としどころを探るのはエレーナの仕事だ。その点で邪魔な人物の認識は、エレーナもクラも一致している。でも、もしクララがそれに対しておかしな行動を取るのなら、その時は私がすべてを始末する。

けれど……エレーナはあの時に見たクララの態度に、幼い頃の彼女を見て、切り捨てることを悩んでいた。ロークウェルは、妹のクララがエレーナとも王太子とも良い関係を築けていないことを気にしているのだろうか。

だが、カルラの件は彼が気にすることではない。彼はエレーナの騎士でもなく、そのうえ近衛騎士さえあの場に駆けつけることはできなかったのだから。

「確かにあの場にいたのは王族と準王族の方々で、一介の騎士では止めることもできないだろう。だが私は……あの場にいなかったことを悔いている。騎士としてせめて彼女の盾に……」

「そうですか」

私は曖昧に頷きながら、その発言に微かな違和感を覚えた。

騎士として命を捧げるのは国王陛下にではないのか？　エレーナが女王になることを決めたと知

っているのは、私たち側近と国王陛下くらいのはずだ。

彼の発言は、まるでエレーナだけは自分の命に代えても護りたい、と言っているように聞こえた。

「私は自分の実力に限界を感じていた。森で襲撃を受けた事件で、私は君の力を見て、自分が学生でランク3になったからと、どれだけ驕っていたのか思い知らされた」

「だから、冒険者の真似事をしていたと？」

「真似事か……そうだな。私は冒険者となれば、君やレスター伯爵令嬢のような強さに追いつけると思い込んでいた」

「わかります、ダンドール様っ」

ロークウェルの自嘲めいた発言に、何故かセオが共感したように頷いていた。

セオもそうだが、彼も比較対象が間違っている。セオもロークウェルも学生としてなら充分すぎるほどの実力を持っている。それは私が言えることではないので言わないけど。

「力はすぐに身につきません。まずは何のために力がいるのかを考えるべきかと。何をするべきか……卒業生は今、やることがあるのでは？」

「それは……そうだな」

何故か共感している男二人を見て、結局、何が言いたいのかよく分からなかったが、まずはやるべき事をやってからの話だ。でも、それに返した彼の言葉は、強くなることよりも『卒業』という言葉に反応している感じがした。

「私にはその資格があるような気になっていた。けれども、私にはまだやるべき事があるようだ。

すぐに強くはなれないと理解できただけでも良かった。それで、もしよければだが……」

「……なんでしょうか？」

私が一瞬言葉に詰まった彼に続きを促すと、ロークウェルは少し迷ったすえに口を開いた。

「……時間がある時で構わない。少しでもいい。私に強者と戦うための心構えを教えてくれないだろうか？」

＊＊＊

「――そんな話をされたのだけど」

「………………」

学園の生徒としての会話で私個人だけならともかく、相手が旧王家のダンドールともなれば、エレーナの指示なしでは断ることも受けることもできない。

それで仕方なしにエレーナに報告をしたのだけど、彼女は軽く溜息を吐いてから、目配せをして侍女が持ってきてくれた書簡を手に取った。

「奇遇ね。先ほどだけど、ダンドール家から正式な申し込みがあったのよ？　卒業するロークウェルのパートナーとしてね」

「……なるほど」

私もエレーナが溜息を吐く理由を理解して、彼女に思わず同情する。

卒業生が下級生をパートナーに誘うことは悪くない。だが、それは意中の相手に想いを伝える意味もあり、相手側がそれを受けるのは、相手の想いを受け入れることを意味している。

まず前提として、婚約者がいる生徒は、卒業パーティーでのパートナーにその人物を連れて行く。

それでも生徒同士の戯れもある程度許されており、家格が合わないパートナーを選ぶ場合もある。

これは今の国王陛下が、婚約者でもない子爵令嬢をパートナーに選んだことからも分かるだろう。

だが、陛下がその子爵令嬢を正妃として迎えてしまったせいで、今の王族はかなり厳しい目で見られていた。

これまで幾つかの貴族家からエレーナ宛に誘いが来ているが、それらはすべて、エレーナが後々〝降嫁〟することを前提とした〝婚約〟の申し込みだった。

今回もロークウェル個人からではなく、ダンドール家から申し込みが来たのは、そうした申し込みであることを意味している。

「当たり前のことだけど、ダンドール家は、お兄様が国王となることを前提として動いているわ。クララが正妃候補なのだから当然よね？　だからといって無下に断ることも得策ではないの。母はダンドール家の出身だから、彼らは私の後ろ盾でもあるのよ」

ロークウェル自身はそれを望んでいるのだと、私も彼との会話を思い出して察した。

彼自身は、子爵令嬢に傾倒する王太子の側近から離れてしまっている。クララが正妃となることで王家との繋がりはできるが、ダンドール家は次期総騎士団長になるロークウェルと王太子の関係を考えて、エレーナとの婚約を打診してきたのだ。

けれど、エレーナが女王になるのなら、ダンドールの嫡男である彼との婚姻はほぼ不可能になる。

彼が家に背いて王配《おうはい》となる覚悟があるのなら別だが、今のロークウェルは、自分がエレーナの危機に側にいられなかったことを悔いて、その資格もないと思っている。

でも、それをエレーナに言わせると――

「市井の言葉だと〝へたれ〟と言うのかしら？」

「…………」

可愛らしく首を傾げながらも、あまりにバッサリと切り捨てたので、私だけでなくエレーナを幼い頃から世話していた護衛侍女のクロエも思わず絶句していた。

「お誘いも辞退も、家からではなく、彼個人からならどうにかなったのだけど……。アリアの話を聞くに、そういうことが苦手なのかしら？　ダンドール家の人間は優秀なのに本当に不器用ね」

エレーナも得意なほうではないけど、彼女は公私を完全に分けているので、貴族関係の縁談に私情は挟まない。

エレーナの婚約関係はともかく、現状で王太子の派閥を離れた彼を放っておくのも良くないと考えたエレーナは、久々に何かを企むような笑みを浮かべた。

「アリア、頼みがあるのだけど、……何か私の顔についている？」

「ううん。ただ……エレーナは砂漠にいる時より今のほうが、昔みたいな顔が見られたから良かったなって」

「……そ、そうかしら？」

大変でも、やはりエレーナが生きる場所はここなのだ。

子どもの頃のような笑みと、今の少し照れたような笑みを浮かべる彼女に、私も思わず笑みを返すと、少し離れてそれを見ていたクロエが、妹を見る姉のような顔で見守ってくれていた。

それから私はエレーナの〝頼み〟のためにある場所へ向かう。でも、王女宮からそこへ向かう途中の城内にて、私は思いもしなかった人物に声を掛けられた。

「待ってほしい、アリア・レイトーン嬢！」

「……メルローズ様」

廊下を駆けてくるように追いついてきた、私とも因縁のあるあの青年、ミハイル・メルローズは、立ち止まった私の前で軽く息を整え、突然その場に膝をついた。

「どうか、私の卒業パーティーでのパートナーになってくれませんか」

普段の作り笑顔ではなく、わずかに緊張を含んだ真剣な顔つきで見つめてくる彼に、私は訝しむように目を細める。

これにどういう意図があるのか？　ミハイル・メルローズ……宰相であるメルローズ辺境伯の孫で、順当に行けば数十年後にはどちらの地位も得ることになる、王国にとっても重要な人物だ。

彼も高位貴族なら、幾らでも誘いはあるだろうし、魔術学園の卒業パーティーに同年代の女性を誘う意味も知っているはず。

「お戯れは困ります」

「戯れではないっ。私は本気だ」

「………」

私も名目上は中級貴族である男爵家の令嬢だが、元は準男爵である下級貴族の養女でしかない。気まぐれでも本気でも、そんな私をパートナーにすれば彼は良くてもメルローズ家の分家が黙ってはいないだろう。

そのメルローズ家も……いや、あの宰相なら私を取り込むために、周りを黙らせる事くらいはするかもしれない。

「……こちらへ来ていただけますか？」

「分かった」

私の言葉にミハイルが喜色を浮かべて立ち上がる。ここは人通りが少ないとはいえ、王城の中庭に面した通路だ。誰かが中庭を横切るだけで、王宮侍女に跪いている姿を見られることになる。私はともかく彼にとって良くはないはずだ。

中庭から見えない柱の陰に入って振り返った私は、頭半分は高いミハイルの瞳を間近から覗き込む。

「それで？　何を企んでいるの？」

「企んでなんかいないぞ!?」

いきなり侍女としての話し方をやめた私の問いかけに、ミハイルが慌てる。

「それでは何故、私に？」

「それは……」

さらに詰め寄るように近づくと、下から見上げるようになった彼の顔が慌てて逸らされた。

……怪しいな。

「そ、そんなに近づかれると困る」

「困る？」

身じろぐように身を離そうとしたミハイルを、護衛侍女の体術で彼の胸に手を押し当てながら壁際に追い込むと、何故か彼は複雑な感情が入り交じった変な顔をした。

たとえ王女の護衛でも、男爵家の養女が高位貴族を追い詰めるなど、不敬もいいところだが、あいにくと私は彼の祖父である暗部の室長から、ある程度のことは許すと許可を貰っている。

暗部ということなら一応ミハイルも身内となるが、裏切り者グレイブのように思想の違いによって思いもよらない行動をする場合もある。

「違うんだ、おかしな事を考えているわけじゃない。……ただ」

ミハイルは間近で睨む私からまた顔を逸らして、片手で顔を隠すように押さえた。

「全部、本気なんだ。信じてくれ……」

「………」

私は彼の様子から嘘は吐いていないと考え、その言葉の意味を考える。

「まさか、本気で？」

「そうだと言っているだろう！」

本当に本気だとは思わなかった。私はいまだに色恋沙汰がよく分からないけれど〝知識〟では知っている。だからこそよく分からなかった。

ミハイルは祖父に唆《そそのか》されたわけでもなく、私を戦力として取り込むのでも、エレーナを利用するのでもなく、本当に私のような冒険者の女をパートナーに誘っていたのだ。

正直に言うと人として認めてくれたのは嬉しく思う。彼自身も個人としてなら信用できるとは感じた。けれど……メルローズ家は、私が運命に逆らうためにずっと避けてきた〝貴族〟そのものなのだ。

「あなたなら分かると思うけど、私はエレーナ様の護衛で学園にいる。それに、王女の侍女をパートナーにする意味も分かっていると思うけど？」

「それは……理解している。だが、今のエルヴァンの状態が良くないものだと、それも理解しているつもりだ」

「……うん」

少しだけ方向が変わったミハイルの話に続きを促す。

「私は……友人として彼が目覚めてくれることを期待もした。何度もロークウェルと共に諫めもした。だがダメだった。あの子爵令嬢同様、アモル殿下もナサニタルも、誰も最初から話を聞いてくれなかった」

「…………」

理解力の問題ではない。人は好んでいる相手からの言葉を優先し、それを否定する言葉は、初めから否定して聞いているのでそれを認めない。だからこそ、貴族は多くの情報を集めて自分で判断する必要がある。

でも……人は、聞き心地の良い言葉しか聞こうとしない。

「その時に決めた。もし、王女殿下が立つおつもりなら、私はそれを支持しようと」

「……メルローズ家として？」

「少なくとも、私と当主の考えは一致している」

なるほどね……。つまり、メルローズ家としては、王太子が立ち直るのなら、陛下のためにも、それが良いと考えているけれど、エレーナが〝立つ〟と決めたのなら、それに従うということか。

初めて会ったときから思っていたけど、油断の出来ない男だ。

要するに私を誘っているのは、その真意はどうであれ、これからの派閥を決める上で貴族としてのパートナーとして私を選んだのだ。

逆にそういう意味なら理解はしやすい。それなら遠慮をする必要はないだろう。

彼から手を離して距離を取り、うっすらと仕事用の笑みを浮かべる私に、ミハイルが緊張した顔を見せた。

「それではメルローズ様。これから騎士の訓練場へ向かいますので、少々お付き合い願えますか？」

＊＊＊

年末が迫る冬の最初の月。例年通り、王立魔術学園の卒業パーティーが王城にて行われた。

王城で行われるパーティーに参加できるのは男爵家以上の貴族とその関係者だけで、最も数が多い準男爵以下の下級貴族は、今頃、学園内の会場で身分にとらわれることなく、気軽にやっていることだろう。

もちろん、中級貴族の婚約者がいる下級貴族も王城に入ることはできるが、やはり数としては少なく、会場の隅で固まっていた。

下級貴族が隅にいるのも、セラに教えてもらったので理解はできる。上級貴族のドレスや礼服は一着で大金貨数枚もする。一生に一度の晴れの舞台ということで無理をする下級貴族もいるとは思うけど、金貨数枚のドレスでも、やはりこの場では見劣りがするのだから。

そんなことを考えていると、エレーナが私を見て静かに微笑んだ。

「それでは行きましょう、アリア」

「了解」

「お二人も宜しくお願いしますね」

「「はっ」」

下級貴族が萎縮する原因として、会場の警護には近衛騎士がつき、宰相や総騎士団長などの重鎮だけでなく、国王陛下と正妃殿下まで顔を出すからだ。

他の王族が顔を出す場合もあるが、それはほぼ任意となっている。王族の仕事は多岐に渡り、今も別の場所では式典に参加することしかできない正妃の代わりに、エレーナの実母である第二王妃が、集まった貴族たちからの情報の精査をしているはずだ。

元から正妃がいる場所に第二王妃が顔を出すことは滅多にないが……、今はそのほうがありがたい。

『第一王女エレーナ殿下がご入場なさります！』

王族用の扉から入場してきた私たちに、会場が一瞬静まりすぐに響めいた。

おそらくは正妃の気まぐれか、本来なら最後に入場するはずの陛下と先に入場していた正妃が、私たちを見て腰掛けていた席からわずかに腰を浮かす。

祝辞を述べる国王陛下以外の王族出席が任意である理由は、あくまでこの場は学園を卒業する若者たちが主役であるからだ。だからこそ、参加するには理由が必要で、その理由を見いだせる〝教育〟を受けていない王太子は、ダンジョンから戻ってもまだ王宮から出てきていない。

そして、彼の足りない部分を補佐するべく、王家が側近として配置した〝友人〟枠の二人は、今ここにいる。

宰相の孫であり、大貴族メルローズ家の、ミハイル・メルローズ。

総騎士団長の子息で、大貴族ダンドール家の、ロークウェル・ダンドール。

本来なら王太子が王となった世に重鎮となるはずの側近二人が、第一王女であるエレーナに付き添っていることで、会場内の貴族は混乱していた。

それを知っていた国王陛下は、エレーナの行動に表情一つ動かすことはなかったが、王太子の実母である正妃は、何が起きているのか分からず陛下に視線を送り、それに陛下から返されたのはわずかな憐憫の視線だけだった。

「陛下、正妃殿下、ご機嫌麗しゅう」

「よい、エレーナ。祝いの席だ。存分に楽しむと良い」

「かしこまりました。それでは失礼いたします」

陛下との挨拶も終わり、何か聞きたげな正妃の視線を無視して、振り返ったエレーナが差し出した手を私が取る。

私とエレーナは、ミハイルとロークウェルのパートナーとして参加したのではない。

私は侍女服のまま参加し、ここまでエレーナをエスコートしてきたのも私だった。

今回エレーナが参加したのは卒業生の〝パートナー〟となるためではない。

新しく側近に迎えた卒業生二人のために〝主《あるじ》〟として参加しているのだ。

今回の目的としては、私たち全員の望みを叶えることにある。

ミハイルとロークウェルはパートナーとして私たちを望んでいたが、現状で婚約者を決めることは悪手だと考えたエレーナは、まずロークウェルの望みを半分だけ叶えてあげた。

エレーナの側近となれば、彼女を守る立場になるという望みを叶え、婚約者でなくても、もっとも近い異性として見られることになる。そこから先、王女を取るか王太子を取るかを決めるのはダンドール家の問題だ。

それを伝えるために騎士の訓練場へ向かう途中に出くわしたミハイルも、そのままエレーナの所へ連れていった。私も王女の侍女として参加している身であるが、側近同士なら親しくしていると見られても問題はない。

そしてエレーナは、二人を側近として迎えたことを多数の貴族に知らしめ、国家の重鎮である二家を手中に収める、『王太子を超える政治力』を見せつけた。

エルヴァンを王太子から廃し、自らが次の〝女王〟になると貴族たちに示したのだ。

「……この意味が分からないとは、やはり王妃教育は大切ね」

微かに呟いたエレーナの言葉をこの場で理解できなかったのは、中級貴族の卒業生と正妃くらいだろう。民を導くためには、膨大な知識と教養が必要だからこそ、幼少期から王太子の婚約者が選ばれるのだ。

「では、参りましょうか。わたくしたちの〝戦場〟へ」

「「「はい」」」

卒業生たちが尻込みする中央で、エレーナがロークウェルと踊り、私がミハイルと踊る。この場での主役は卒業生である二人だが、高位の貴族ほどそうは見ない。そして二人も、エレーナが立場を表したことで、自分の意思でエレーナに仕えると決めた。

そして私の望み……〝私〟が王女の側にいることを、貴族たちに知らしめることができた。

しばらくして陛下は正妃と城の奥へと下がり、貴族たちは派閥ごとに集まって何やら話し合っていた。ロークウェルとミハイルも実家の関係者と話をするために一旦この場を離れて、誰もが遠巻きにして近づいてこない高位貴族の席で、エレーナが不意に口を開いた。

「……アリアはこれで良かったの？」

「うん」

私は、エレーナを狙う者たちを集める〝餌〟だ。

ある程度情報を集められる貴族なら、私のことも気づいているはずだ。竜殺しのこともいずれは知られることになるが、そのために報償で貰った鑑定を阻害する魔導具も身に着けていた。

だからこそ、エレーナも私を心配しているのだと思うけど……。

「大丈夫だよ」

「……信じます。誰よりも」

たった一言でしかない私の言葉にエレーナは静かに頷いてくれた。

これから先、エレーナを傀儡とすることはできないと気づいた貴族派だけでなく、王太子を擁護する王家派の一部、そして王国の弱体化を図る諸外国も彼女を狙うようになるだろう。

私はエレーナを狙う、すべての敵を排除する。それまで、私はもう誰にも負けるつもりはない。

たとえ、この身が血で染まろうとも――。

蠱惑の聖女

「……なるほど。良い力をお持ちのようだ」

魔術学園が冬季休暇に入った年末、王都にある聖教会の神殿にて、初老の男性が一人の少女と向き合っていた。

男の名はハイラム。彼は聖教会の本殿があるファンドーラ法国より、クレイデール王国の神殿に認められた『聖女』を見極めるために訪れていた。

神殿長とその孫から紹介されたその少女は、アーリシア・メルシス子爵令嬢。十三歳という話だが、魔力で成長する貴族としては見た目が幼く、まだ十四か小柄な十五歳程度にしか見えなかった。

だがハイラムは、その屈託のない笑顔の奥に潜む〝闇〟に気づいていた。

（……恐ろしい子どもだ）

聖女認定はこれまでもかなりの数が行われている。

各国の神殿ごとに自分たちが認めた聖女こそが本物であると、年に数件は本殿に連絡が入る。その度にハイラムのような司祭の肩書きを持つ者が確認をしに赴くのだが、そのほとんどは、多少光魔術が使えるだけの貴族令嬢で、その令嬢の箔付けのために聖女の名が使われていた。

だが、そのほとんどを本殿は『聖女』として認めている。現在の価値観からすれば、魔族を退ける本物の聖女よりも、民に平穏を与える政治的な理由と本殿に納められる莫大な寄付金のほうが有用だからだ。

ハイラムが正教会に入って三十年ほどになるが、ハイラム自身、真に聖女と呼ばれる存在にはいまだ出会ったことはない。

魔族との戦争が激化していた百年ほど前にいた聖女は、精霊に愛され、光魔術と異なる『神聖魔法』を使っていたと伝えられており、その本質は【魔術】よりも【戦技】に近いものだという。

ハイラムの目の前にいる少女は、魔力値が低く、到底聖女とは思えないが、警戒していたハイラムでさえも、出会った瞬間に、絆《ほだ》されるような蠱惑的な魅力を感じた。

真の聖女は、皆に愛される独特の雰囲気を持つと言われている。

過去には【加護《ギフト》】による『魅了能力』によって聖女となろうとした女もいたが、他者の心を操るような強力な〝魅了〟は対価が激しく、おおよそ千人ほど魅了すれば寿命が尽きていた。

それは加護を与えた精霊のせいではなく、人間の欲望が限りないことを精霊が理解できなかった故の悲劇だった。

この少女からはそこまでの力は感じない。もし魅了が使われていたのなら、本人と会う前に話をした神殿長が違和感を覚えていたはずだ。

この少女には〝闇〟がある。だが、感じられるこの魅力が精霊に愛された結果なら、この少女も、〝本物〟にはならなくても、『政治的な聖女』として充分な資質を持っていることになる。

その力を上手く使えば、王国内における法国の影響力を増すこともできるだろう。

「では、聖女様。法国の神殿はあなたの存在を認め、共に歩むことを望みます」

「嬉しい！　ハイラム様、よろしくお願いします！」

少女はハイラムの言葉に輝くような笑みを見せたが、「ですが……」と少し恥ずかしそうに頬を染めた。

「〝聖女様〟なんて呼ばれるのは少し恥ずかしくて……できれば、リシアって呼んでもらってもいいですか？」

「……わかりました。リシア様。では、これからリシア様のお力を知らしめるために、何が必要かを話し合っていきましょう」

＊＊＊

年が明けてすぐ、王城にある外部に面したテラスでは、祝いに駆けつけた王都の民たちに向けて、王族たちが年始の顔見せをしていた。

テラスに立っているのは、国王陛下とその両隣に正妃殿下と第二王妃殿下、王太子エルヴァンに第一王女エレーナ、さらに七歳になった第二王子だけでなく王弟アモルまでいることが、この国の王族の少なさを表していた。

それでもエルヴァンの婚約者であるクララやカルラの姿がないのは、エルヴァンとエレーナの進退問題が影響している。

以前は仲が良かったエルヴァンとエレーナも、エレーナがそう装うのをやめ、国の重鎮であるダンドール家とメルローズ家の嫡子がエレーナ側に付いたことで、情勢に疎い貴族は困惑していると聞く。

そのせいで情勢はさらに不安定にはなっているが、エレーナに言わせれば、今のエルヴァンが王太子で居続けるよりも結果的にマシになるらしい。

現状、それほどまでにエルヴァンの評価は下がっている。王族の務めも果たさず、一人の令嬢に傾倒しているのだから当然だ。

彼が割り切って子爵令嬢を寵妃とするのなら、ある程度の理解は得られるとは思う。でも今の国王陛下と同じことになるのを古い貴族たちは危惧していた。

今はまだ王家派閥の中で王太子派の貴族家が彼を擁護しているが、中立派を中心にエレーナの支持が集まっているようだ。

そのせいか、エルヴァンの顔色はあまり良くない。隣に立つエレーナとの距離も以前よりも離れて、精彩のない作り笑顔を浮かべる彼の姿は、完璧な王族としての微笑を浮かべるエレーナの覇気のある華やかさに霞んでいた。

それも当然だ。そうなるようにエレーナがお膳立てをしたからだ。

エルヴァンからすれば、幼少期からの親友二人に見限られ、慕ってくれていたはずの妹が自分の立場さえも奪おうとしている状況だ。

元から王家派の中でも中立寄りで、国家が強くなることを重視するメルローズ家は、明確にエレーナ側に付くことを陛下に申し入れている。

ダンドール家は、王太子妃候補であるクララと兄のロークウェルの対立という形になったが、エレーナもダンドール家の血筋であることと、それに対してクララが何も言わなかったことで、全体的には中立として静観することになった。

エルヴァンがそれを知ったのは、わずか数週間前のことだ。

それでもエルヴァンが顔にも出さずに王族として振る舞える〝強さ〟があるのなら、元からエレーナも無理に女王になろうとは思わなかっただろう。

その結果、エレーナは王家を支持する王都の民と、その場にいる多くの貴族に、王族としてエルヴァンとの格の違いを見せつけた。

エレーナが学園の卒業パーティーの時期にそれを知らしめたのは、これが理由だ。

それがもたらす国外への影響も、エレーナはすでに手を打っている。

これによって国内の敵と味方が明確になる。中には思いもよらなかった味方や敵が現れることもある。

それを見極め、排除するのも私の役目だ。


「……そこを退け、〝灰かぶり姫〟」

「言われて退くと思う？」

人気《ひとけ》の少なくなった王城で動いていた数名の者たちがいた。

男が四人に女が二人。騎士が一人、文官が二人、女官が一人、執事とメイドが一人ずつ。全員がバラバラに動いて、一つに集まったところで私が先を塞ぐ形となった。

彼らの顔は知っている。王城でも何度かすれ違ったこともある。

だからこそ、私は彼らを警戒していた。

暗部でもない者が私の〝威名〟を知っている事が、如実にその正体を語っていた。

「第二王妃の手勢が、王族になんの用だ？」

「……お前には関係のないことだ」

私の問いに、彼らのリーダーらしき壮年の執事が硬い声で答える。

彼らは、エレーナの実母である第二王妃が使っている、暗部ではない斥候系の間者たちだ。そんな者たちが武装をして王族のいる場所に近づこうとしているのなら、その理由も察しがつく。

「今更、切り捨てたエレーナ様を王にしようと、騒ぎを起こして、王太子殿下に罪を被せようとしている？　それとも、母を切り捨てた、言うことを聞かない娘が邪魔にでもなった？」

「お前には関係のない話だと言ったはずだ」

「そうでもない」

第二王妃の目的は、正妃からすべてを奪うことだ。そのために、王妃としての出席行事以外、正妃に何も仕事をさせずに権力から遠のかせた。

第二王妃が役立たずとして切り捨てた、エレーナの存在を無視し続けるのならそれでもよかった。だが、どんな思惑があるにしろ、愛と嫉妬に狂った第二王妃の行動は、今のエレーナにとって邪魔にしかならない。

「お前たちの動きは、エレーナ様が予測していた」

その瞬間、私はダガーを構えて飛び出したメイドの顎を掌底で打ち抜き、肘打ちを放って気管ごと叩き潰す。

「油断するな！　妃殿下のために命を懸けろ！」

メイドが崩れ落ち、執事の声に残りの者たちが廊下に散開する。

リーダーの執事だけが戦闘力８００のランク４。残りがランク３か。

私の説得を即座に諦めて敵対してきたのは、彼らにエレーナを害するつもりがあるからだ。

最悪の予測としてエレーナと私が考えたのは、エレーナに危害を加えてその罪をエルヴァンに被せ、その傷が原因で、エレーナが母を頼らなくてはいけない状況になることだった。

おそらく彼らは第二王妃の手勢の中でも、暗殺を主にしてきた者たちだろう。第二王妃に対して忠誠心はあるようだが、だからこそ、そんな戦力をまともな状況判断も出来なくなった第二王妃の手元に残すわけにはいかない。

そして何よりも……。

「がっ⁉」

「エレーナに危害を加える可能性があるなら、躊躇はしないと決めている」

私が膝を打ち込んだ文官の胸元が陥没して吹き飛び、その隙を縫って、一人の女官が私の横をすり抜けようとする。

「ひぐっ」

その瞬間に旋回するペンデュラムの糸がその首に絡みつき、強く引き寄せることで絞め殺したその死体を騎士たちに投げつけ、一瞬受け止めるか躊躇した騎士と文官の首を両手で掴んで、ねじ曲げるようにへし折った。

残り一人――

「貴様……」

「お前たちの忠誠を否定はしない。でも、お前たちに信念があるように、私にも譲れない思いがある」

私が城で血を流さないように殺したのだと気づいたはずだ。でも、壮年の執事はそれで退くこともなく、ゆるりと短剣を構えた。

「……参る」

一瞬で飛び出した彼が、駆け引きもなく、私の人生の数倍の時間をかけて鍛え上げたであろう全力の一撃を繰り出した。

「――【神撃《クリティカルエッジ》】――ッ！」

神速の一撃――私はそれから逃げることなく、精神を集中させ、そっと刃の腹に手を当てて横に流した。

【神撃《クリティカルエッジ》】は格上にも通用する大ダメージを狙える技だが、その反面、急所を外れると通常よりもダメージが低くなる。

お前の敗因は技の特性を知りながらも、それに頼らざるを得なかったことだ。それ以外では私を倒せないと気づく戦闘経験がお前を勝利から遠ざけた。

私は逸らした一撃からすり抜けるように執事の首に腕を絡ませ、そのまま骨を砕き折る。

首が折れた執事のまだ光が残る瞳が無表情な私の顔を映す。聞こえているかどうか分からない彼に向けて、一言だけ語りかけた。

「エレーナの母なら、私が死なせはしない」

「………………」

その言葉の後に執事の瞳から光が消える。

気休めかもしれない。でも、分かり合える可能性も零じゃないと思いたいから……。

＊＊＊

リシアこと聖女アーリシア・メルシス子爵令嬢は、学園が始まるまでの時間を、王都にあるメルシス家の屋敷ではなく、神殿に与えられた部屋で過ごしていた。

リシアが持つあの女の〝知識〟では、ヒロインは養女として入ったメルシス家の家族に可愛がられていたが、男性を頼るあまり女性から反感を持たれやすいリシアは、貴族令嬢として侍女やメイドに囲まれる日々を面倒に感じていた。

（……神殿なら男の人も多いしね）

リシアの【加護《ギフト》】である『魅惑』は、相手側の感情に大きく左右される。初めて会う者が多い神殿では魅惑が効きやすいが、元からリシアに反感を持つメルシス家のメイドたちにはあまり効果は期待できなかった。

リシアの性格もあるだろう。あの暗殺者の女のように騙すつもりならともかく、リシアは男性以外と深く関わる気は初めから無かったのだ。

男性相手なら心からの笑顔を見せられる。法国から来たハイラムも初めは疑いの瞳を向けていたが、リシアの笑顔でハイラムは疑いを持ちながらも『好感度』を上げていた。

リシアの『魅惑』は『魅了』とは根本的に異なり、その力は弱い代わりに、相手に意識もさせずに好感度を上げることが可能だった。

それでもその反動として、魔力の最大値が魅惑を使うごとに減り続けている。

十日程まともな食事をして休めば回復する程度の反動だが、その力を使い続けたため、リシアの容姿はいまだに幼いままだった。

だが、問題はない。このまま魔力値が下がり続ければ病にもかかりやすくなり、結果的に寿命を減らすことになるが、リシアはそもそも、容姿が衰えるまで長生きする気もなかったからだ。

目的は〝愛される〟こと。それも出来る限り多く。

その愛された数だけがリシアの生きる目的であり、命さえも懸ける人生だった。

そのためにヒロインと同じ聖女という役割は、役に立ってくれた。だが、目的の一つである王太子妃の座は、ゲームと違いエルヴァンが成長しなかったことで怪しいものとなっている。

それでもリシアは、エルヴァンへの甘やかしを止めるつもりはなかった。彼の人生など興味が無かったからだ。

だからリシアは、彼を成長させるのではなく、他を落とすことで問題を解決しようと考えた。そのための手駒なら手足の指で数え切れないほどもいる。

その中の一人……深夜に彼を自室に招き入れたリシアは、風呂上がりの香油の香りを嗅がせるように身を寄せながら、彼の素肌に指で触れた。

「ナサニタルくん……リシアのお願い、聞いてもらえる？」

＊＊＊

「――どうか、皆様のお力を貸してください。この国は病んでいます。今は争うばかりではなく、隣人と手を取り合うことが大事なのです。今この国を救えるのは王太子殿下しかおりません。心清き皆様が正しい選択をしてくださることを願っています……」

神殿に集まった信心深い貴族たちの前で、一人の少女が〝説法〟を行っていた。

だが、説法とは名ばかりでその内容は稚拙な……幼稚とも思える理想論だったが、それに多くの貴族が集まったのは、その少女が『聖女』であったからだ。

「…………」

子爵令嬢アーリシア・メルシスではなく、『聖女リシア』として人々に話を聞いてもらいたい。そんな彼女の願いを聞いたナサニタルは、舞台袖の暗がりからその様子を見つめていた。

ナサニタルは思う。リシアこそ本当の聖女であると。

信心深く育った彼は、聖教会が唱える神の教えこそ、この世の真実であると疑いもしなかった。だが、その絶対であった価値観は、王女の護衛である桃色髪の少女によって打ち砕かれた。

だが、その傷ついた心を救ってくれたのがリシアだった。これまでの価値観が、教会という狭い世界での考えでしかないことを悩んでいたナサニタルに、彼女はその考えが間違ってはいない、綺麗なナサニタルの心を理解できない世界のほうが歪んでいるのだと、ナサニタルのすべてを肯定してくれた。

それは……甘い〝毒〟のようにナサニタルの心を侵食し、まるで幼子に戻ったかのようにナサニタルはリシアに傾倒していった。人間として成長する機会を失い、ただ甘えるだけになったナサニタルの求めをリシアはすべて受け止めてくれた。

こんなことは良くない……ナサニタルは悩みもした。王太子も王弟もリシアに傾倒している。そして、おそらくはリシアもナサニタルと同様に彼らのことを憎からず想っているはずだ。

そうなればリシアが王太子妃になる可能性もあるはずだ。そんな彼女と、聖教会の教えにも反するこんな関係を続けることは良くないことだった。

だが、ダンジョンの攻略後、リシアが申告した『聖女としての資格』を得たことで、優しい彼女は、聖女の慈愛によってナサニタルを受け入れてくれたのだと自分を納得させ、彼はさらに溺れていった。

実際にリシアに会えば、それまで感じていた不安や疑念が消えて、彼女への愛しさだけがナサニタルを満たした。

顔を見れば不安がなくなり、心地よさで包んでくれるリシアを、いつしかナサニタルは女神のように崇め始めていた。

それがおそらくは〝聖女〟の慈愛なのだろう。その証拠に、会うまでは彼女を王太子の協力者としてしか見ていなかった祖父も、実際にリシアに会ってからは彼女を聖女として認めていた。

（……素晴らしいよ、リシア）

そして、神殿に集まった王都の貴族たちも、はじめは信仰心から集まってくれただけだったが、リシアの姿を見て、その声を聞いたことで懐疑的だった視線はなくなり、今は熱に浮かされたように熱い視線をリシアに向けていた。

リシアはこの国にとって必要な存在だ。彼女が王太子妃になり、いずれ王妃となることで、この王国は神の慈愛に満ちた素晴らしい国になるだろう。

だが、そのためには邪魔になる者たちがいた。

次の正妃候補である、エルヴァンの筆頭婚約者、クララ・ダンドール。

エルヴァンの側近であった大貴族を新たに側近に迎え、エルヴァンから王太子の座を奪おうとする、第一王女エレーナ・クレイデール。

しかし一番の問題は、その王女を護る男爵令嬢、アリア・レイトーンと、危険人物であるカルラ・レスターの存在だった。

最低でもこの二人を排除することができれば、リシアが王太子妃になる最大の障害は無くなる。

（……っ）

今でもカルラのことを思い出すたびに顔が痛む。カルラの炎に焼かれたナサニタルの傷は、表面こそ治癒していたが表情が上手く作れず、信者の子どもを怯えさせることもあった。

（許さない……）

自分に恐怖を刻み込んだあの少女二人を、ナサニタルは絶対に許せなかった。

アリア・レイトーンが与えた屈辱と恐怖は、ナサニタルの心を壊した。

カルラ・レスターが与えた苦痛と恐怖は、ナサニタルの精神を追い込んだ。

本来なら彼女たちに刃向かおうなどと考えもしなかっただろう。だが、その心の痛みはすべてリシアが取り除いてくれた。

「……分かっているな、お前たち」

ナサニタルの呟いた声に、彼の背後から三つの黒い影が浮かび上がる。

ダンジョンの最奥に辿り着いたナサニタルは、聖女となるリシアの横に立つための力を求めた。

彼の実力は光魔術がレベル２相当で、学生としては優れていても聖女に並び立つものではなかった。その願いを聞いたダンジョンの精霊は、聖人と同等の力を与えることはできなくても、それに近いことは叶えてくれると約束した。

だが、与えられたその【加護《ギフト》】は、ナサニタルの願いのままに、ナサニタルが望んだものとはかけ離れていた。

ナサニタルが抱えた闇はそれに相応しい〝力〟をもたらした。

それでも、敵がいる現状なら使える力だ。毒をもって毒を制す。ダンジョンの精霊に仲介され、取り憑いたその存在を疎ましく思いながらも、自ら罪を背負うことこそが『リシアへの献身』であると自分を納得させ、それは神が与えた自分への試練だと思い込むことで心の平静を保っていた。

「リシア……君のために」

その呟きを耳にして、三つの影がナサニタルに気づかれないよう微かに嗤った。

＊＊＊

私たちにとって二年生となる魔術学園が始まった。

去年、魔族がらみの騒ぎがあったことで、入学を辞退する新入生もいるかと思われたが、今年も例年通りの人数が入学式に参加して、新たな学園生活を始めている。

「そりゃ、あれだ。貴族である以上、魔術学園を卒業しないと成人と認められないこともあるから、貴族連中は必死だよ」

「なるほどね」

学園の警備を確認するため学園を回り、用務員に扮したヴィーロと歩きながら、私は彼の説明を聞いて、そう言えば以前そんなことを聞いたのを思い出した。

以前に比べて警備は厳重になっている。学園騎士の数はそれほど変わらないが、中級以上の貴族家は護衛の数を増やし、暗部の人員も数を増していた。

エレーナの警護にも近衛騎士だけでなく、今年から護衛騎士となったロークウェル・ダンドールが加わった。戦力面としては近衛騎士と同等の彼だが、高位貴族の彼がいるだけでエレーナを煩わせる輩に対処できるので、私も動ける幅が広がっている。

貴族の護衛には手練れが揃っていて、中には戦闘力が1000近いランク4の者もいた。今回ヴィーロと学園を回っているのは、そのランク4がどの陣営で、主にどこにいるのかを把握するためのものだった。

それと学園にいる暗部の人員に、〝彼女〟を覚えてもらうためでもある。

「……それにしても」

人の記憶に残らない程度に気配を消しながら歩いていたヴィーロは、私の横を黙り込んだまま歩く彼女に視線を向ける。

「お前の存在、違和感すげぇな、ジェーシャ」

「そんなこと、分かってんだよ！」

今年から学園内での護衛にジェーシャも加わった。それは予定していたことだけど、ミラが最低でも貴族の前に出られるように礼儀作法を叩き込んだ結果、砂漠にいた頃から彼女のことを知っていたエレーナが悪ノリして、学園の新入生枠で彼女をねじ込んでしまった。

だいぶ気心が知れているようで何よりだ。ランク4のジェーシャがいれば、私もある程度は自由に動ける。ランク3の魔術師であるエレーナと、ランク3の騎士であるロークウェルがいれば、ランク5が相手でも引けを取らないはずだ。

ジェーシャは私のようにレイトーン家の養子ではなく、正式に準男爵となったドルトンの養子として入学している。これまでも亜人の生徒は居なかったこともないが、彼女の容姿は、ヴィーロが注目を避ける必要さえ感じないほどに目立っていた。

「なんで、ドルトンの娘なんだよ。しかも、こんな格好……」

「似合ってるぞ……ぷっ」

「ふざけんなヴィーロ、ぶっ飛ばすぞっ」

彼らがそんなことを言い合っているのも、ジェーシャが魔術学園の制服を着ているからだ。

しかも、本来なら私と同じ高位貴族の従者である第三種制服を着るはずだったが、足首まであるスカートに慣れないジェーシャの機動力を阻害してしまうという理由で、一般学生と同じ第一種制服を着ている。

山ドワーフとしても大柄なジェーシャは、私と身長は同じでも体重は三倍もあり、そのほとんどが筋肉なのだから、華奢な貴族令嬢を見慣れているヴィーロからすれば、そんな感想も仕方のないことだろう。

たぶん、それもエレーナの悪ノリだと思うが、それよりも……。

「ジェーシャ、言葉遣い」

「アリア……」

じゃれ合っているのを注意すると、ジェーシャが情けなさそうな顔で私を見る。

私も人のことを言えた義理ではないが、ジェーシャはこれから、分かりやすい抑止力である第一王女の護衛として見られることになる。仲間内でならエレーナも気にはしないと思うが、大声で粗野な言葉遣いは問題になる。

私は分かりやすい〝餌〟だ。そのためにエレーナの側を離れることもあるので、ジェーシャには色々と頑張ってほしい。

何も問題のない、いつもの日常。

でも――

「――ヴィーロ、ジェーシャ」

「どうした？　アリア」

「ジェーシャ、集中しろ。分かるだろ？」

ヴィーロも気づいていたのか、注意をするヴィーロの言葉でジェーシャもその気配に気づいた。

「……なんだ、この嫌な気配は」

魔術学園の周囲は深い森に囲まれている。人の集団が通れるほどの平地はなく、知恵のある魔物は人の多い場所には近づかない。

そもそも繁殖力の高い低級な魔物以外、学園周辺では討伐されるし、この森のどこかにネロもいるので、そんな魔物が紛れ込んでも倒されているはずだ。

ならば、そこに魔物がいるのなら、突然そこに現れたことになる。それはヴィーロも同じ意見なのか、私ではなくジェーシャに声を掛けた。

「ジェーシャは、王女殿下のところで警戒しろ。こっちは俺とアリアで対処する」

「なんでオレだけ？」

「ジェーシャは得物がないでしょ？　どのみち誰かは戻らないとダメだから、納得して」

私たちの護衛対象はエレーナであり、それが優先される。その場合、ジェーシャの主武装である両手斧は、学園にあるエレーナの屋敷に置いてあり、小さな手斧程度しか持ってきていないジェーシャが戻るのが最善だ。

ヴィーロに続いて私もそう判断したことで、ジェーシャ本人は戦いたいのだろうが理性的に納得してくれた。

「わかったよっ、お姫さまは任せろ。二人とも気をつけろよ」

「了解」

ジェーシャがエレーナの許に駆け出すと同時に、私とヴィーロは気配を消して森の中に突入する。

ジェーシャを下がらせたのは、鬱蒼とした森に慣れてない彼女では本領を発揮できないと考えたからだ。その点、私とヴィーロなら地形による不利はない。

本人もそれは分かっているはずだが、仲間でもこういうやり取りは必要だ。

「こりゃ、生き物じゃねぇな」

森に入ってすぐ、漂う気配にヴィーロが顔を顰めた。

「不死生物《アンデッド》？」

「……それより厄介かもな」

不死生物は、穢れから生まれる動く死体だ。

吸血鬼のような呪いによって生まれた、人間と外見上の区別がつかない上位の存在は別として、一般的には、人間の死体が〝瘴気〟……負の感情を帯びた魔素が、強い怨念と合わさることで動き出すと言われている。

下位の不死生物には知性も知恵もなく、そこに魂は存在しない。

悪霊のような実体のない場合もあるが、それが大量発生しないのは、元になった人間が魔石を有していなければいけない事と、不死生物が自然発生するほどの濃い瘴気など滅多に存在しないからだ。

だからもし不死生物が現れるとしたら、大量の生き物が死んだ場所か、死霊術師のような存在が意図的に生み出したかのどちらかだ。

「おいでなすったぞ」

「…………」

森の奥から歩いてくる十体近い死体を見つけた。でも人じゃない。この森でも偶に目撃されるゴブリンやホブゴブリンのゾンビだった。

「ヴィーロ、任せた」

「お、おい」

ヴィーロの文句を無視して、私は腐乱臭が漂うゴブリンどもの頭上を飛び越える。

ゴブリンのような魔物は瘴気があっても不死生物にはならない。魔物は人間のような妄執が希薄だからだ。師匠は教えてくれた……もし、魔物の不死生物がいた場合は、ほぼ確実にそれを操る者がいると。

そして、感じた嫌な気配はこいつらじゃない。

――ヒュンッ!!

制服のまま木々を飛び移り、気配を消して放った二つのペンデュラムが闇を斬り裂くと、そこからボロボロの外套を纏った存在が姿を見せた。

やはり、居たか。

「何者だ？」

『…………』

それは問いに答えず、まるで重さがないように森の中を舞い、【闇の錐《ギムレット》】のような闇の弾丸を撃ち出した。

「――【浮遊《レビテイト》】――」

私は浮遊を使い、木の幹を蹴るように闇の弾丸を回避すると、安全圏に逃れようとするそれに向けて闇魔法を解き放つ。

「――【腐食《コロージョン》】――」

『――!?』

レベル5の闇魔法【腐食《コロージョン》】は、数十秒の間、対象の体力を秒間1ずつ減少させる。だがそれが精神生命体の場合、体力値の代わりである外皮を削り、魔力値を減少させるのだ。

確信はなかった。でも、疑惑はあった。

おそらくはそれも外皮の一部だったのだろう、腐食を受けた外套のフードが崩れ、それが素顔を晒した。

こんなことができるのは高位の不死者《アンデッド》か、精霊のような精神生命体くらいだ。

でも、精霊じゃない。その対極にいる魔を統べるもの。

この世の生き物にとっての天敵。

人を堕落させ、その魂を食らうもの。それは――

「……〝悪魔〟？」

――カカカカカッ――

素顔から漏れ出る膨大な瘴気に周囲の木の葉が色を失う……。

猿の骸骨のような素顔を晒したそれは、初めて私の存在を認めるように顔を向け、その骨を歪ませるように音もなく嗤いながら、そのまま森の奥へと消えていった。

……ヴィーロの言うとおり厄介なことになりそうだ。

悪魔の影

「やっと……見つけたっ！」

リシアの甘言でクララの下を離れたビビは、たった一人、暗殺者ギルドの北辺境地区支部があった礼拝堂を訪れていた。

かつてはこの地域で最大の礼拝堂だった建物は、地下墓地から発生した火災によって焼失し、五年近く経った今でも、その後の治安の悪化により再建の目処は立っていない。

ビビはその瓦礫となった焼け跡から、地下の廃炭坑への入り口を見つけ出した。

幼い頃からここで育った。幼いビビにとってここがすべてだった。

人見知りで暗殺の訓練も上手くいかず、心が沈んでいく日々から引き上げてくれたのは、自分より年上の一人の少女だった。

それがビビにとって最初の依存だった。その少女からしてみればビビなど手下の一人程度の認識しかなかったとしても、当時のビビにとっては少女に褒められることがすべてだった。

瓦礫に見つけたその隙間からビビは炭坑跡に降りる。

以前は馴れて気にならなかった微かなガス臭がないことを確認してカンテラを灯したビビが奥へ進むと、記憶にあるその場所は無残に焼かれて破壊されていた。

それをした〝灰かぶり姫〟に怒りが湧き上がったそのとき、その思いに呼応するように奥で微かな光が灯った。

「……誰？」

微かな他者の気配。小柄なビビだからこそ潜れた瓦礫の隙間を通って、誰かが先に入っていたというのか？　だが――

「……そんな、まさか」

もう二度と会えないと思っていた、焦がれたその人がそこにいた。

「キーラっ、生きていたのね！」

北辺境地区支部の暗殺者〝愉悦のキーラ〟が、暗がりの中で浮かぶ白い顔をビビに向ける。

五年前と少しも変わっていない美貌で駆け寄ってくるビビに微笑みかけ、そっと影のようにビビを抱きしめるキーラの足下に、焼け焦げた骸骨が一つ転がり落ちた。

＊＊＊

「結果から申しますと、学園の閉鎖はなく、様子を見るということになりました」

「……そうですか」

城から学園にあるエレーナの屋敷に戻ってきたミハイルの報告に、エレーナが静かに頷いた。

王女の側近となったミハイルは、エレーナの政治面の補佐をするため、一ヶ月の半分を城で宰相から学びながら情報収集を行っている。

今回、学園の周辺で『悪魔』らしきものが目撃されたが、その情報をミハイルが城へ持ち帰った結果、宰相と国王陛下との間でどのような協議がなされたのか、そのような返答を持って帰ってきた。

「国王陛下がそのような判断をされたのも、仕方のないことでしょう」

「私もそのように思います」

「いや、殿下もミハイルもそれでよろしいのですか?」

エレーナとミハイルのやり取りに、それを聞いていたロークウェルが腑に落ちないような顔で口を挟む。

彼の気持ちも理解できるが、そうなる事はある程度予想されていた。

学園に〝悪魔〟が現れた。精霊と同様に滅多に現れるものではないが、その情報が重要視されなかったのは、目撃者である私やヴィーロの報告が軽視されたのではなく、現状、学園の閉鎖をできないという単純な理由だ。

以前、魔族の襲撃により数ヶ月も学園を閉鎖したことで、貴族の中に学園の警備状況を問題視する声が挙がっていた。それが今また閉鎖することになれば、学園の存在意義自体が怪しくなる。

魔術学園は、上級貴族に専門的な学問と政治的な目線を養わせ、格差のある下級貴族の知識と教養の水準を上げて、王国貴族の平均値を底上げする目的がある。生徒たちが重視する、貴族間の顔合わせや婚約者探しなど、あくまで余録だ。

中央の貴族はともかく、地方の貴族が跡取りを学園に通わせるのは、学園を卒業すること自体が成人の目安とさせていることもあるが、この学園なら安全に学べると考えるからこそ嫡男を通わせ、それを王家への忠誠の代わりとしている。

王立魔術学園は王の威信の下に、王都と並んで安全な場所と思われていた。それが立て続けに閉鎖する事態となれば、王家に対する不信にも繋がりかねない。

「ミハイル、悪魔がいることを黙っていれば、生徒を危険に晒すことになるぞ」

「それは分かっているんだよ、ロークウェル。問題は、悪魔が現れた理由が分からないことだ。この学園にいる誰かを狙ったものか、それとも自然発生したものか……。狙いは学園ではなく王都や聖教会という線もある」

ロークウェルの疑問にミハイルが答えると、ミハイルから渡された書類を読んでいたエレーナが顔を上げてそれに続けた。

「ダンドール総騎士団長も了承しているようですよ。学園の警護を増やす予定もあるそうですが、ダンドール殿は王都と王城の警備を優先させたいようです」

「父上が……」

この世界は魔物や危険で満ちている。知恵のある上位の魔物ほど人里には近づかず、人は集落を作ることで生活をしているが、一度そこから離れたら、簡単に命を失う世界なのだ。

だからこそ人は武器を作り、魔術を学び、戦う術を身に付ける。それをしなければいけないほど、この世界では命の価値は低かった。

最悪の場合、貴族などいくらでもすげ替えはできるのだ。それを理解しているからこそエレーナのような貴族は私のような護衛を個人的に側に置くのだから。

「それに……」

エレーナは読んだ書類を傍らにいた私へ手渡し、ゆっくりと息を吐く。

「悪魔という存在は、私たちが考えている以上に民たちを恐れさせます。国王陛下とメルローズ、ダンドールの両家は、悪魔の目的が分かるまでこの事態を公にはしない、と決定しました。……アリア、ジェーシャ」

「はい」

「おう」

エレーナはいまだに言葉遣いが直らないジェーシャにクスリと笑いつつも、すぐに表情を引き締めて私たちの顔を碧い瞳に映す。

「ジェーシャはロークウェルやヴィーロと協力して、学園内の警戒と探索をお願い」

「いいけど、姫様の警備はどうする？」

「三人のうち誰かは交代で残ってもらうことになるわ。普通の騎士に相手は難しいと思うから、頼りにしているわね。ジェーシャ」

「まあ、頑張ってみるさ」

ランク4のジェーシャでも精霊や悪魔との戦闘経験はあまりないはずだ。それでも私やジェーシャの持つ魔鋼の武器は、ある程度、精神生命体にもダメージを与えられる。それでも微々たるものだが、特殊なミノタウロスの角のような素材——生体金属で加工すれば、ヴィーロが持つミスリルの短剣並みにダメージを与えられるようになる。

ジェーシャの武器もドルトンの判断により、虹色の剣保有の闇竜の鱗で加工している途中だ。それが出来れば、大きな戦斧を持つジェーシャは、攻撃面でも守護面でも要となるはずだ。

「そしてアリアには、ミハイルと協力して王都を探ってもらいます。本当はヴィーロのほうが、市井に慣れているのでしょうけど、戦力の分散を考えるとアリアに頼むしかないの」

「うん。分かっている」

王都だけでなくその他も調べようとすれば単独で動くことになる。

戦力面で虹色の剣を頼ることもできるが、ドルトンもミラも情報収集には目立ちすぎる。人族であるフェルドは、まだ大剣製作から戻っていないので、単独で悪魔と戦える私が一人で動くしかなかった。

正直に言えば、私がエレーナの側を離れることが敵の策略かもしれないが、エレーナの〝囮〟である私が単独で動くことで、そこを狙ってくれることを祈るしかない。

悪魔がどこから現れたのか？　誰かの意思によって動いているのか？　悪魔の強さがどれほどのものなのか……私が身を以て確かめるしかないだろう。

下級悪魔なら私でも問題なく倒すことはできる。でも……もしそれが〝上級悪魔《グレーターデーモン》〟なら、今の私で勝てるだろうか？

＊＊＊

「……ビビの行方はまだわかりませんか」

「申し訳ございません、クララ様」

夜が更けた王城内にある『王太子妃宮』にて、専属侍女であるヒルダの報告にクララは静かに息を吐く。

本来ならここは、王太子と成婚後の妃に与えられるものだが、クララが筆頭婚約者であることと、学園で悪魔が確認されたことで、総騎士団長であるダンドール辺境伯が陛下に保護を願い出たことにより、仮住まいとして貸し与えられた。

今の正妃が王妃宮に移ってから十数年ほど使われていなかったが、清掃は行き届いており、特に不自由はない。今も王宮のメイドたちと、クララの配下が周りを固めているが、今この部屋にクララの他に側近しかいないことで、クララは三人を労うように笑みを零した。

それを見て、元暗殺者であるドリスとハイジが勢いよく頭を下げる。

「すみません、クララ様っ。ビビが……」

「あの子、仕事を放棄しただけでなく、なんてことを」

「あなたたちの責任ではないわ。おそらくはあの娘も【加護《ギフト》】を得ていた。それを先に確かめなかった私の落ち度よ」

クララの〝予見〟で再演算した結果、あの子爵令嬢だけでなくエルヴァン、アモル、ナサニタルの三人も【加護《ギフト》】を得た可能性が高いと分かった。

あのダンジョンは王家が所有しているが、精霊が気まぐれで高い能力が得られにくい場所であった。それ故に油断した。クララが乙女ゲームの知識を持っていたせいで、補佐系の能力しか得られないと、勝手に思い込んでいたからだ。

「おそらく、精神系の能力でしょう。他者の意思をねじ曲げるほど強力な加護は得られないはずですが、敵意を弱める。もしくは敵意の方向を、どこかへずらす程度なら可能なはずです」

「ではビビは、あれを敵ではないと思い込まされた？」

「分かりません。明確な敵意を持っていれば無効に出来るかもしれませんが、言葉巧みに誘導されることもあるでしょう」

「なるほど……」

クララは言葉を濁したが、ヒルダはビビがクララに絶対の忠誠を誓っていたのではなく、寄る辺を求めてクララに従っていたことを分かっていた。それでもビビはクララに恩を感じており、裏切るような大きな問題はないと思われたが、その心の隙を突かれた形になったのだろう。

「闇属性である精神系の対策として、光の魔石を所持しておきなさい。気休め程度ですが、多少の効果はあるはずです」

「かしこまりました。聖教会に依頼をしておきます」

「あ、あの……」

その時、ビビとドリスが子爵令嬢暗殺に向かっていた際も、クララの警護をすることを望んだハイジが小さな声で発言する。

「あの娘の対策は分かりましたが、あちらはいいのですか……？」

その発言に、ヒルダとドリスが非難するような視線をハイジに向ける。

あちら、とはエルヴァンを王太子から下ろそうとする王女殿下の動きだ。子爵令嬢も放置はできないが、王女エレーナが新たな王太子だと国王陛下が認めれば、必然的にクララも王太子妃ではなくなる。

配下の誰もが思いながらも、主人の気持ちを慮《おもんぱか》って言葉にできなかったその問いに、クララは憤ることなく寂しげな笑みを浮かべた。

「もう……どうでもいいのかもしれないわ。思えば、最初から王妃になりたいなんて考えたこともなかった。ただ、あの人の側にいられたら……。ごめんなさいね、こんなわたくしを主人にしてしまって」

「何を仰いますか、我らはクララ様だからこそお仕えしておりますっ」

「私もですっ、ここに居ない者たちもそう思うはずです！」

「ずっとクララ様にお仕えします」

「あなたたち……」

子爵令嬢との【加護《ギフト》】の戦いにおいてクララ側は側近の一人を失った。だが、それは結果的にだが残った者たちの結束を強めることになった。

ならばこれ以上、ヒロインの位置にいるあの少女に好き勝手させないため、クララは自分の命を削るように〝予見〟を使う。

「……（あの娘は精神系として、他の三人は、なんの加護を得たのかしら）」

前の王弟殿下は加護の使いすぎで早世した。それを知っているはずのエルヴァンやアモルが危険な【加護《ギフト》】を望んだとは考えにくいが、あの子爵令嬢が油断できない能力を得た時点で、ゲームの知識とは異なっている可能性がある。

王都近くにあるダンジョンから得られる【加護《ギフト》】は弱い。だが、それは精霊の格の違いではなく人間に対する対応の違いではないのか？

人のことを何も考えてないような強い精霊の加護も、裏を返せば、人の望みを最大限に叶えているように思える。人を愛しているからこそ、出来る限りの願いを叶えるのだ。

逆に人のことをそれほど愛していない精霊なら、願いの意図を読まず、適当な加護を与えてしまうのではないだろうか？

時を同じくして学園に〝悪魔〟が現れた。もしそれが、精霊に叶えられた曲解された願いだとしたら……。


――コンッ。


突然、窓を叩く物音に、クララ以外の全員が警戒するように身構える。

「――!?」

「ビビっ？」

窓の向こう側、夜の闇に消えてしまったはずのビビの姿があった。

顔色が悪く姿もよく見えないが、小さな玻璃《ガラス》をはめ込んだ窓の向こうで、室内の光に照らされた顔は確かにビビのものだった。

「お前、今までどこに行っていたんだっ」

同じ暗殺任務に就いていたドリスが、口が悪くも心配していたのか、怒りながらも嬉しそうに窓に手をかけた。

クララはヒルダたちが庇ったことで彼女の姿を見ることができなかった。

ドリスが窓へ駆け寄り、〝予見〟を使った頭痛に苛まれながらも、その空いた隙間から覗き込んだクララは、朦朧とした頭で一瞬〝それ〟に気づくのが遅れた。

「開けてはなりません!!」

「え……」

カチッ……。


『――オマネキ、アリガトウ――』


その声は、あきらかにビビでありながら――〝人間〟とは違っていた。

ガシャンッ!!

「ぐあっ!?」

半分開いた窓を破壊するようにドリスを弾き飛ばし、黒い靄の身体にビビの顔だけを貼り付けた存在が、ゆるりと流れ込むように室内に侵入すると、定命《じょうみょう》の者たちを嘲笑うように、ビビの顔を粘土のように歪めて嗤った。

「それから離れなさいっ!」

それを見て、〝予見〟の使いすぎで片目から血の涙を流したクララが、その正体を看破する。

クララの前世の知識に、吸血鬼は招かれなければ家に入ることが出来ないという伝承がある。だがそれは、吸血鬼の力を恐れすぎた者たちや、後の世の作家たちが弱点として付与した、人に希望を与えるための追加の属性にすぎない。

だが、現実でもそれがあるとしたら……？

古来より人は、夜に来る恐ろしい〝モノ〟を吸血鬼と呼んで同一視していた。

そうだとすれば、招かなければ家に入れないという話は、その存在が力を振るうために行う、簡易的な〝契約〟の儀式ではないのか？

それを行う存在とは――

「……悪魔……っ」

――カカカッ――

クララの言葉にビビの貌《かお》をした〝悪魔〟が嗤う。

生きる者の声ではなく、まるで髄《ずい》の詰まった骨を打ち鳴らすような嗤い声に、クララと側近たちは怖気が奔るような感覚を得た。

悪魔とは生きる者の天敵だ。亡者のように生者を恨み、生きていることへの妬みで生者を襲うのではなく、悪魔は生者の負の感情と負に染まった魂を食らう。

故に生者は悪魔を恐れる。それは生や死の問題ではない。尊厳ごと貶められることへの本能的な恐怖に魂が怯えるのだ。

「皆、下がりなさい！　【火矢《ファイアアロー》】――っ！」

全員が怯えて硬直する中、異界の魂を持つクララだけが行動を起こせた。

ただの転生ではなく、異界から記憶を失わずにいた魂は、二つの人生における経験で他者より行動が阻害されるなどの弊害を持つが、二つの異なる世界を経験した魂はそれだけ柔軟性があった。

ボォンッ！

――カカッ――

クララの放った【火矢《ファイアアロー》】を受けた悪魔がビビの貌を歪ませて嗤う。

悪魔は精霊と同じ精神界の住人だが、精霊がその属性である水や土を依り代にするのと違い、人の血肉を依り代とする悪魔は、精霊よりも物理攻撃が効きやすいと言われている。

それでも魔力が伴わない攻撃は効果が薄く、それに物理と魔力の破壊力が高い火魔術を使ったクララの判断は間違っていないが、ランク２の魔力制御では悪魔を傷つけることも出来なかった。

だが、それでも――。

「――このクソやろう……っ」

最初に窓ごと吹き飛ばされたドリスが、自らの怯える魂を鼓舞するように吼えた。

それに呼応するようにヒルダとハイジもクララを庇って立ち上がる。クララの起こした行動は、人の心に悪魔の畏怖に対抗する意志を取り戻させた。

「ハイジっ！」

ヒルダの声に頷いたハイジが魔術の詠唱を始める。

だが、行動そのものが魔法的要素を持つ悪魔に対して『詠唱』という行為そのものが致命的だ。

それ以前に三属性である魔力値の高いクララの火魔術が効かない状態で、何が出来るというのか？

――カカカッ――

悪魔が黒い靄の身体を広げるようにして、もう逃げ場はないとハイジたちの行為を嘲笑う。まだハイジの詠唱は終わっていないが、それでも悪魔が魔術を無視しきれず、ビビの歪んだ貌をハイジに向けたそのとき――

「――【浄化《クリーン》】――っ」

ヒルダの陰で魔術の構成をしていたクララの光魔術が悪魔に放たれた。

光魔術の【浄化《クリーン》】は穢れた魔素である〝瘴気〟を浄化する。それを力の元とする悪魔は一瞬怯んだ様子を見せたが、即座に光の魔力ごと引き裂こうと黒い靄を巨人の腕の形にして殴りつけた。

「させるかぁああっ！」

クララを襲った巨人の腕からドリスがクララを抱えるようにして飛び退き、悪魔の攻撃がテーブルを石の床ごと粉砕する。

ドゴォオン!!

光と瘴気がせめぎ合い、打ち砕かれた粉塵が晴れると、悪魔の前にクララたちの姿はなく、ただ破壊された扉だけが揺れていた。

『…………』

それを見て悪魔はビビの貌をぐにゃりと歪ませると、黒い靄を再び巨人の腕に変え、壊れた扉と壁を粉砕して外に出た。


「――くっ」

「――【浄化《クリーン》】――」

悪魔の攻撃を受けたドリスの腕をクララが水魔術で洗い流し、すぐさま【浄化《クリーン》】で傷を清める。

「……なんて酷い」

ドリスの腕は悪魔の攻撃が掠めただけで焼かれたように爛《ただ》れていた。おそらくは瘴気の影響か、一度の【浄化《クリーン》】では瘴気を浄化しきれず、この状態では治癒魔術の効果も薄い。

触れただけでダメージを受けるような悪魔を相手にして、それだけの被害で済ますことができたのは、各自が自分の役割に徹したからだ。

ハイジが呪文を唱えていたのは悪魔を攻撃するためではなく、初めから退路を確保するため扉を破壊するためだった。それを〝予見〟によって理解したクララが、気を逸らした悪魔に【浄化《クリーン》】を使い、その隙にハイジが【石弾《ストンショット》】で破壊した扉から退避した。

「ダンドール様っ！」

「何事ですか⁉」

物音を聞きつけた第五騎士団の女性たちが駆けつけてくる。派手な音を立てたのも彼女たちに知らせる理由があったからだ。

「悪魔が現れましたっ。至急、近衛騎士団に連絡を。すぐにあれが来ますっ」

いまだこの王太子妃宮の主ではないが、筆頭婚約者であるクララの言葉と、その側近であるドリスの怪我を見て女性騎士たちが息を呑む。

第五騎士団は建国時より存在する由緒ある騎士団だ。騎士団と言っても過去はもとより現在でも百名足らずの騎士しかいないが、それは騎士団の全員が女性騎士であり、要人警護を主な任務としていたからだ。

だがそれは、下卑た貴族が想像するような騎士爵令嬢の腰掛け的な意味ではなく、王妃と王女を護り、賓客を警護する王国の顔として全国から選抜された、戦う女性たちの憧れの部署であった。

実力で選ばれた彼女たちの総合的な戦力は近衛騎士に迫るとされ、近衛騎士や暗部騎士と並ぶ、王国の虎の子とも言える存在だ。

「「「はっ！」」」

女性騎士たちがクララに応える。王太子妃宮を護る彼女たちは、クララが婚姻前にここに滞在している原因が魔物であると聞かされていたが、情報漏洩を恐れた上層部により『悪魔』であるとは知らされていなかった。

だがそれを知ってなお、第五騎士団の彼女たちは未来の王妃を護るため、顔色を悪くしながらも、その命を懸けると覚悟を決めた。

「来るぞっ！」

誰かの声に隊長らしき女性騎士が前に出て、片腕で短剣を構えるドリスに並び、彼女の前を遮るように声を掛けた。

「そちらの侍女！　この事を私たちの団長と近衛騎士にっ。装備は大盾と槍、光魔術師を全員招集とお伝えくださいっ」

「私もまだ――」

「ドリスっ、その怪我じゃ邪魔になるわ！　私たちもクララ様をお守りしながら下がりますから、あなたが騎士団に伝えなさい！」

「く……分かったっ」

ヒルダの言葉に、戦力としての優先度を理解したドリスが反対側へと走り出す。それと同時に通路の向こう側から、廊下を埋め尽くすようにビビの貌を張り付かせた黒い靄が迫ってきた。

「撃て！」

「――【跳水《スプラッシュ》】――！」

「――【火矢《ファイアアロー》】――っ」

「――【風刃《ウインドカッター》】――っ」

その黒い靄に向けてクララたちや騎士たちから攻撃魔術が放たれる。次々と撃ち出される魔術が悪魔を撃ち、一瞬怯んだように動きを止めた悪魔の貌が、ビビの貌からひび割れた石の仮面に変化した。

「効いているわっ！」

「待ちなさい！」

クララの制止を聞かず、一人の若い騎士が剣を構えて飛び出した。だが――。

「団長っ⁉」

悪魔の仮面が再び人の貌になり、それを見て驚きの声をあげた女性騎士を、悪魔の豪腕が壁に叩き付けるように押し潰す。

――カカッ――

おそらく悪魔は、第五騎士団の団長の貌をしているのだろう。その貌が粘土のように歪んだ笑みを作ると、押し潰した壁の隙間から大量の血がこぼれ落ちた。

『――カンロ――』

その〝食事〟に硬直する騎士たちにクララが叫ぶ。

「下がりますっ、急いで！」

「で、ですが、あの悪魔が――」

「すぐに追ってはきません！　早く！」

「……ハッ！　総員、ダンドール様をお守りしつつ後退！」

仲間を殺した悪魔を睨みながらも、最初に前に出た隊長らしき女性騎士が他の騎士たちに指示を出す。

足止めをしなければ追いつかれる。――そう考えて騎士の誰かが犠牲になることも考えたが、実際に撤退を始めても悪魔はすぐに追ってこなかった。

「ダンドール様……」

後退をしながらその理由を隊長が問うと、クララが血の涙を流した片目を押さえながら言葉を漏らす。

「あの悪魔は、私たちで〝遊んで〟いるのです。人の恐怖を食らうために……」

悪魔は人間の負の感情を食らう。正当な術者に召喚された悪魔なら『誓約』があり、仕事を優先するためそんな真似はできないが、もしクララの〝予見〟どおり、【加護《ギフト》】として使役するだけの力を与えられたのなら、最終的な目的以外、ほぼ制御されていないことになる。

「王太子妃宮の中庭へ！　そこで応援が来るまで対処します！」

「ですが、追ってこないのならこのまま騎士隊の所へ向かわれては？」

そちらなら近衛騎士もいる。おそらくは完全ではないとしても、対悪魔用の備えも進めているはずだ。

だがクララは隊長の言葉に小さく首を振る。

「たぶん、そこが限界です。それ以上離れると、あれは本気で襲ってくるでしょう」

クララは〝予見〟にて複数の未来を演算したことで、悪魔の動きやその行動原理までも演算できていた。

あくまで確率の高い答えでしかないが、あの悪魔が『招かれる』ことで王太子妃宮に侵入できたのなら、それが簡易的な『契約』だと仮定すると、あの悪魔が万全の力を振るえるのは王太子妃宮の敷地内に限定されるはず。

だからこそクララが王太子妃宮にいるうちは、悪魔は本気を出さない。クララの魂が絶望に染まるまで、悪魔は虎がウサギをいたぶるような攻撃しかしないはずだ。

クララが悪魔から生き残るには、それだけが唯一の希望だった。

「他の騎士が来てくれましたっ！」

クララたちが中庭に辿り着くと、騎士団の詰め所へ向かう途中でドリスが声を掛けたのか、平服ながら大盾と長槍を持って、仮眠を取っていた数名の騎士が駆けつけてくれた。

そのわずかに気勢があがる中で、微かな魔術光の明かりだけが照らす中庭に、クララたちを追ってきた悪魔が闇夜から舞い降りる。

もはや女性の騎士団長と認識できないほど歪んだ貌が嗤う。悪魔が触れた庭の草木が瘴気に腐って異臭を放ち、その瞬間に身じろいだ騎士の一人を悪魔が巨人の腕で掴み取る。

「ひっ――」

悪魔はそのまま、雑巾を絞るようにその騎士をねじり潰した。

「悪魔から目を逸らしてはなりませんっ！」

思わず目を背ける若い騎士たちをクララが叱咤する。

悪魔と戦うためには恐れてはいけない。だが、そんなことは常人には不可能だ。それでもクララは〝時間を稼ぐ〟ために……そして自分を鼓舞するために声を張り上げた。

「あれは、おそらく〝ドッペルゲンガー〟です！　あれの強さは普通の悪魔に劣りますっ！」

ドッペルゲンガー。二重存在、分身などと呼ばれる〝誰か〟の姿を真似る悪魔だ。人の不安と猜疑心を煽る悪魔だが、クララの〝予見〟は、あの存在をそう判断した。

ドッペルゲンガーの戦闘能力は擬態するものに左右される。だからこそあの悪魔は、簡易契約をして力を万全に振るえる状況を作り出した。

だが、ドッペルゲンガーが強くないとしても、それは他の悪魔に比べての話であり、その実力は普通の人間など歯牙にもかけないほどかけ離れている。

クララも《簡易鑑定》は使えるが、悪魔の力を視ることができなかった。それはクララの戦闘経験が乏しいことで悪魔の力を測ることが出来なかったからだ。

だがおそらくは上級悪魔……。その戦闘力は最低でも2000、依り代を得て解き放たれた悪魔なら4000を超えるだろう。

「とにかく時間を――」

さらに指示を出そうとしたクララが目を押さえて膝をつくと、側にいたヒルダが慌ててそれを支える。

「クララ様っ、それ以上〝予見〟を使うのは、おやめください！」

クララは片目だけでなく両目から血の涙を流しながらも、ヒルダの腕を強く掴む。

「まだ……です。もう少し、もう少しなのです」

クララの加護、〝未来予見〟は脳に異常な負担を強いる。

元々この能力は、戦況を視るための軍師に適した能力で、この状況では使い続けなければいけない。しかも本来の王弟であった元第二王子は、これと酷似した能力を得たせいで早世した。そこまでしなければ、王家派と貴族派で乱れた国をある程度まで纏めることが出来なかったのだ。

「で、ですがクララ様、そんな簡単に応援の騎士が来るとは……」

ヒルダの言葉に誰もが内心で頷く。元暗殺者のドリスが全速で駆けたとしても、数分で王城まで辿り着き、第五騎士団や近衛騎士がそれを理解して装備を調え、到着するまでどれだけの時間が必要だろうか。

本隊が到着するまでどれだけ急いでも四半刻……ドリスが第五騎士団の者だけとりあえず先に連れてきても、まだ到着までしばらくは掛かるだろう。

「ひぐっ――」

また騎士が殺された。悪魔に捕まった騎士がその腕に抱かれて、声にならない絶叫をあげながら死んでいく姿を、クララたちはただ見ていることしかできなかった。

これであとどれくらい持つのか？　残りの騎士は隊長を合わせて五人しかいない。

「……耐えて……もう少し……」

それでも耐えろとクララは言う。彼女は〝予見〟に何を視たのか？

可能性の二つのうち一つは、ここには居ない。

でも――

「……来た」

ドォオオオオオンッ!!

突如として膨大な魔力が辺りを満たすと、騎士の死体ごと悪魔を爆炎が包み込む。

その炎に照らされ、白いドレスに漆黒の髪を靡かせた一人の令嬢が、浮かんでいた夜空から愉しげな声を零しながら、膨大な殺気を撒き散らしていた。

「――あら、わたくしの庭で何を〝遊んで〟いるのかしら？」

崩れ落ちるように膝をつくクララにヒルダやハイジが護るように寄り添った。

「クララ様っ」

「大……丈夫」

こうなるかどうかは〝賭け〟だった。この国で悪魔に対抗できる者は限られている。それが上級悪魔ともなれば、この大陸でも数える程しか存在せず、少なくともクララは〝二人〟しか知らなかった。

その一人、竜殺しの少女は今、王都にはいない。そしてもう一人……『茨の魔女』として恐れられる少女が王都にいることは分かっていた。

王女が戻るまで彼女は国から謹慎をするように言われて学園にいるはずだった。でも、その原因となった神殿の件を含め、彼女の行動を抑制できる者はいない。

以前から学園にいながら彼女の動きを読むことが出来ず、クララは竜殺しの少女の情報を含めてあらためて〝予見〟をした結果、彼女が空間転移の魔術を用いて〝何か〟を手に入れたのではないかと考えた。

それはゲームには出てこない設定のみのアイテムだったが、彼女がそれを手に入れ、何かをするつもりなら王都にいる確率が高いと判断した。

だが、クララの〝予見〟でもその確率は五割程度でしかない。

彼女が現れ、悪魔との攻防に参戦する確率ではない。

彼女が悪魔と戦い、勝利する確率でもない。

一割にも満たなかったクララたちの生存確率がようやく半々となった。

それは彼女が現れたことで、〝悪魔〟がクララを殺せなくなったからではなく、彼女がクララを
まだ殺すつもりがないからこそ、クララが死ぬ確率が半分まで下がったにすぎなかった。

その〝彼女〟が宙に浮かびながら、瀕死の騎士ごと悪魔を炎に包む様を、クララは血の滲《にじ》む瞳で見上げて、掠れた声を夜に零した。

「カルラ・レスター……」


――カカッ――

中庭を照らす業火の中からのっそりと現れた悪魔は、腕の中の炭化した騎士の死体を見て、悲しげな表情を作る。

『――ヒドイ、ヒト――』

「まるで失敗した人形のような顔をするのね」

獣が無理に人の言葉を発すような声に、カルラが素直な感想を漏らす。悪魔はその言葉に、崩れた粘土のような第五騎士団長の貌を愛らしい少年に変え、その見覚えのある貌にカルラが嬉しそうに目を細めた。

「懐かしい顔ね……お亡くなりになった、下のお兄様だわ」

ドォンッ！

「きゃぁあっ⁉」

圧縮した空気が破裂したような衝撃波が、クララたちや生き残っていた女性騎士たちを吹き飛ばし、その瞬間、カルラが五歳の時に殺した兄の貌が、手が届きそうな間近で嗤う。

――カカカッ――

「――【雷撃《ディグヴォルト》】――」

少年の唇が黒い霧を吹き出し、カルラが即座に雷撃で応戦する。

悪魔は一目見た瞬間にカルラを〝敵〟と見なした。クララたちのように捕食する対象ではなく、その黒く染まりきった純粋な魂に、己の契約を阻害する邪魔者として排除することを決めた。

互いが放射する魔力にカルラと悪魔が弾かれ、電撃が悪魔の少年を模した貌を焼き、カルラが纏うドレスの裾が黒く染まって崩れ散る。

――カカッ――

悪魔としては、カルラの表層意識にあった『愛する家族』の貌を作ったはずが、その愛する兄を殺したカルラは、罪の意識もなく嬉しそうに微笑んだ。

父母と同様に屑であった三人の兄のうち二人を殺した。一番上の兄は殺したいから殺したが、下の兄は特に大した理由もなく殺してしまったので、それが心残りだった。

「また兄様を殺せるなんて、嬉しいわ」

膨大な魔力がカルラの手に集まり、その白い光に悪魔が距離を取る。

「――【聖　炎《ホーリーフレイム》】――」

三つの白い炎が絡み合う蛇のように悪魔を襲い、さすがにそれを受ければ痛手を受けると察した悪魔がさらに距離を取りつつ、吐き出した瘴気で相殺《そうさい》した。

聖なる炎と瘴気が荒れ狂い、それを受けた草木や外壁が腐りながらも浄化を繰り返し、その場を一瞬で枯れ果てた廃墟のように変える。

――カカッ――

「ふふ……」

互いの力を推し量るように悪魔と魔女が嗤い合う。どちらもまだ本気ではなく、次の手を打つべく隙を探していると、その人外の戦場に近づいてくる物音が聞こえてきた。

「いたぞ、悪魔だ！」

「――カルラっ!!」

駆けつけてきたのは近衛騎士団だった。全員が全身鎧の上に浄化の護符を仕込み、同じく浄化の処理をした大盾に長槍を構えたフル装備だったが、彼らだけではなく、共に現れたローブ集団の後方から〝名〟を叫ぶその人物に、カルラが吊り上がるような満面の笑みを浮かべる。

「来るぞっ！」

騎士の誰かが叫び、ローブ集団のほうへ後退するカルラを悪魔が追う。

その瞬間、カルラごと巻き込むように放たれた、宮廷魔術師団からの攻撃魔術を軽やかに躱したカルラが集団の中に舞い降りると、悪魔も攻撃魔術をものともせず、二人の魔術師を押し潰すようにして地に降りてきた。

「ごきげんよう、お父様」

「カルラ、貴様ぁあっ！」

カルラは、自分を全属性にする実験を施した父親に貴族令嬢らしい挨拶をする。筆頭宮廷魔術師であるレスター伯爵は、二人の息子を惨殺して、今も嫌がらせのために降りてきた末娘の名を、憎しみを込めて叫ぶ。

その当時、レスター伯爵は末娘の精神性を危険視しながらも、始末する際の被害や、まだ利用価値があったことで処分を先送りにした。

その時のカルラは、父親と家族を皆殺しにしたくても、まだ父親には勝てないと察して、王太子の婚約者となり、父の手駒でいることを承諾した。

だが、その微妙な力関係はすでに崩壊している。

「止めろっ！」

近衛騎士たちが大盾を構え、長槍を振るって、レスター伯爵へ向かおうとする悪魔を止めるべく道を塞ぐ。

悪魔も黒い靄の身体を巨大な蜘蛛のように変化させ、槍が身体を抉ることなどお構いなしに直進して、騎士たちを護符の鎧ごと踏み潰した。

――カカカッ――

「くそっ、【稲妻《ライトニング》】――ッ」

レスター伯爵は娘を無視するようにして、死んだ三男の顔をした悪魔に稲妻を撃ち放つ。レスター伯爵はランク5の魔術師であり、最高でもランク4である他の宮廷魔術師を超える威力を以て悪魔を押し止めた。

「今だっ！」

その一瞬の隙を突いて、近衛騎士と魔術師たちが全力で攻撃を仕掛ける。幾つもの槍が悪魔の身体を抉り、炎や風の魔術が靄の身体を吹き飛ばす。

――カカッ――

だが悪魔は、身体を抉られながらも少年の貌を歪めて嗤い、二本の脚を伸ばして騎士と魔術師を絡め取る。

「――ひっ」

悪魔は恐怖を煽るように笑みを浮かべ、恐怖に怯える騎士と魔術師の頭部を、少年の貌で噛み砕いた。

悪魔もこれだけの攻撃を受ければダメージを受ける。たとえ微々たる痛手であったとしても、受け続ければ確実に存在を削られるはずだが、悪魔はその攻撃をあえて避けることはせず、その場で人の〝恐怖〟を食らうことで補填した。

同じ精神界の住人でも、これが生み出すことを前提とした〝精霊〟との違いであり、〝悪魔〟は存在した瞬間から捕食者だった。

「おのれっ！」

その光景にレスター伯爵が全力の【火球《ファイアボール》】をその手に作り出す。だが――

「……なっ」

悪魔が再び石仮面を変化させたその顔に、放とうとしたレスター伯爵の手が止まる。

ドッペルゲンガーの変化は、姿かたちを真似るだけでなく、その〝貌〟を知る者へ本人と対峙したときと同等の印象を与える。

悪魔が変化したそれは最初にカルラに殺された長男の貌だった。彼も息子に手駒が死んだ以上の感情は持ち合わせてなかったが、一瞬手を止めたことで頭が冷え、再び【火球《ファイアボール》】を撃つのを躊躇する。

レベル5の攻撃魔術は大部分が範囲攻撃であり、レスター伯爵は多くの騎士や部下を巻き込むのを承知で放つことを、貴族の名声的にできなかったのだ。

――カカッ――

悪魔がそれを嘲るように長男の貌で嗤い、頭部を噛み砕かれて痙攣する騎士と魔術師を盾にしながら、まだあどけなさが残る少年の口を蛇のように広げる。

「いかんっ」

悪魔の口内に大量の瘴気が満ちているのを見て、それが吐き出される前に火球を消して下がろうとしたレスター伯爵の腕を白い繊手《せんしゅ》が掴んで止めた。

「あら、いけませんわ、お父様」

「カルラっ⁉」

間違いを諫めるように微笑む末娘に、レスター伯爵が目を剥いた。

この細い腕にどれほどの力があるのか、レスター伯爵が力を込めてもびくともせず、悪魔が吐き出した真っ黒な瘴気に、カルラは笑顔のままで父が生み出した【火球《ファイアボール》】を、父親の腕ごと瘴気に叩き付けた。

ドォオオオオオンッ!!

「があぁああああああああああっ⁉」

荒れ狂う瘴気と炎に、周りにいた数人の騎士と魔術師が巻き込まれ、片腕を失い獣のような悲鳴をあげるレスター伯爵が、炎と瘴気に巻かれながらも地面に転がる。

「――【魂の茨《ソウルソーン》】――」

その瘴気と爆炎の中から、全身を隙間なく黒の茨で覆ったカルラが歩み出て、手の中に残った炭化した父の腕を握り潰した。

「あはぁ♪」

▼カルラ・レスター　種族：人族♀・ランク5
【魔力値：∞／590】【体力値：24／52】
【総合戦闘力：1711（特殊戦闘力：4906）】
【加護：魂の茨《Soul Thorn》 Exchange/Life Time】

その〝魔物〟めいた異様な姿と膨大な魔力に、爆炎の魔力で視界を塞がれていた悪魔が警戒して飛び退くが、それよりも一瞬早くカルラの魔術が放たれた。

「――【雷の嵐《サンダーストーム》】――」

レベル7の【雷の嵐《サンダーストーム》】の発動に、星空が一瞬で暗雲に覆われ、天より降る幾つもの稲妻が悪魔を貫いた。

広範囲ではなく局地限定をしたせいで城への被害は抑えられたが、それでもその場にいた十数名の騎士や魔術師が巻き込まれた。

油断していた悪魔はまともに食らってしまい、さらに距離を取ろうとするが、その瞬間を狙って飛び込んできたカルラの茨に覆われた拳が、以前殺した兄の貌を打ち砕く。

バキン――ッ！

顔面を打たれた悪魔が城にある尖塔の天辺《てっぺん》まで距離を取り、割れた石の仮面でギロリとカルラを睨《ね》めつけた。

『…………コロス…………』

怨嗟に満ちた歪な声にカルラが口元の茨を笑みに変える。

「ふふ、いいわよ。私も必ず〝食らって〟あげるわ」

カルラの宣言を聞いた悪魔が夜の闇に消える。

本当に撤退したのか、生き残った騎士たちが怯えるように息を呑む中で、悪魔の気配が完全に消えたことを確認したカルラの耳に、微かな声が届いた。

「……………この〝悪魔〟めっ」

「〝人違い〟ですわ、お父様。生きていらしたなんて、とても嬉しいわ」

炎である程度相殺していたとはいえ、片腕を失い、半身が焼け爛れた父の姿に、カルラは顔の茨だけを解いて笑顔を見せる。

その笑顔は本当に父の無事を喜ぶ娘のように見えたが、その状況があまりにも異様すぎた。もし、彼女の世話をする老執事がそれを見たとすれば、おそらく彼女の気持ちをこう代弁しただろう……。

自分の手で殺すのだから生きていて嬉しい――と。

「それでは、ご療養なさいませ、オトウサマ。ふふ」

生き残りや瀕死のレスター伯爵でさえ声もなく見送る中、ドレスが燃え尽きたカルラは、わずかな黒の茨で覆われただけの、魔力で成長した肢体を惜しげもなく晒しながら悠然と去っていった。

「こふ……」

誰もいないところまで来ると、咽せるように血を吐いたカルラが【影収納《ストレージ》】から出したマントを羽織りながら、微笑むように目を細める。

「まだ強くなれるわ……そうでしょ？　アリア」

悪魔の住む町　1

「――っ！」

その〝少女〟は常連となっている宿の一室で夜中に飛び起きる。

酷い〝夢〟を見た。今夜だけでなく何度も見た。とてもおぞましい夢だったがそれを誰かに話す気にもなれなかった。

そこでふと、起きるときに声を出してしまったのではないかと、同室の少女が眠るベッドを振り返るが、幼馴染みである茶髪の少女は寝息を立てたまま起きる様子はなく、少女は汗で張り付いた青みがかった黒髪をそっと額から剥がした。

隣室にいるはずのもう二人の幼馴染みも起きた様子はない。四人は冒険者であり、きっと仲間たちは昼間の冒険で疲れているのだろうが、少女は再び眠りにつくこともなく小さく息を漏らす。

「…………はぁ」

四人は一緒に冒険者となり、幼馴染みの中で一番年下である少女は仲間たちに護られてきた。

だが、いつしか護る理由が変わり、少女は次第に仲間たちの視線を重荷に感じるようになっていた。

ベッドから降りて少女は窓の外に目を向けると、町の外れにある礼拝堂の聖印が遠くに見える。

この町に住んでいれば誰もが目にして、近くの村の出身である少女たちにとってもすでに見慣れたものだったが、今夜に限ってそれがとても印象に残った。

夢で見たのだろうか……。少女はその、おぞましい〝夢〟に身震いをする。

でも、その恐ろしい夢でさえも現実よりマシだ。閉鎖的な村で生まれ、閉鎖的な町で冒険者となった少女は、ずっと遠くに行くことを夢見ていた。

黒髪の少女はその〝夢〟をもう一度見るために再びベッドに潜り込む。

（今夜こそ、自分をどこか遠くへ連れて行ってくれますように……）

祈るように心の中で呟き、少女は再び夢を見る。

その中で〝白い女性〟のような影が浮かぶ。優しげに両手を広げる白い女性に、少女は救いを求めるように手を伸ばした。

＊＊＊

王宮が正体不明の魔物に襲われてから一ヶ月が経った。

多数の騎士と魔術師が再起不能となり、筆頭宮廷魔術師が重傷を負うほどの強大な魔物だったが、彼らの活躍によって魔物は退けられた。……と公式ではそうなっている。

多くの死者を出すほどの被害があり、城の外からでも分かるほどの強力な魔術が使われた。黙っていればそれだけ悪い噂ばかりが広がるので、民の不安を払拭するためにもそんな誇張された内容が公表されたのだ。

王城でもその日から数日は厳戒態勢が敷かれていたが、王都の聖教会より神官騎士が派遣されたことで今は落ち着きを取り戻している。それというのも、この一ヶ月間、新たな襲撃がなかったからだ。

現れた上級悪魔の狙いは分からない。だが悪魔の誤算は、悪魔に対抗できるカルラの存在があったことだ。

だからこそ、カルラが多数の騎士や魔術師を巻き込むように殺しても不問にされている。

実際に意図的に巻き込まれた筆頭宮廷魔術師は、炎に半身を焼かれるほどの重傷を負い、失った片腕は瘴気の影響により再生できるかも分からず、数ヶ月の絶対安静を強いられていた。

その代わりカルラは悪魔対策として王城にいることを要請されている。

「どうして、カルラはそれに大人しく従っているのでしょう？」

学園から王宮に呼び戻されたエレーナがそんな疑問を呟くと、護衛騎士のロークウェルが静かに頷いた。

「言い方は悪いですが、彼女が王家の意向に従うとも思えません。それでも立場がありますので、承諾した振りをしているのでは？」

確かに、表面上だけ頷いておいて好きに動くことは充分にあり得る。でも私は、カルラの思惑が理解できた。

「たぶん……待っているから」

ぼそりと呟いた私の言葉にその場にいた全員が振り返り、私の表情を見て、それだけでなんとなく理解できた顔をした。

カルラは悪魔を待っている。あのカルラが自分の〝獲物〟を見逃すとは思えない。おそらく、あのカルラでも悪魔を倒しきれなかった。

だからカルラは、悪魔が自分を襲いに来るのを待っている。今度こそ確実に滅ぼすために。それを城で待つ理由は、おそらく城で治療をしている父親への嫌がらせだと思うけど、それは私の想像なので話すのはやめておく。

そのカルラが城にいるせいか悪魔はあれ以来現れていない。悪魔に恐れのような感情があるとは思えないので、たぶん、悪魔もカルラを確実に殺せる機会を窺っているのだろう。

今まで私のような冒険者の報告ということで、悪魔対策は装備を調えて警戒だけに留められたが、実際の被害が出たことで本格的な対策が講じられた。

エレーナや宰相の考えでは、あのレベルの悪魔が私たちのいる世界に自然発生する確率は低く、偶然現れたとしてもあそこまでの力はない。つまりは、あれを召喚して操っている存在がいる。

そう考えれば自ずと犯人の目的が見えてくる。

「最初に襲われたのがクララでした。初めは王家とそれに関わる者が狙われたと考え、貴族派による犯行かと思いましたが、それではあまりに短絡的すぎます」

エレーナが説明を始めると皆が静かに頷く。

今までもエレーナの誘拐など短絡的とも思える行動をしてきた貴族派だが、彼らの目的は外国との取引で得られる利益であり、王家そのものを排して国力を削ぐことではない。国家そのものが弱くなりすぎれば、外国との折衝で不利になるからだ。

それなら、王族とそれに連なるものを殺して得をするのは誰か？

周辺国もそこまで愚かではないだろう。コンド鉱山の利権問題などでぶつかることはあっても、クレイデール王国が衰弱すれば、北のカンハール王国や今は友好国であるカルファーン帝国もこの地域に手を伸ばしてくるはずだ。

その大国が裏にいる可能性もあるが、そこまで考えるとすべてを疑うしかなくなる。

目的はなんであれ、一般の騎士や魔術師では上級悪魔に敵わなくても、操っているのが人間ならそれを捕らえるか討伐すればいい。だがそれ以前の問題で、上級悪魔を召喚して使役できるのなら、他にもやれることがあるはずだ。

わざわざ暗殺という粗雑な手段を使わなくても、地方の上層部を操るとか、国力を落とす手段は幾らでもある。

だからエレーナは、最初にクララを襲ったことに意味があると考えた。

それは、クララを排して『王太子妃をすげ替える』という、子ども染みた本当に短絡的な犯行だと予想した。

でも、現状の公爵家で、第三妃に内定しているパトリシア以外に、王太子に見合う年回りの良い令嬢はいない。侯爵家や伯爵家ならいるかもしれないが、その気があるのなら王太子の婚約者候補を決める際に名乗りをあげるはずだ。

それに今の王太子を見て、エレーナにその座が脅かされている状況で、そんな事を考える上級貴族家はないとエレーナは言った。

「だから、子ども染みた、ではなく？」

「そう。子どもの犯行である可能性があるわ」

私が訊ねた言葉をエレーナが肯定するように頷いた。

常識で考えると、上級悪魔の召喚など一般の魔術師程度に出来るはずがなく、ランク6以上の魔導士でなければ、召喚できたとしてもそのまま取り殺されてしまう。

だから、国王陛下を含め、宰相や総騎士団長のような常識的な大人は、その可能性に辿り着くことができなかった。私やカルラのような非常識な子どもの戦いを見てきて、かつまだ子どもであるエレーナだけがその可能性に気づいた。

悪魔の短絡的な行動も、制御がされてないような言動もそのためだと。

だが、現実的な問題として、子どもに上級悪魔を召喚できるのか？

カルラなら技術的に可能かもしれないが、それだけはない。あれは悪魔を召喚することに手間と時間をかけるくらいなら、自分の手で殺すために強くなることを選ぶ。

常識的に考えれば子どもにそんなことは出来ない。でも私たちはそれを可能とするものを知っている。

「……ダンジョン」

ダンジョンから稀に取れる、現実では製作方法すら分からないアイテム類。高位魔術や猛毒を仕込んだ〝玉〟や、魔剣などもダンジョンで手に入る。

そしてダンジョンの精霊から与えられる【加護《ギフト》】なら、寿命や生命力を対価として特殊な能力を使うことができる。あんな悪魔のような存在を召喚して使役できるほどの能力なら、並大抵の対価では済まないと思うけど……。

悪魔を使役している人間は、子ども、もしくは大人になりきれない幼稚な人間。

王太子の婚約者が代わることを望んでいるのなら、何も考えていない貴族令嬢か、それに付き従う人。

大きなダンジョンの下層に潜れる人か、ダンジョンのアイテムを購入できる財力がある人物。

「そう推測すると、皆もある程度の察しはついていると思うけど」

説明を終えたエレーナの後を引き継いで、情報を持ってきたミハイルが続けた。

「この推測がされる前から、貴族派を含めて怪しいことが起きていないか、暗部を使って調べさせていた。悪魔が関わっているのなら、大量の行方不明者や、魔物や不死者の大量発生などの噂を集めていたが、殿下の推測からある程度絞り込めた」

ミハイルはテーブルに王都周辺の地図を広げて、その中の一つの地域を指し示す。

「この辺りは中央に近くても利便性が悪く、辺鄙《へんぴ》な場所だと知られている。それでも旧クレイデール王国時代の王家が、貴族に褒美として屋敷を与えた場所で、今でもいくつかの貴族が屋敷を保有している」

羽根ペンに赤いインクで村らしきものにバツ印をつけ、一カ所を丸で囲む。

「バツをつけた村で行方不明になった者がいる。魔物などに襲われて居なくなる場合もあるが、この数ヶ月で十人は多すぎだ。そこで暗部を送り込んでみたところ――」

ミハイルは眉間に皺を寄せながら、丸をつけた地点を睨み付けた。

「……五人送り込み、誰も戻ってこなかった。そしてこの地域には〝あの少女〟と関わりのある、聖教会神殿長であるオストール法衣男爵が治める町がある」

＊＊＊

「ネロっ！」

森に入り、駆けだした私がその名を呼ぶと、巨大な肉食獣の影が音もなく寄り添うように私と併走する。

「北西へ」

〈――了――〉

私の言葉にネロが応え、飛び乗る私を背に乗せたネロが私の倍以上の速さで森を走り出した。

暗部の密偵が戻らない場所。そこに悪魔がいる可能性は分からないが、エレーナはその持ち主から、そこが怪しいと考えた。

行くのは私とネロの二人だけだ。ランク４未満は被害を増やすだけなので連れていくつもりはない。私が一人で調査に向かうことに、口に出さなくてもエレーナには瞳で心配されたが、元々戦力を分けることを考えた時から、私が単独で動くことは決まっていたので予定通りの行動となる。

カルラが城にいる今なら、私がエレーナから離れても大きな問題はない。それでも、ヴィーロとジェーシャも置いてきたのは、カルラと悪魔の戦いにエレーナが巻き込まれたときの保険だ。

それに私も〝一人〟ではない。それを確かめるようにネロの首筋を軽く叩くと、呼応するようにネロも触角を私の腕に絡ませる。

その場所に悪魔が本当にいるとしたら、悪魔の罠に飛び込むようなものだが、私もそれなりに準備はしてきた。

ゲルフに製作してもらっていた、闇竜の飛膜を使った装備が完成していた。

形状は以前と一緒で薄いから衝撃を緩和する機能は低いけど、低ランクが放つ矢では貫通できず、火矢程度なら焦げ跡も付かないほどの耐魔性能と防御力がある。

でも一番の驚きは、再生力と着心地だ。

貫通痕でもその日のうちに塞がり、伸縮性が良く動きを邪魔しないだけでなく、スカートが私の意思を読み取るようにひらめいて、脚に絡まることはない。

手甲とブーツも闇竜の飛膜で補強し、竜の鱗を仕込んで強度を増している。その手甲に仕込んでいる小型のクロスボウも、弦の部分を竜の髭に置き換えたので、少しだが飛距離と威力は増していた。

今回はその矢にも工夫がしてある。鋼の短矢を百本用意して、その先端にほんの少しだけどミスリルを使用した。本来、不死者などに矢は効かないが、この矢なら意思を込めて放てば低級不死者なら一撃で倒せるはずだ。

これだけ装備を調えても上級悪魔に勝てるかどうか分からない。それでも私は悪魔から逃げるつもりはない。

『――ガァアア』

「了解」

ネロと走り出して半日ほど経ったところで、ネロと私の《探知》が、近づいてくる何者かの気配を捉えた。

二人……？　最初は三人かと思ったけど、生きている気配は二人だけだ。

逃げている人間らしき二人を追っている、生命力がない存在。

森の向こうから枝が折れる音がして、ローブ姿と革鎧の二人組の少女が現れた。

革鎧を着た少女がネロの姿に引き攣った顔をしたが、彼女に手を引かれたローブ姿の少女はその背に居る私に気づいて大きく声を張り上げた。

「――助けて！」

少女たちのすぐあとに身長二メートルを超える巨体が姿を見せる。

『……ブォ……』

オーク……それも不死者化《アンデッド》している。冒険者が他の冒険者の獲物を奪うのは御法度だが、助けを求められた場合は出来る限り手を貸すことが推奨されていた。

「〝救援要請〟承諾した」

ネロの肩を叩くと同時に、意を汲んだ黒い巨体が進路をそちらへ向け、大地を抉るように急制動をかけて背にいた私を前に飛ばす。

外套を脱ぎ捨てながら、驚愕を顔に張り付けた二人の頭上を飛び越え、新たな獲物に気づいて棍棒を振り上げるオークに私も腰から黒いナイフを抜き放つ。

「──【神撃《クリティカルエッジ》】──」

『────ッ』

突進力を込めた必殺の一撃が、腐りかけたオークの首を斬り飛ばし、首を失ったオークの不死者は揺れるように地面に倒れた。

「……何があった？」

オークに背を向けて歩き出した私がそう訊ねると、革鎧の少女は唖然とした顔で私を見つめていたが、助けを求めたローブ姿の少女は混乱した顔のまま口を開く。

「……わ、私たちの町が、おかしくなっているんです！」

よほど混乱しているのか、理解できない言葉にもう一度ゆっくりと聞き直した。

「それで……何がどうなっているの？」

脱ぎ捨てた外套を着直しながら問いかけると、そんな私を見つめていたローブ姿の少女が、慌てたように少しだけ顔を赤くする。

「わ、私たちの町がおかしいんですっ！」

「……それは聞いた」

相当慌てているのか、彼女から新しい情報は得られなかった。仕方なくもう一人の革鎧の少女へ視線を向けると、彼女は他のことに気を取られていてそれどころではなかったようだ。

「な、なぁ、こいつ、本当に大丈夫なのか？」

革鎧の少女は、私たちの様子を感情のない瞳で見つめている巨大な獣——ネロに怯えてそんなことを言ってくる。

「安心して。ネロは人間に興味はないから」

こちらもすぐには無理そうだと判断して、オークゾンビの死体から魔石を抉りだしていると、私の言葉に革鎧の少女が悲鳴のような声をあげた。

「だ、だって、こっちを見ているじゃないかっ」

ネロが人間に興味がないのは本当だ。基本的にどうでもいいと思っている。

師匠にはある程度慣れたようだが、師匠を森の庵《いおり》に送り届けたあとは問題なかったことを報告するため、すぐに私の所へ戻ってきた。

そのネロが学園周囲の森に留まり近づく魔物を狩っているのは、人間を護るためではなく、相棒である私がエレーナを護っている、ただそれだけの理由だ。

今も私たちを観察するように見ているのは、彼女たちがおかしな真似をすれば即座に殺すつもりなのだろう。それでも、私はネロを諫めるつもりはなく、それを言って無駄に彼女たちを怯えさせる必要もない。

そもそも、もしそうなれば、私自身が躊躇なくそうするつもりだからだ。

「……歩きながら聞く。町まで案内して」

そんな剣呑な雰囲気を感じ取ったのだろうか、革鎧の少女に落ち着きがなくなっているのを見て、私からそう提案する。

「ネロ」

〈──了──〉

名を呼んだだけで理解してくれたネロが、あの巨体で木の葉さえ揺らさず森の中へ消える。

元々調査予定の人里に近づいたときには、周囲の調査をしてもらう予定だったので、それが少し早まっただけだ。

彼女たちも、ネロが幻獣とは知らなくても、巨大な肉食獣というだけで威圧感を覚えていたのか、革鎧の少女があきらかに安堵の息を吐いて、ローブ姿の少女が落ち着かない様子で頭を下げた。

「あらためて、助けてくれて、ありがとうございます！　私はルドの町の冒険者で、魔術師のコレットと言いますっ」

「同じく、キャロライン……キャラでいい」

ローブ姿で青みかがった黒髪がコレットで、革鎧で茶色の髪がキャラか。

魔術師と軽戦士。どちらも戦闘力は１２０前後で、どちらも見た目の年齢は私より少し上くらいだけど、私と違って実年齢とあまり変わりはないように感じた。

幼い頃から魔力値が高ければ身体も急成長する。でも、ある程度身体が出来ているとほとんど見た目は変わらないらしく、コレットは魔術師だけど私よりも幼く見えた。

ルドの町……そこは、私が調査を行う予定のオストール法衣男爵の屋敷がある町だ。

元々は準男爵の爵位を持つ王家の侍従が管理をする町だったが、王都で仕事をする彼では管理しきれないとして、新たな屋敷と共にオストール法衣男爵家に譲渡された。

ルドの町は王都から馬車で数日程度かかるが、オストール家が管理することで屋敷と併設して礼拝堂が建てられ、周辺の村々から多くの人が訪れている。

「王都の冒険者でアリアだ。それでどうなっているの?」

「は、はい」

歩きながらになるがコレットが説明をしてくれる。

あの暗殺者ギルドがあった北方の礼拝堂ほどではないが、ルドの町でも森側に広がるように大きな墓地が作られていた。

この世界では不死者などの発生を防ぐために、火葬にして司祭による【浄化《クリーン》】が行われる。それから地域ごと家族ごと、また個人など、寄付金の額によって異なる埋葬がされるが、最近になって浄化されているはずの墓から、瘴気が感じられるようになったという。

「そこで私たち『黄金の矢』が依頼を受けて……周辺の状況を調査したのですが……」

彼女たちのパーティー〝黄金の矢〟は、戦士二人、斥候系狩人一人、魔術師一人のランク2パーティーだ。

バランスが良く大抵の依頼はこなせるのだろうが、町の治安に関わるような案件で調査を依頼されるのなら、よほど冒険者ギルドに信頼されているのだろう。

だけど彼女たちは、その依頼で思いもよらなかった敵に遭遇した。

「勝てないと……分かって、二手に分かれて……」

「おい、コレットが限界だろっ!」

オークゾンビから逃げて、碌な休みも挟まず移動を始めたせいか、コレットはまともに喋れないほど息を切らし、それに噛みついてきたキャラの脚も微かに震えていた。

「キャラ、私は……大丈夫。早く……ギルドに」

「コレットは弱いんだから無理するなって！」

「で、でも……」

「そういう〝約束〟だろ？　なあ、あんた、コレットを休ませたいんだ、いいだろ？」

「わかった」

疲労のせいか緊張しているのかコレットの話し方は、まるで人形みたいに固くなっているように感じられた。

コレットはギルドに早く戻りたかったようだが、それをキャラが止めた。キャラの言い方は多少引っかかるけど、他パーティーの内情に口出しをするつもりはない。

それに、仲間の安否を心配するコレットの焦りを見て、彼女たちが疲れていることに気づかなかった私の落ち度だ。私も普通の冒険者は半日も走り続けられないことを忘れていた。

でも、私がそう思ったのにも理由がある。コレットは話すときに〝何か〟を気にしていた。それをこの場で話せないのなら、早く町に戻ったほうがいい。

休憩にすると、彼女たちは手近な岩に座り込んで革袋の水を飲み始めた。

私も【影収納《ストレージ》】から器を出して生活魔法で水を注いで飲んでいると、それを見たキャラが眉を顰める。

「あんた、魔力を無駄にするなって教わらなかったのか？　敵のいるかもしれない場所なら、生活魔法も控えるのは常識だぞ」

「キャラっ、失礼なこと言わないで！　アリアさんは強い冒険者なのよっ」

どこの常識か知らないけど、確かに魔力が５０程度の彼女なら控えたほうが賢明だ。でも、その言い方をコレットから窘《たしな》められたキャラは、彼女から視線を外してふてくされたように横を向く。

「私だって、もう少しランクが上がればオークくらい倒せるさ」

確かにランク３になればランクの上ではオークと同格になるが、それで倒せるかどうかは本人の鍛錬次第だ。

キャラが妙に私に絡むのは、外見年齢が彼女たちとさほど変わらない私が、コレットから信用されているように見えて、それが面白くないのかもしれない。


それから何度かの休憩を挟み、私たちはなんとか夕方までにルドの町に到着した。

人の数が千人もいないような小さな町で、ここより大きな村もあるはずだ。それでもここが町と呼ばれているのは、単純に男爵家が管理しているので、町に必要な設備が充実しているからだろう。

外から見える町の様子に変わりなく、門を護る兵士も変わらずに冒険者認識票《タグ》を見せただけで通してくれたが、私がランク５である魔鉄製の認識票を見せたことで兵士が少しだけ挙動不審になっていた。

町中も特に変わった様子はない。……見た目上は。

コレットとキャラは門の兵士に報告するのではなく、直接冒険者ギルドに報告するらしく、そのままギルドへ向かうと、中にいた二人の男たちが喜色を浮かべて駆け寄ってきた。

「キャラ、コレット！」

「ジャン、スレイ！　二人とも無事で良かったっ」

四人は互いの無事を確かめて喜び合っている。でも、彼らが先に戻ってきたのなら、オークゾンビに警戒しているはずだが、冒険者ギルド内にそんな緊張感はなく、ギルド内にいた一部の冒険者はそんな彼らに冷ややかな視線を送っているのを見て、私は彼らからそっと離れる。

「オークゾンビが出たと聞いたけど？」

「……ああ、彼らの話ですか？」

私が受付に声を掛けると、書類仕事をしていた受付嬢が顔を顰めながら溜息を吐く。

「瘴気の発見報告があったので、調べさせたのですが、オストール家の方からもう瘴気の浄化は終わったって連絡があったのですよ。それなのに、こんな場所にオークゾンビだなんて。この町じゃ十年はオークなんて見ていないのに」

「なるほど……」

この辺りは元々ランク3を超える魔物は滅多に現れないようだ。辺りを見回してもランク3以上の冒険者の姿は見えず、ランク3になった冒険者は王都に行くか、王都南方の大規模ダンジョンへ行ってしまうだろう。

それ以上に〝黄金の矢〟があまり受け入れられていないように感じた。

このギルドにいる人はランク2で燻っている人たちで、あの若さでその域に辿り着いたコレットたちは数年で町を出て行くと思われている。それとキャラを見て感じたように、無意識に増長するような発言をして、そんな態度が周りから疎まれているのかもしれない。

そもそも彼らのようなランク2で若い人たちに、調査仕事を斡旋することはない。通常はその仕事を信頼できるほど経験のある冒険者に頼むはずだ。

それが違和感だったのだけど、このギルドを見て理解できた。

この辺りに強い魔物は現れない。でも悪霊のような弱くても厄介な敵もいる。だから彼らは、本当の調査が行われるまでの露払いとして、『炭鉱の小鳥』のように扱われたのだと感じた。

「私も見た。これが魔石」

「魔石……ですか？　見たと言われても、お若い冒険者の報告では……」

「これでも？」

私が胸元から魔鉄製の認識票を見せると、受付嬢が硬直して数秒後に目を剥いた。

「そ、それ……」

「〝虹色の剣〟のアリアだ。国の依頼で、村人の行方不明事件の調査に来ている途中で、オークゾンビに追われている彼らに遭遇した。この件でも調べる予定でいる」

「わ、分かりました。オストール家に報告しますので、アリア様は、連絡が取れる宿を取っていただけますか？」

とりあえず〝餌〟は撒いた。暗部の密偵が行方不明になっているのなら、名前を出さなくても襲われる可能性もあるが、私はおびき出したほうが早いと判断した。

理性的な犯罪者なら、調査する人間が来たら始末などせず、大人しくしてそのまま帰ってもらうことを選ぶはず。

密偵の始末をすれば本格的な調査が始まる。それを理解できないのか、それとも、それを恐れていないのか。


「待ってくれ！」

冒険者ギルドから出て、墓地のほうへ向かおうとした私を男の声が呼び止めた。

「アリアさん！」

コレットの声と、キャラを含めて四人の気配を感じたので、おそらく〝黄金の矢〟の四人が追いかけてきたのだろう。コレットとキャラの姿が見えて、コレットの表情に私はふと思い出す。

そう言えば、何か言いたげだったな……。

「……なに？」

「なにって、あんたっ」

私の素っ気ない返事にキャラが噛みついてくるが、それを戦士風の男が止めた。

「やめろ、キャラっ。俺たちは礼を言いに来たんだぞ。俺はジャン、こっちの狩人はスレイだ。コレットとキャラを助けてくれてありがとう」

「成り行きだ」

「それでも感謝しているよ」

たぶん、ジャンがリーダーなのだろう。十代後半でランク2のメンバーを纏めてきた自負がその言動からも感じられた。

「それとギルドから、君が俺たちの調査を引き継いだと聞いた。それなら俺たちもやらせてくれ。ちゃんと準備をすればオークになんて負けはしないさ」

「…………」

なるほど、彼はかなり自信家のようだ。彼はこの調査を自分たちがするのも、私が協力を受け入れるのも当然だと思っている。でも――

ガキンッ!!

「……どういうつもり？」

ジャンはいきなり握手でも求めるような自然さで短剣を繰り出し、私はそれを黒いナイフで受け止める。

リーダーであるジャンの突然の行動にコレットもキャラもスレイも驚愕して、その困惑の中で攻撃をしてきたジャンが声を張り上げた。

「違う！　俺じゃないっ！」

貌のない夜　1

アリアが王都を離れたことを見計らうように動き出す者たちがいた。

だが、王国の裏で悪魔が現れようと、王都ではいつものように人々は笑い、仕事帰りの男たちが酒を呑み、女性が着飾って華を誇る日常があった。

その中にある貴族の屋敷では、毎日のように夜会や茶会が開かれ、貴族たちが派閥ごとに集まり、情報を交わし、顔を売るために集まっている。

王都に屋敷を持つ者たちは富を持つ者たちであり、その中でも伯爵家所有のその屋敷では、王家派、貴族派、中立派関係なく、大勢の貴族たちが集まっていた。

「――ようやく目処も立ちましたね」

「本当に痛ましい事件でしたわ」

「亡くなった教導隊の方々には、わたくし、お会いしたこともありましたのよ」

「ええ、本当に惜しい方々を……」

「ですが、焼け落ちた神殿もようやく」

「それもこれも、王弟殿下がこのような場を設けてくださったからこそ」

「本当に信心深いお方ですわ」

「噂では、王太子殿下や神殿長様もご協力なされているとか」

「わたくしどもの行いも、神は見ていらっしゃるのね」

「ほら、噂をすれば――」

大広間の階段を降りてくる、着飾った王弟アモルの姿に貴族たちが囁き合う。

アモルは焼失した神殿再建の寄付金を集めるため、王弟の名を使いこのような夜会を何度も行っていた。

以前のなんの権力もない『名ばかりの王弟』であった彼なら、声を掛けてもそれほど人は集まらなかったはずだ。だが、新たに聖教会が認めた『聖女』がその行いを認め、彼女の姿を一目でも見た聖教会の信徒である信心深い貴族たちは、こぞって寄付金を納め始めたのだ。

夜会のための足りない資金は王太子陣営が負担し、人材も聖教会から派遣されることで、名ばかり王族と揶揄《やゆ》されてきたアモルの権威を高め、その名を広めている。

だが、アモルがそれをした理由は何か？　王太子エルヴァンがそれに協力した理由は何か？　ただの売名行為、もしくは王太子と聖女が懇意であるという噂もあったが、その真相を知る者はまだ誰もいなかった。

「――それと〝噂〟はご存じ？」

「火の原因となったと言われる、〝あの方〟ですか？」

「聖教会はどういうわけか不問とされたけど、王家の方々もそれを庇ったとか」

「陛下もどうなされたのかしら……」

「信心深いエルヴァン様が早く王となるべきですわ」

「ですが、その婚約者の一人があの方なのでしょう？」

「なんて恐ろしいこと……」

目撃者もいたことから、神殿焼失事件にレスター伯爵家令嬢が関わっていることは、上級貴族家の間では周知の事実となっている。

聖教会が不問として、王家が火消しに動いたことで、それを公に口にする者はいないが、国内外の情勢不安で国に不信を抱く者たちがこうして集まり噂をすることで、王家の思惑も意味も理解できていない者たちは、不要な正義感を燃やし始めていた。

「そんなことを言ってはなりませんわ。あの方もまだお若いのだから」

「お身体が弱く、外に出られず常識を知らないのでしょう？」

「そうですわ。あの方も神の御心を知れば、きっと分かってくださるはずよ」

「あの方に神を信じることの素晴らしさを教えなければ」

カルラは幼い頃より夜会に出たことはない。

彼女を見たことがある者でも、王太子の婚約者お披露目の場で初めて目にした者も多く、それ以前となれば彼女の兄二人が屋敷内で突然死した過去の記憶しかなかった。

多くの者は噂でしかカルラという人物を知らなかった。

上級貴族家でさえ、当主と嫡男はその危険を知っていても、まだ幼い弟妹たちはその意味を教えられていなかった。

だからこそ彼らが動くのを止める者はいなかった。

彼らは『神の啓示』により、正しいことをしていると信じていたのだから。

＊＊＊

「カルラ様、わたくしたち、二日後に夜会を開こうと思っておりますの」

王都から王女の護衛である男爵令嬢が旅立った王宮にて、中庭でお茶を飲んでいたカルラに数名の令嬢が押しかけてきた。

「若い者だけの夜会ですわ。わたくしどもは是非ともカルラ様にご参加くださりますよう、お願いに参りましたのよ」

彼女たちの一番前に立ち声を掛けた少女は、今年学園に新入生として入学してきたサンドーラ伯爵家の次女で、第二夫人の娘である彼女は鮮やかな緋色の髪をかき上げながら、自信に満ちた表情を浮かべて、カフェのテラスで茶を飲んでいたカルラの許へ踏み出した。

彼女たちもカルラを〝噂〟でしか知らない少女たちだ。彼女たちは自分の母親たちからそう命じられて、不躾にもカルラを直《じか》に誘いに来た。

先頭の少女はカルラと同じ伯爵家の者だが、その後ろにいた少女たちは子爵家や男爵家の令嬢たちで、噂でカルラのことを知っていても、その大半を『王太子の婚約者』としか知らなかった。

通常、貴族が貴族を誘う場合、数日から数週間前に書簡にて参加可否を問うのだが、サンドーラ伯爵令嬢の行動はその幼さからか、かなり不躾だった。

カルラのレスター伯爵家は、多くの宮廷魔術師を輩出する魔術師の名家だが、それ故に治める領地は小さく、古い上級貴族家に比べればわずかに格が下がる。

さらにサンドーラ伯爵令嬢は、第二夫人の娘ということで王太子の婚約者候補になれなかった経緯がある。それが気にくわないのかサンドーラ家はレスター家を下に見ている節があった。

そんな親の態度に影響されたサンドーラ伯爵令嬢はともかく、その取り巻きらしき中級貴族家の令嬢たちもそれが当然のような顔をしているのは、周囲から見てもいささか不自然に思えた。

それを見た城のメイドたちが顔色を変え、少女たちに見向きもせず、ゆっくりとカップに口をつけるカルラに、サンドーラ伯爵令嬢たちもわずかに不安を覗かせる。

「王太子殿下もご参加くださると仰っておりますし、会場の準備もサンドーラ伯爵家が責任を持って行わせていただきますわ！」

サンドーラ伯爵令嬢がわずかに早口になってそう言うと、ふいにカルラが振り返って朗らかな笑みを向けた。

「ええ、もちろん、参加させていただきますわ」

「ありがとうございます、カルラ様！」

彼女が父や兄から聞いていたような恐ろしい令嬢ではないと分かって、サンドーラ伯爵令嬢は内心で嘲りながらも満面の笑みを返した。

その二日後の夜――。

王城から離れて王都にあるサンドーラ伯爵家の屋敷に訪れたカルラは、重厚な黒塗りの馬車から降りると、傍らにいる老執事に声を掛ける。

「もう城に戻っていいわよ。終わったら適当に帰るから」

「……かしこまりました」

幼い頃より彼女の世話をしてきた老執事は、彼女のことを親よりも知っている。

そんなカルラがこれから恐ろしい何かをするであろうとは理解していたが、老執事が彼女に仕える目的は、老い先短い自分の命を犠牲にしてでもレスター家の家人を守ることだった。

故にカルラの暴挙を止めることなく、歩いていくカルラの背にそっと頭を下げて見送った。

ゆるりと進むカルラに、サンドーラ伯爵家を護る者たちが門を開く。

だが、その門番が王都の衛兵でもサンドーラ家の兵士でもなく、聖教会の神殿騎士なのは何故か。

執事によるエスコートもなく、参加するという婚約者の迎えもなく、遠巻きにして誰も近づかないカルラが屋敷に入ると、中にはすでに十数名の若者たちが歓談を始めていた。

「まあっ、よくいらっしゃいました、カルラ様！」

大広間に着いたカルラをサンドーラ伯爵令嬢が出迎える。

「さほど大きな屋敷ではありませんが、それでも他の伯爵家よりも歴史があると自負しておりますの。カルラ様もあまり夜会に参加する機会がなくて、分からないことも多いでしょう？　なんでも聞いてくださいませ」

彼女もカルラの外見に慣れたのだろう。王都に平均的な屋敷しか持たないレスター家を嘲り、隈の浮かぶ顔で薄く笑うカルラを侮り、自分が上に立とうとした。

それをきっかけに次々と周りの者たちが集まってくる。

基本的に貴族社会では声を掛けるのは上位者からだ。だが、若い者だけの夜会のためか、若者たちはまるで学園で友人に話しかけるように、気軽な挨拶でカルラに近づいてきた。

「このような場は慣れるためにも、外に出てはいかがかな？」

「それなら、聖教会の礼拝など参加されてはいかがでしょう？　きっと素晴らしい体験になりますわ」

「王太子殿下の婚約者様ですもの、寄付金の夜会にも参加するべきですわ」

「お身体が弱いのでしょう？　婚約者はご負担ではありませんか？」

「お辛いのなら、婚約者を辞退なさっても誰も責めはしませんよ」

「それなら聖女さまにお譲りになってはいかが？」

「まあ、それはお似合いね」

分かる者が見れば、参加者の全員が聖教会の信徒か、家族が信徒である貴族家の者だと気づいたはずだ。

彼らの言いたいことを要約すれば、神の教えは素晴らしい。王太子は素晴らしい。王妃の座には聖女のほうが相応《ふさわ》しい。神の教えを知ればカルラのような出不精の者でもそれが理解できるだろう
——と語っていた。

「あなたたちがエル様の何を知っているのかしら？」

カルラが薄い笑みを浮かべたまま静かに問うと、問われた若者たちは一瞬間を置いて笑い始め、

サンドーラ伯爵令嬢が、当たり前のことを問う子どもに言い聞かせるように口を開いた。

「わたくしたちは、殿下のことなら誰よりも知っておりますわ」

その言葉の意味はなんなのか？

だがそれを知る前にメイドの一人が王太子エルヴァンの来訪を告げ、それを聞いたサンドーラ伯爵令嬢が晴れやかな笑みを浮かべて、皆に声を掛けた。

「ええ、皆さんでお迎えしましょう！」

そしてメイドに案内されて姿を見せたエルヴァンは、出迎えてくれた若者たちに大人びた爽やかな笑みを浮かべる。

「お招き、ありがとう」

そしてエルヴァンはカルラに気づいて、抱きしめるように両手を広げて満面の笑みをカルラに向けた。

「会いたかったよ、カルラ――」

轟ッ!!

その瞬間、炎の槍がエルヴァンを射貫き、それを放ったカルラも満面の笑みで彼を迎えた。

「ええ、私も会いたかったわ」

悪魔の住む町　2

「違う！　俺じゃないっ！」

混乱した顔でそう叫びながら短剣を振りかぶったジャンは、振り返りざまに驚愕していた仲間に斬りつけた。

「ジャンっ⁉」

「何をしてるのっ⁉」

「ち、違うんだ、スレイっ、キャラ！」

腕を斬りつけられたスレイを庇ってキャラが前に出るが、彼女は意味不明なことを口走るジャンに武器を向けられずにいた。

「退いて」

私はそこに滑り込むように割り込み、右の掌底をジャンの脇に叩き込む。

「ぐほっ⁉」

魔鋼を仕込んだグローブ越しにあばらが砕ける感触が伝わってくる。普通ならこれでまともに動けなくなるはずだが、ジャンは横に身体を折り曲げた奇妙な体勢で立ち上がり、再び私へ短剣を振るってきた。

「違うんだっ、攻撃を止めてくれっ！」

「………………」

攻撃をしながら、攻撃をするなと言う。あきらかにジャンの言動は常軌を逸している。操られている？　でもそれだと『違う』と言った言葉の意味が分からない。

「先ほどより痛いけど……我慢して」

考察は後だ。まずは彼を無力化する必要があるため、黒いナイフを鞘に戻して静かに素手で構える。

「頼む、そうじゃないんだ！」

そう言いながらジャンが繰り出した短剣を、刃の腹に手を当てて逸らし、私はその腕に自分の腕を絡ませながら、真下から突き上げるような膝でジャンの骨を蹴り砕いた。

「ぎゃぁあああっ！」

まだ動けるか……。私は蹴り上げた脚をジャンの首に振り下ろし、そのまま地面に叩き付けると、派手な音を立ててようやくジャンが動きを止めた。

「ぅ……がっ」

「ジャンッ!!」

痙攣するように呻きを漏らすジャンに、キャラが駆け寄ってくる。

「あんたっ！　ここまでしなくてもいいでしょっ、コレット！　早く【回復《ヒール》】を！」

「う、うんっ」

「待って」

私は近寄ろうとするコレットを止めて、蹲《うずくま》ったままのジャンの前で膝をつく。

「ジャン、意識はある？」

「あんた……っ」

治療を後回しにして尋問を始めた私にキャラが食って掛かるが、彼女に庇われたジャンは理性があっても正気には見えなかった。

「すまない、キャラもやめてくれっ。俺はこんな〝約束〟はしていないんだ……」

「……ジャン」

「……〝約束〟？」

この場にそぐわない奇妙な単語を私が呟き返すと、腕の怪我を片手で押さえたスレイがジャンを庇うように割り込んできた。

「すまない。ジャンは混乱しているみたいだ。まずは治療をさせたいから、今日は許してやってくれないか？」

「…………」

私はそのとき直感的に『問い詰めても無駄』だと感じた。

彼らはジャンがしたことに驚いてはいても、それを〝とても悪いこと〟だとは考えていないように感じた。それが彼らの性格から来るものなのか、それともジャンのようにおかしくなっているのか判断はつかないが、彼らを拘束しておきたくても冒険者同士の諍《いさか》いではこの町に頼るのは無駄だろう。

とりあえず、少し泳がせて様子を見るか……。

ジャンの『約束』という単語に何かあるのか？　この町の異変が〝瘴気〟と〝不死者《アンデッド》〟だと考えていたが、その考え自体が間違っているような気がする。

「……とりあえず、治療院に連れていったら？」

「すまん、そうさせてもらう」

私がそう言うとスレイは、まだ何か〝言い訳〟をしているジャンに肩を貸して立ち上がる。

「私は冒険者ギルド近くに宿を取る」

「ああ、分かった」

私が彼らの背に声を掛けるとスレイの声だけが返ってくる。

同じようにジャンを支えたキャラは私を睨んでいたけど、その後ろでコレットが身体を震わせるように下を向いていた。

彼らと別れた私は、町の中を観察しながらオークゾンビが現れたという墓地へと向かう。この町では村人が行方不明になっているはずだが、意外なほど住民たちの雰囲気は暗くない。中には不安そうな表情を浮かべている人もいたが、私が通りかかると表情を消して町の風景に溶け込んでいった。

でも、それは別段に珍しいことではない。田舎の町が外の人間に冷淡なのはよくあることだ。私が育った孤児院のある町もここと同じくらいの大きさだったけど、町と住人の負担になる孤児にはとても冷たかった。

だから、同じようにこの町を出て行くかもしれないコレットたちは疎まれているのだろう。閉鎖的な町……それと〝約束〟という言葉がどう関係するのか？　瘴気や不死者とどう関わるのか？

墓地は礼拝堂の裏にある町を囲う外壁の外側にあった。壁の内側にも墓はあったが、百年以上町が続くと足りなくなったのだろう。

外側の墓地は木の柵で覆われ、一カ所だけ破壊された柵の部分があったので、そこからオークゾンビが現れたのだろうと察する。

確かに瘴気はある。それでも冒険者ギルドの受付嬢が言っていたように、オストール家が浄化をしたらしく、死体が動き出すほど濃い瘴気は残っていない。

「……やはりな」

だからこそ私は、この件に〝悪魔〟が関わっていると確信した。

通常、不死者化する生物はすべて元から魔石を持っている。骨兵士は頭蓋の中に魔石があり、悪霊のような実体の無いものでも魔石を核として存在している。

オークゾンビの魔石は確かに瘴気に染まっていたが、その瘴気量はあきらかに少なかった。

悪魔は瘴気を餌とするが、その実態は精霊と同じ魔力を生命とする精神生命体だ。

つまりはあのオークゾンビも、悪魔が操っていた骨たちも、本来の不死者ではなく魔力によって造られた悪魔の操り人形ではないのだろうか？

でもそれでは、ジャンたちの言動が説明できない。だが今はその答えを出すときではない。それは彼女が持ってくる内容によって変わってくるはずだ。

その日の夜――。

「……アリアさん」

冒険者ギルド近くに宿を取っていた私に〝彼女〟が訪ねてきた。

「一人？」

「……はい」

夜になって一人で訪れたコレットを部屋に招き入れる。

彼女を部屋の一つしかない椅子に座らせ、私がベッドに腰掛けると、少し躊躇うように視線を巡らせていたコレットが、少しずつ話し始めた。

「……私が『町がおかしい』と言ったのは不死者《アンデッド》のことだけじゃないんです」

明確な異変は瘴気と不死者だが、それ以前から〝違和感〟を覚えていたという。

それは言われなければ気づかないほどの小さな違和感だったが、それに気づいたコレットは少しずつ不安を募らせていた。

数週間前から、どこかの誰かが『約束』と言い出した。誰もがその約束を『誰と』したのか明確にすることはなく、その内容を話すこともなかったが、閉鎖的な地域では元からいる人たちとの調和を重んじて、何よりそこから逸脱することを恐れていた。だから誰もその内容に触れることもなく日々は過ぎていった。

だがある日、その言葉を使っていた冒険者たちが外に出ると、その中の数人が、返り血を浴びて戻ってきた。

仲間たちの中でもまだ他の冒険者と交友があったコレットがその人物に訊ねてみると、彼は困惑した顔でこう言った。

『約束をしたのは俺じゃない』——と。

それから町の人の失踪が多発するようになった。消えた人は全員、外から来た人間か他の町に住んだことのある人たちだった。

最初のうちは衛兵による探索隊が消えた人を探していた。その家族も冒険者ギルドに捜索依頼を出すこともあったが、しばらくすると誰も口にはしなくなり、そうしているうちに瘴気騒ぎが起きて、気にする者はいなくなった。

「ジャンの言動がおかしくなったのはいつ？」

「今日……です。いえ、おかしくはなっていないんです。治療を受けた前も後も、本当にいつも通りでした」

「〝約束〟については？」

「聞いてもよく分からなかったのですが、たぶん……『夢で見た』と」

……またおかしな単語が出てきた。要領を得ないコレットの話を要約すると、ジャンは夢の中で『誰か』が『誰か』と『約束』する光景を見たらしい。

誰とした約束か本人でさえ分からない。でも、その約束があったから私を攻撃したってこと？

でも、そうだとすると、それを疑問に思わない人は全員、その〝夢〟を見ている可能性があると気づいて少しだけ寒気がした。

「……コレットは？」

「わ、私は見ていません」

「そう……」

コレットはその夢を見てないと言う。町の人間が消えたことにそれが関わっているのなら、それを疑問に思わない人も怪しいということになる。

だがそうなると一つ疑問が生じる。目撃された二体の悪魔はそんな能力を見せてはいなかった。隠していたという可能性もあるけど、私はもう一つの可能性が頭に浮かぶ。

「三体目の悪魔……」

「……え？」

「いや、こちらのこと。それよりコレットはこの町から出たほうがいい」

「でも、みんなは……キャラはっ」

「スレイとキャラがまだまともなら、説得して連れ出して。ジャンがそれを拒むのなら置いていったほうがいい」

「そんな……」

最悪の場合、不死者を作っていたのが〝骨の悪魔〟なら、三体目の悪魔と同時に相手にすることになる。

その夢が本当に悪魔の仕業なら、まだ夢を見てない人間は逃がしたほうがいいのだけど、今度はこの町の閉鎖性が邪魔をする。それを見越してここを選んだか……。

おそらくは一介の冒険者の話なんて、閉鎖的な町の住民は信じない。町の領主を説得して逃がす選択肢もあったが、この町の領主はオストール家の名代だ。

「…………」

なにか……嫌な感じだ。何かを見落としている気がする。

私ではない〝誰か〟の意図によって私の選択肢が狭められ、立ち去ることも阻害されているようなそんな感覚があった。

でも、これ以上の証拠を集める時間も、エレーナに指示を仰ぐ時間もなさそうだ。それなら私にできる解決方法は一つしかない。

「私は領主の屋敷へ行く。コレットは知り合いで、〝約束〟を〝夢〟に見ていない人がいたら、声を掛けてあげて」

「わ、わかりました……」

コレットの返事も覇気がない。彼女自身もそれがどれほど困難か分かっているのだろう。だから私は、その元凶である悪魔を倒す。

私は戦闘準備を整えてコレットと一緒に宿を出る。コレットはそのまま定宿に戻ってキャラたちを説得するそうだ。

「……え？」

外に出ると、夜にはなっていたがまだ通りには何人かの人が見えた。その中の一人を見たコレットが思わず声をあげて私もそちらを見ると、そこには動けなくしたはずのジャンがいた。

「コレット……すまない」

「ジャンっ？」

ジャンは何故か泣きそうな顔でコレットを見ていた。その彼の様子を見て、私はこの町を見たときに感じた最初の違和感を思い出した。

その時も〝見かけ上〟はまともだった。でもどこか、言葉にできない違和感を覚えていた。ジャンを見てその意味に気づいた。どうして今の彼からは生命力が感じられないのか？

「助けて……」

そう呟いたジャンが血の涙を流して、口からもぼろぼろとどす黒い血が零れた。

「――……い、いやあああああああっ⁉」

悲鳴をあげるコレットの目の前で、ジャンは全身すべての穴からどす黒い血を零しながら、死んだ魚のような目を私へ向けた。

「違うんダ……アレは……〝オレ〟ダッタ」

貌のない夜　2

『キャアアアアアアアアアアアアアアアアッ!!』

カルラの放った火炎槍が王太子エルヴァンを貫くのを見て、周囲にいた者たちが悲鳴をあげる。その悲鳴で何が起きたのかを理解した者たちが混乱し、さらなる騒ぎになりかけたとき、それを止めた者がいた。

「みんな、落ち着くんだ！」

混乱して騒ぎ立てる中でその声はやけにはっきりと耳に届き、振り返り見たその人物に誰もが声をあげた。

「王太子殿下！」

皆を止めたのは死んだと思われていたエルヴァンだった。

【火炎槍《ファイアジャベリン》】はレベル3の火魔術で、熟練者が放てば人間など一瞬で黒焦げにする威力がある。だがエルヴァンは焼け焦げた胸元を腕で押さえただけで、苦しげな顔をしながらも意識を保ったまま、震える手をカルラに伸ばした。

「どうしてこんな酷いことをするんだ、カルラ……。私たちは婚約者ではないのか？」

その言葉に対してカルラは浮かべていた笑みをさらに深くして、伸ばされたエルヴァンの手にさらに手を差し伸べた瞬間、カルラの魔力と威圧感を察して屋敷内にいた神殿騎士が会場に飛び込んできた。

「どうなされたっ！」

「これはっ⁉」

神殿騎士たちはエルヴァンに駆け寄ると【高回復《ハイヒール》】を使い、負傷したエルヴァンを庇うように前に立つ。

「カルラ様が乱心なさったわ！」

そこにサンドーラ伯爵令嬢が声をあげると、神殿騎士たちはそれだけで納得して迷うことなくカルラに槍を向けた。

「やはり、本当だったのか！」

神殿騎士たちは数週間前より神のお告げと思われる〝夢〟を見るようになっていた。

夢に現れた〝白い女性〟は、悪魔に魅入られた少女が王族を狙うと告げ、最初は訝しんだ彼らだったが、聖女と交流のあったことで彼女にその意味を問い、その〝言葉〟を聞くことで、その〝お告げ〟を神の声だと徐々に信じるようになっていった。

それはサンドーラ伯爵令嬢を含めたここに居る若者たちも同じだ。学園で彼女たちのような者にまで声を掛けてくれた『聡明で寛大な王太子殿下』と何度となく語らい、彼のことを誰よりも信頼するようになった。

それこそ〝夢〟に見るほどに彼を信奉し、聖教会の信徒である家族と同様に、その言動に一切の疑いを持つことはなかった。

憧れの人物が、憧れの〝姿〟のままで現れ、それを〝夢〟で見ることで信じ、聖女に肯定されることで、彼らにとってそれが〝真実〟になったのだ。

「カルラ……残念だよ。君が悪魔に魅入られているなんて」

すでに傷ひとつなく癒やされたエルヴァンが腰に下げた剣を抜き放つ。

その骨で出来たような魔剣の禍々しさに神殿騎士たちが一瞬息を呑むが、〝彼〟のすることなら間違いはないはずだと、エルヴァンの盾になるように前に出た。

「皆の者、カルラを討伐せよ！　油断をするな！」

「「「はっ！」」」

屋敷はすでに〝お告げ〟を信じた神官騎士たちによって包囲されており、内部で何かが起きたと気づいた騎士の一部が屋敷に突入する。そして彼らもエルヴァンが剣を向けるカルラを神の敵だと認め、彼女の周囲を取り囲んだ。

「かかれっ!!」

エルヴァンの号令で神殿騎士たちがカルラに向けて槍を振るう。

神殿騎士は神の敵である存在を滅ぼすことを使命としている。夢のお告げであった悪魔に魅入られた人物が王太子の婚約者であっても、手心を加える気はなかった。

神殿騎士である彼らは洗脳されたわけでもない、意思のある普通の人間だ。

ある日突然『聖女』として護るように言われた少女を、神殿の者たちも最初は疑いの目で見ていたが、彼女を一目見ると疑っていた気持ちがなくなり、今では本物の聖女として信奉している。

王太子エルヴァンも、王女殿下に比べてあまり良い噂は聞かなかったが、実際に会ってみれば国民が〝理想〟としていたような聡明な王子だった。

聖女としての〝魅力〟と、王族としての〝理想〟。そして〝夢〟のお告げによって、彼らは自分の意思でそれを信じたのだ。

だからまともな人間である彼らは、相手が悪魔に魅入られた者でも未成年の少女を殺すことに躊躇はしたはずだ。少なくとも顔を顰めるくらいはするだろう。

だが、カルラを見た瞬間、エルヴァンの姿を見て声を聴いた瞬間、すべてが肯定されたかのように高揚感が湧きおこり、まだ成人前の少女であるカルラに向けて、彼らは殺すことが当然のように本気で槍を振るっていた。

相手が普通の人間ならそれで終わっていただろう。神殿騎士たちもそう思っていた。

貴族であれ平民であれ、この国で生きる者なら、国家という枠組みに逆らう意味がないことを知っている。抵抗すれば待っているのは破滅だけだ。たとえ悪魔に魅入られていようと、人間なら国家ごと敵対するような狂人でないかぎり、無駄な抵抗をすることはないと、常識的に考えた。


「――【酸の雲《アシッドクラウド》】――」

「……ぐああああああああああああっ！」

その瞬間、カルラの周囲に霧が渦巻き、それに突っ込んでいった数名の騎士が全身を酸に焼かれて、異様な臭気を発しながら崩れ落ちる。

「ぎゃあ⁉」

まだ息があった騎士の喉をヒールで踏み潰し、人を殺したとは思えないとぼけた顔で首を傾げたカルラは、呟くように小さく声を漏らした。

「……思考誘導かしら？」

静かに考察するカルラに彼女を取り囲んでいた者たちが息を吞む。

「な、なんてことを！」

「ついに正体を現したな、茨の魔女め！」

サンドーラ伯爵令嬢たちもカルラへの嫌悪を顕わにして、攻撃魔術を唱え始めた。

あくまで彼らは自分の意思で行動している。

だが、これまでの様々な要因が心の奥へ毒のように染み込み、人を殺したことがない学生である貴族たちも、カルラのことを殺したいと思うほどの感情に動かされた。

カルラを取り囲むすべての人間からカルラへの恐怖が集団無意識によって消え去り、殺意のみがその場を満たす。

「カルラ……もう抵抗は止めるんだ。私のことはもう愛してはいないのか？」

最後にエルヴァンが悲しそうな〝貌〟でカルラに語りかけた。

その悲痛な声と姿は、周囲の人にも彼の悲しみを悟らせた。その声を聴けば抵抗する意思さえ摘み取られ、彼に抵抗することへの罪悪感に苛まれることになるだろう。

そしてカルラも……。

「エル様のことは愛しておりますわ」

この殺意の中で微かに笑みを浮かべながら、カルラがエルヴァンにそう返す。

カルラは改心したのだろうか？　貴族女性として、王太子の婚約者として当然の言葉は、ある意味、誰もが理想としていた言葉だった。

だがカルラの朗らかな――寒気のするような笑みに空気が凍りつく。

「兄様のことも父様のことも愛しておりますわ。だから、兄様は最初に殺したの」

一瞬、時が止まったような静寂の中、クスクスと笑うカルラが踊るように、その場で腕を広げてクルリと回る。

「三歳の私を、魔術の実験体にして捨てたお父様……。捨てられた五歳の私を魔術の的にしようとしたお兄様……。あの程度の魔術で粋がるお兄様が、あまりにも可哀想で、あまりにも愛らしくて、つい殺してしまったわ」

その時のことを思い出したのか、カルラは蕩けるような顔をして頰を手で押さえる。

「初めて会ったエル様は可愛らしかったわ……こんなお花畑にいるような子が王太子だなんて、可哀想で愛らしくて……」

カルラは硬直する人々をゆっくりと見回し、最後にエルヴァンに目を向ける。

「……はらわたまで愛して、穢してあげたかったの……」

その瞳のあまりの昏さに、誰かが恐怖を振り払うように声を張り上げた。

「――殺せぇぇぇぇぇぇぇ!!」

神殿騎士たちが弾かれるように飛び出し、カルラの心臓を狙って槍を振るう。それと同時に貴族たちが火や風の魔術を撃ち放った。

「――【稲妻《ライトニング》】――」

カルラの稲妻が先頭を走る騎士を撃ち抜き、貫通した膨大な魔力が低級魔術を弾きながら、貴族の少年少女たちを襲う。

バチ――ッ!!

「……殿下！」

だがそれを止めたのは、魔剣を構えたエルヴァンだった。彼らの理想とする王太子の姿に貴族や神殿騎士たちが声をあげると、彼は真剣な顔つきでカルラに剣を向ける。

「民を殺《や》らせはしない。カルラ……私が相手だ！」

「ふふ」

カルラは嘲るように口元だけを笑みに変えて両手に魔力を溜める。

「――【火球《ファイアボール》】――」

放たれた火球が真っ直ぐにエルヴァンを襲う。

「はぁあああ!!」

それに合わせたエルヴァンが魔剣で斬り込み、二つに斬り裂かれた火球が両側の壁を爆砕した。悲鳴が響き、巻き込まれた貴族の少年が炎に包まれる中で、炎の余波を魔剣で切り飛ばしたエルヴァンが目にも留まらぬ速さで斬りつけると、カルラはふわりと浮いて壊れた壁から庭に飛び出した。

「追えっ!!」

エルヴァンが叫ぶと、自己治療をした神殿騎士たちが後を追う。だが、カルラの恐ろしさを初めて間近に感じた貴族の少年少女たちは、脅えるように互いに顔を見合わせる。

「大丈夫だ！　君たちは私が護る！」

「……は、はい！」

エルヴァンの声を聴いた貴族たちが、一瞬〝夢〟でも見たように呆けた顔をすると、次の瞬間には恐怖を忘れたように騎士を追って外に出る。

外では屋敷を包囲していた神殿騎士とカルラの戦闘が始まっていた。彼らに向けてカルラが火球を放つと、そこにエルヴァンが飛び出した。

「させるかぁ!!」

魔剣が火球を切り飛ばすと、宙に浮かんだカルラがニコリと笑って、手品のように両手に幾つもの火球を生み出した。

「これならどう？」

そう言ったカルラが火球を放るのではなくばら撒いた。一発の威力は単独で放ったほどではないのだろうが、それでも直撃すれば人間など鎧ごと焼失する。

「はあっ!!」

だがそれも、再び目にも留まらぬ速さで動き出したエルヴァンが魔剣で切り飛ばす。切り飛ばした火球の一部が屋敷の外壁を爆砕し、数名の騎士を巻き込む中で、エルヴァンの斬撃がついにカルラを掠めた。

カルラは斬り裂かれたスカートから覗く白い脚に付いた傷を魔術で癒すと、指先に付いた自分の血を舌で舐め取り、クスリと笑う。

「随分と人間離れしたことをなさるのね」

カルラの知る限り、そんなことが出来るのはあの〝少女〟だけだ。あの少女も人間なのだから、同じ人間であるエルヴァンに出来ないこともないだろう。

だが、あの少女が強敵と渡り合って命懸けで身に付けた力を、わずか数ヶ月で身に付けるのは、正に〝人間離れ〟としか言いようがなかった。

そうしているうちに戦闘音と燃えさかる炎に気づいて、周辺の貴族家から人が現れ始め、それに気づいたエルヴァンが声を張り上げた。

「皆の者！　私はエルヴァンだ！　悪魔の手先であるレスター伯爵令嬢を討伐する。正義ある者は剣を取れっ！」

彼の名が効いたのか、数秒もすると周辺の屋敷から貴族の私兵が飛び出してきた。

純粋に王太子の呼びかけに義を感じて参戦した者。他家の手前、仕方なく兵を出した者。王太子に恩を売るべく打算で動いた者など理由はあるが、その結果として〝彼〟の言葉を信じた五十名近い兵士と魔術師がカルラ討伐に乗り出した。

カルラとしても王国で生きる貴族である以上、討伐対象となる犯罪者になることは避けたいはずだ。狂気はあっても計算高くなければ、カルラはすでにこの世にはいなかったのだから。

だがカルラの顔に浮かんでいたのは、最初から変わらない、蔑むような冷たい笑みだけだった。

「よい具合に観客が集まったわ」

宙に浮かぶカルラに向けて、無数の矢と攻撃魔術が放たれた。雨のように降りそそぐ攻撃にカルラはレベル4の風魔術【嵐《ストーム》】を使い、それを避ける。

だがその状態ではカルラは動けない。そこにエルヴァンが魔剣にさらなる魔力を溜めて宙に飛ぶと同時に、全魔力を解放して振り下ろした。

「消え失せろ!!」

エルヴァンの雄叫びと共に剣より真っ赤な光が溢れ出す。

その姿は、光の色や剣の違いはあっても、乙女ゲームの周回プレイでのみ見ることができる、最大限まで強化されたエルヴァンと酷似していた。

「うおおおおおおおおおおおおおっ!!」

エルヴァンが放つ光剣とカルラの【嵐《ストーム》】がぶつかり合い、激しい魔力の火花を散らす。その間も周囲から攻撃魔術がカルラに放たれ、【嵐《ストーム》】の魔力を削り取り、ついに均衡が破れてカルラを屋敷まで吹き飛ばし、光剣の一撃が屋敷ごと粉砕した。

激しい破壊音と吹き荒れる魔力の余波が静まると、静寂の中で瓦礫の上に立つエルヴァンが魔剣を掲げる姿に、周囲から歓声が湧き上がった。

「さすがは王太子殿下です！」

そこに真っ先に駆けつけた貴族たちの中からサンドーラ伯爵令嬢が声を掛けると、エルヴァンはわずかに目を伏せて彼女に頭を下げた。

「あれを倒すためとはいえ、其方の屋敷を壊してしまった」

「何を仰るのです！　殿下のその雄姿を目にすれば、お父様も笑って許してくださいますわ！」

彼女の言葉にエルヴァンもニコリと笑い、ほぼ魔力を失った骨の魔剣を瓦礫に突き立てた。それを見て若い貴族である少年少女たちも瓦礫の山に登り、まだ夢から覚めないような異様な目つきで、瓦礫を蹴りつけた。

「魔女め、いいざまだ！」

「神はやはり見てくださっていたのですわ！」

「殿下の成長されたお力には、敵わなかったようだな！」

「やはり、次の王は勇者エルヴァン様だ！」

そう言って彼らはカルラの埋まった瓦礫を蹴り、エルヴァンを勇者と褒め称えた。目の前で起きた光景に高揚し、その熱狂が周囲にまで広がろうとした、そのとき――

『――本当にエル様が成長したのなら、可愛がってあげるのに――』

「――――⁉」

ドンッ‼

地震の如き地響きを立て、瓦礫より天へと立ち上る巨大な稲妻がエルヴァンを襲い、まるで陶器の人形のようにひび割れたエルヴァンを無数の黒い茨が貫いた。

その余波を受け、その場にいた学生の貴族たちが細胞から灼かれて消滅する。

「――っ！」

サンドーラ伯爵令嬢が消滅していく痛みの中で最期に思う。

あれは何か？　自分たちが王太子だと信じていたモノから、表皮が剥がれ落ちて姿を顕した〝異貌の悪魔〟はなんなのか？

その悪魔を茨で貫く瓦礫から姿を見せた、全身に黒い茨を纏う黒髪の少女の揶揄する〝声〟に、彼女は最初からすべて間違っていたことに気づいた。

「本物のエル様は、私に微笑みかけたりしないのよ」

悪魔の住む町　3

ジャンは数週間前から、同じ〝夢〟を見るようになった。

どうしてその〝夢〟を見るのか理由は分からなかったが、町の中にもジャンと同じような夢を見ている人間がいることは、なんとなく察していた。

でもジャンはそれを仲間たちに話すことはなかった。その〝夢〟は、夢を見た人間でなければ理解できず、夢を見た人間なら説明されなくても理解しているからだ。

その〝夢〟の中で、ジャンは『誰か』と『約束』をする自分を、第三者の視点から見つめていた。

その内容は分からないが、他の視点から見ているせいだろうか、ジャンはその『誰か』と約束をしている『自分』を〝自分〟とは思えなかった。

知らない『自分』が『誰か』と知らない『約束』をしている。それが何を意味するのかも知らず、ジャンはその約束を重要と思わなかった。

ジャンが夢を見るようになった頃から、町の中で外から来た人間がいなくなる事件が起きていた。

それを聞いて気の弱いコレットが怯えた顔をしていたが、きっと夢を見た誰かが『約束』を果たしたのだろうと、ジャンは自然にそう考えた。

ジャンがそれさえも話さなかったのは、所詮は〝他人事〟だったからだ。

ここは閉鎖的な町だ。田舎の町ではよくあることで、ジャンたちが生まれ育った村でも、外から来た人間が馴染むまで何年も掛かっていた。その土地に家を持ち、子どもを作らなければ仲間と認められないのだ。

冒険者としてスレイたちと村を出て一番近いこの町で冒険者となったが、外から来る人間が多い冒険者ギルドでもそれは変わらなかった。

でもそれは、自分たちが優秀だからだと、以前のジャンは考えていた。

魔物が多い国境沿いの辺境でもなくダンジョンもない、半端な位置にあるこの町で冒険者の仕事は少ない。それでも冒険者がいるのは町の周辺にいる魔物を減らす役目があり、そのためにこのような町の領主は、自腹を切ってでも魔石の買い取り価格を上げて、冒険者の生活を補助していた。だから田舎の町にいる冒険者はランク2程度しかいない。ランク3になれば王都へ出て、ダンジョンで稼ぐことが一般的になっている。

自分たちには才能がある。村を出て二年で全員がランク2になり、誰か一人でもランク3になれば他の冒険者と同じように王都へ向かおうと皆で決めていた。

町を出て行くと決めた自分たちは、町の住民からよそ者として見られるようになった。素材の買い取りを渋られ、酒場で注文した食事が出てくるのが遅れるのも、こんな田舎から出て行く自分たちに〝嫉妬〟しているのだと思えば、それほど腹も立たなかった。

仲間たちの中で最初にランク3になるのは、自分だとジャンは考えていた。

戦士でありパーティーのリーダーである自分がランク3となって、王都の大規模ダンジョンで華々しく活躍することを、ジャンはずっと夢想していた。

自分たちには才能がある。自分には実力がある。これまで致命的な危機に陥ったことのないジャンはそれを疑うこともなく信じていた。

だが――それが狂い始めたのはいつからだろうか……。


仲間の中にコレットという少女がいた。

一番年上のジャン。その一つ下にスレイとキャラ。そしてさらに一つ下にコレットがいて、四人はいつも一緒にいた幼馴染みだった。

一番幼いコレットはいつもジャンたちの後ろを追いかけていた。身体を動かすことが得意ではなく、行動が遅れがちなコレットを、三人は呆れながらも庇護するべき妹のように想っていた。

そんなコレットに魔術師の才能があることが分かった。

魔術師は平民だと珍しいが、外から来たコレットの母が魔術師だったらしく、光魔術と水魔術の才能があったと、コレットはジャンたちに嬉しそうに報告してくれた。

『これでやっと、みんなの役に立てるね』……と。

コレットは自分が、冒険者を目指す仲間たちの中で役立たずだといつも気にして、努力をしていた。そんなコレットが魔術を覚えても自分たちの関係は変わらないと思っていた。

攻撃力のない魔術を覚えたことも、臆病なコレットらしいとキャラが茶化して、いつまでも〝妹分〟の彼女を、これまでのように三人で守ればいいと軽く考えていた。

だが、村から出てこの町で冒険者となったある日、王都から来たランク3の冒険者パーティーがコレットを勧誘した。コレットは守ってあげる存在ではなく、彼女の存在自体が自分たちの生命線なのだと初めて気づかされた。

平民で魔術師は少ない。二属性を扱える平民の魔術師などほぼいない。しかも光魔術も扱えるとなれば、有名な冒険者パーティーから勧誘が来るほど貴重な存在なのだと思い知らされた。

若い光魔術師は冒険者で奪い合いになり、使い潰されることも多く、実力があるパーティーが保護することもある。その時はコレットが勧誘を断ったが、ランク3の冒険者リーダーはジャンを見て、お前たちは幸運だったな――と笑った。

ジャンたちに才能があったから……ではなく、並の冒険者なら生き残れない場面でもコレットが守っていてくれたから、ジャンたちはこれ程の早さでランク2になれた。

才能があるジャンがコレットを守っていたのではなく、平凡なジャンたちをコレットが陰から守っていてくれたのだ。

それからだ。自分たちの関係が少し変化したのは……。

キャラは事ある毎に自分の存在を示すようになった。スレイは怪我をしてもそれを隠すようになった。そしてジャンは――いつしかあの〝夢〟を見るようになった。

それでも表面上は変わらない、仲の良い幼馴染みのパーティーをできていた。でも……コレットもある日を境に、自分たちとわずかな〝線〟を引くようになった。

あのおどおどとして自信のなかったコレットが、その日を境に冒険者としての成長を見せるようになったのだ。

ギルドからの依頼で墓地の調査をしたとき、居るはずのないオークゾンビに襲われ、二手に分かれて逃げた。何故そうしたのか分からない。以前のジャンなら、戦うことを選んだかもしれない。

オークゾンビが自分ではなくコレットたちを追ったと知って、ジャンの心に湧き上がったのは仄暗い感情だった。

そのキャラとコレットは一人の冒険者に助けられたと聞いた。まだ若い……キャラと同じ歳くらいに見えるその線の細い少女が、オークゾンビを一撃で倒したという。

ジャンは最初、嘘ではないが誇張しているのだと考えた。それでも礼を言うべきだと思い、いつの間にか冒険者ギルドからいなくなっていた少女のことを受付に問うと、受付の女性は意地の悪そうな笑みを浮かべて、その少女が高名な冒険者パーティー〝虹色の剣〟の〝ランク５〟であることを教えてくれた。

それはなんの冗談か。キャラもそんなはずはないと吐き捨て、才能のあるコレットだけが、当たり前のようにその実力を認めていたことで、再びあの感情がジャンを満たした。

冒険者の少女に出来るのなら自分にも出来るはずだ。そうでなければいけなかった。自分が冒険者の少女――アリアに劣らないことを示して、コレットが自分たちから離れていくことを止めなくてはいけない。

だからこそ、『約束』をしていたジャンがアリアに襲いかかった。

それが『約束』なのだから当然だ。だがアリアは自分に攻撃をしてきた。

違う。そうじゃない。ジャンは一緒に捜査をすると言ったじゃないか。

『約束』をしたのは、俺じゃない。だから攻撃をするのは止めてくれ。

だが、ジャンがそう訴えてもアリアは理解をしてくれず、何も悪いことをしていないジャンに手傷を負わせた。

治癒院に行って、コレットにもそうじゃないと訴えたが、彼女はまるで脅えたような態度でジャンの言葉に首を振り、いつの間にか定宿から消えていた。

おそらくコレットはアリアのところへ行ったのだ。平凡な自分たちに見切りをつけて保護を願いに行ったのだ。

いても立ってもいられず、ジャンは治療したばかりのまだ痛む足を引きずり、自分を見捨てようとするコレットを追いかけた。

そして自分の内から湧き上がる〝感情〟に、ジャンは理解していなかった〝夢〟の内容を思い出した。


「違うんダ……アレは……〝オレ〟ダッタ」

ジャンは『約束』をした。平凡な自分がコレットや才能のある者たちから認められたいと願い、彼女たちが自分から離れていかないことを願った。

そのために、夢の中に出てきた『白い女』に、自分のすべてを差し出した。

今なら分かる……あの時のジャンは一時の『嫉妬』の感情に流され、悪魔に魂を売り渡したのだ。

なら、それを見ていた自分は〝何〟だ？

まだ人間として生きていた頃の記憶を持って、それを見ていた自分は〝誰〟だ？

魂を失った哀れな〝肉人形〟は、そんな思いを抱きながら、その『約束』を果たすために、再び〝悪夢〟に囚われた。

＊＊＊

「──ぁあああぁぁあああああぁぁあああああああ!!」

全身から血を流し、もう人とは思えなくなったジャンであったモノから、悲痛な叫びと共に大量の瘴気が溢れ出す。

「──っ！」

私は真っ青な顔で悲鳴をあげるコレットを抱きかかえて離脱すると、噴き上がる瘴気の中心で、ジャンの生命力が見る間に消えていくのを感じた。

「……不死者《アンデッド》」

ほんの数秒前まで生きていたはずのジャンから生命の力は失われ、その代わりにどす黒い混沌の魔素をその命としていた。

「きゃあああああああああ！」

「なんだあれは⁉」

突如として不死者と化したジャンに、通りにいた人たちが騒ぎ出す。その中の一人が逃げだそうと背を向けると、その瞬間、ぎょろりと眼球を動かしたジャンが一足飛びに飛びかかり、その背を大剣で斬り裂いた。

「──ヤグゾク──っ！」

ジャンの不死者はその〝言葉〟を叫びながら、悲鳴をあげて逃げようとする人々に襲いかかり、その瞬間、私の放った分銅型のペンデュラムがジャンの頭蓋を打ち砕く。

「ジャンッ！」

「近寄るな」

倒れるジャンにとどめを刺そうとする私を遮るように、駆け出そうとしたコレットの肩を掴んで止める。

「あれはもう、不死者《アンデッド》だ」

「そんな……」

コレットももう助けることはできないと分かっているはずだ。それにまだ終わっていない。

「──ダレモ──ニゲラレナイ──」

半分打ち砕かれた顔でジャンが立ち上がる。そう簡単には滅ばないか……。

逃げられない……いや、『逃がさない』ことが夢でした〝約束〟だろうか。

おそらくは外からこの町に来た者や、この町を離れようとする者を逃がさないことを約束させられたのだろう。それが私の探す〝悪魔〟との契約なのだとしたら、〝夢〟を見た人間はもう契約を済ませている可能性がある。

だとすれば、その悪魔の正体は……。

「〝夢魔〟か」

そう呟いた私の言葉に、コレットが驚いた顔で私を見る。

悪魔の考えは分からない。だが、王都から遠くもなく近くもないこの地で何かをしようとしていたのなら、ここから王都へこの現象を広げようとしていたのだろう。

これが悪魔を呼び出した者の計画なら、どうして王都でそれをしなかったのか？　それがこの地で始めることに意味があるのなら――

「いけないっ、逃げては駄目だっ!!」

悪魔はもう、〝誰〟もこの町からは逃がさない。


「――違ウノッ！　ワタシハァアアア！」

まるで連鎖するように、不死者と化したジャンから逃げようとした女性の一人が、突然顔中から血を零しながら周囲の人たちを襲い始めた。その女性だけじゃない。見えるだけで数十人もの人たちが血塗れの死体となって、〝逃げる〟人たちを襲い出す。

「――行グナ……行カナイデグレッ！」

「…………」

そこに向かおうとする行く手を塞ぐジャン。

不死者となっても感情があるのか、それとも悪魔と契約をしたからこそ、苦しむことに意味があるのか。

私は、その瞬間に覚悟を決める。最悪の事態を予想して……。

「――頼ム！」

言葉の内容とは裏腹に、ジャンが大剣を私ではなくコレットに振りかぶる。

私は一瞬で感情を心の奥底へ沈め、ジャンの目線を塞ぐようにナイフで斬り裂き、黒いダガーで不死者の急所である心臓の魔石を貫いた。

「……コレットォ……」

「ジャン……っ」

ただの死体になったジャンが転がり、最後に自分の名を呼んだその誰かを呪うような表情にコレットが震えるように息を呑む。

「コレット、まともな人に家から出るなと伝えて」

「…………」

家から出なければとりあえず襲われることはない。ジャンと周囲にいた不死者の首を次々と切り飛ばし、淡々と指示を出す私にコレットが思わず顔を背けた。

「早く行って」

「……はい」

そんな態度には慣れているので今更思うことはない。私に出来るのは助けるのではなく救うことだけだ。

だが、コレットが動き出す前に、通りの向こう側から複数の人影が迫るのが見えた。武器を持った人間たち……でも味方じゃない。向かってくるのは血塗れの死体と化した冒険者たちだった。

「キャラ……っ」

コレットの震えるような声に、土気色の肌で顔中からどす黒い血を流したキャラは血塗れの手を伸ばす。

「――コォレット……タスケデ……〝ヤクソク〟シタジャナイ……一緒ニイテグレルッデェ……」

「そんな……キャラ」

まだキャラの意識が残っているのか、キャラの言葉を聞いて、コレットが両手で耳を塞ぎながら否定するように首を振る。

私はその叫びを聞いて〝約束〟に込められた負の感情を理解した。

コレットは平民には珍しい二属性の魔術師だ。キャラに感じていたコレットに対する過保護さも、彼女を下に見る言動も、すべてはキャラのコレットに対する〝嫉妬〟の感情によるものだった。

この町が外から来た人間を拒むのは、閉鎖的だからではなく、この閉鎖された場所から飛び出していける者たちへの〝嫉妬〟があったからだ。

その感情を悪魔が利用した。悪魔との契約は〝願い〟と〝対価〟が必要になる。対価は約束した人たちの命だとしても、願いが分からなかったが、ようやく理解できた。

王都のように雑多な人間が多い場所とは違い、王都からも近く、王都に出て行く人間を妬む、単純な〝嫉妬〟という共通認識のあるこの場所だからこそ、この大規模な契約が可能になったのだろう。

夢を見た者たちの〝願い〟は、最初から誰もここから〝逃がさない〟ことだった。

「お願いしますっ、キャラを助けて！　友達なのっ」

コレットは血の涙を流して向かってくるキャラたち冒険者の姿を見て、それに対処しようとする私を止めるように懇願した。

「…………」

あれが操られた死体だと分かっていても感情では理解できないのか、コレットは涙に揺れる瞳を私へ向ける。

ガシャンッ!!

何かが破壊される音。遠くから聞こえる住民たちの悲鳴。

おそらくは建物の中にも〝夢〟を見た者がいたのだろう。その者たちが死体となって外に出ようと暴れ始め、それを見た不死者たちが住民を――『逃げようとする、生きている家族』を襲い始めていた。

「…………」

私は感情を心の奥に沈め、静かに目を細める。

「……救ってあげる」

「……え？」

私が漏らした呟きに、コレットが涙に濡れた顔を上げ、私はこちらに迫るキャラたちに向けて大きく一歩踏み出し――

「コレットォ――――」

数メートルの距離を一瞬で踏み越えた私のナイフが、キャラの首を一撃で切り飛ばす。

「キャラああアアア!!」

それを見たコレットから悲痛な悲鳴が響く。

最初から私に出来るのはこれだけだ……。

「……すべてを殺して悪夢から救ってあげる」

貌のない夜　3

「なんだ……あれは？」

その光景を見た貴族の兵士や神殿騎士たちは唖然として立ち尽くす。

突如地の底から天に伸びる稲妻が王太子を撃ち抜き、その余波だけで貴族の若者たちを焼き尽くした。

そして、王都で暴れ出した〝悪魔に魅入られたカルラ〟を倒すため、自分たちの先頭に立って、正に勇者の如き力を見せていた王太子エルヴァンは、黒い茨に貫かれ、皮がひび割れるように剥がれ落ちたその部分から、異形の姿を覗かせる。

あれは〝なに〟か？

あれではまるで〝悪魔〟のようではないか？

「――皆の者！」

その時、異貌を晒していたエルヴァンのひび割れた〝貌〟が声を放ち、混乱していた人間たちの耳を打つ。

「ソウじゃない。こいつが悪魔だ。この悪魔を攻撃せよ！　命令だ！」

剥がれ落ちたエルヴァンの貌は半分でしかなく、両脚も異形と化していたが、人間たちはエルヴァンの〝貌〟で発せられる〝声〟を聞いて動揺する。

あれは悪魔ではないのか？　自分たちは悪魔に騙されて〝人間〟を攻撃したのか？

だが、エルヴァンの〝声〟を聞き、エルヴァンの姿を〝見た〟者たちは、それが悪魔であろうとエルヴァンにしか見えなかった。

それこそが〝ドッペルゲンガー〟本来の特性とも知らず、困惑した一部の者たちは、それがエルヴァンではないと思いながらも、その言葉を信じてしまった。

「……ぅ、うわぁああああああ！」

「やれぇえええええええええ！」

神殿騎士の誰かが、貴族の私兵の誰かが、内から突き上げるような恐怖に駆られて飛び出した。

悪魔は認識を誤らせ、心理を誘導する。飛び出した彼らは先ほどまで〝正義〟の側に立ち、悪魔を討つ王太子と共に戦うという高揚感を集団心理として誘導され、疑うこともなくカルラを討とうとした。

だが、今の彼らは、〝それが間違っていた〟と気づきながらも、〝ここで王太子に従わなければ、自分たちが悪になる〟という心理を誘導され、恐怖に駆られて再びカルラに剣を向けた。

「へぇ……面白いことをするのね」

だがそれも〝揺れる心〟があればこその話だ。少女とは掛け離れた精神を持つカルラはそんな者たちの姿に薄く笑い、瓦礫の中から立ち上がりながら魔力を放つ。

「──【雷撃《ディグヴォルト》】──」

放たれた電撃がまだ形が残っていた貴族の死体を粉砕しながら、近づいてきた騎士や兵士たちを撃ち抜いた。

「うぉおおおおおおおおおおお！」

だが、全身を電撃に焼かれながらも、それを抜けてきた数名の神殿騎士が泣きそうな顔でカルラに迫る。

神に仕える神殿騎士でありながら悪魔に騙されていたと認めることができず、もしカルラがいなくなれば自分たちの罪も消えるのではないかと、そんな後悔と罪悪感を起点とした心理誘導を受けた騎士たちは、命懸けでカルラに飛びかかった。

その執念によってわずかに黒い茨が緩み、その一瞬で茨を抜け出したエルヴァンだったモノは、耳まで裂けるほどに開いた口内に膨大な魔力を溜める。

「よくやった！　――ニンゲンども」

言葉と共に放たれた魔力が純粋な破壊力となってカルラを襲い、魔力が炎となってその場を焼き尽くす。その炎の中へ消えるカルラの姿に、その場にいた者たちが歓声ではなく、怯えたように安堵の息を漏らした。

やはり王太子の言葉に従ったことは正しかった。あんな悪魔のような令嬢が人間のはずがない。だからきっと、エルヴァンが悪魔のように見えるのも、自分が間違えただけだと、自分で自分を納得させようとした。

だが――

「なっ――」

その瞬間、荒れ狂っていた炎が突如蛇の如くエルヴァンに襲いかかり、咄嗟に躱したエルヴァンの半身を焼く。

そして炎の中から、黒焦げの神殿騎士二人の死体を盾のように掲げたカルラが、全身隙間なく覆う茨の口元だけを真っ赤な三日月に変える。

「……う……うぁあああああああああああああああああっ！」

その光景に、わずかに正気を取り戻した貴族の私兵たちが、恐怖に顔を歪ませながら我先にと逃げ出した。

「我々……は……」

飛び出せなかった理性のある神殿騎士たちが事実を認識して膝をつき、一歩踏み出したカルラの纏う炎が、そんな彼らを呑み込むように焼いていった。

「おのれぇえエエエエエ」

エルヴァンだったモノが叫びをあげながら宙に舞い、それを追うようにカルラが飛び上がる。

エルヴァンがすでに黒い靄と化した半身の腕を振るい、魔力の衝撃波が近隣の貴族家の屋根を薙ぎ払う。

「――【炸裂岩《ロックブラスト》】――」

それをカルラの放つレベル5の土魔法が迎え撃ち、軌道をずらされた幾つかの巨岩がエルヴァンの背後にある貴族家を粉砕した。

二人は王都の空を飛び、徒《いたずら》に戦禍を広げていく。夜空でぶつかり合う強大な魔力に幾つもの家屋が吹き飛び、人々が逃げ惑う。

カルラの魔法がエルヴァンを撃ち、エルヴァンの魔力がカルラを撃つ。だがこの応酬で無傷などあり得ない。エルヴァンはともかく体力値の低いカルラでは、一撃でも食らえば瀕死となるはずだ。

「アハ……♪」

それでもカルラは倒れない。黒い茨を解いた白い顔の口元から血を吐きながら、真正面からぶつかり合っていた。

魔術戦では魔力の多いほうが勝ち、同じ魔力値なら技量の高い者が勝つ。

【魂の茨《ソウルソーン》】の無限の魔力を以てしても、人間の魂の出力は決まっている。悪魔の魔力とカルラの技量で二人は一見互角に見えるが、それでも脆弱なカルラのほうが不利なはずだった。

ならば、どうしてカルラは正面から戦うのか？

逃げ惑う人々はその光景に怖れ、絶望しながらも、〝王太子エルヴァンと茨の魔女の戦い〟を見つめていた。なぜ、異形が王太子に見えているのか、その認識を変えることができずに混乱する。

だが、ぶつかり合う中でその認識は徐々に崩れようとしていた。

カルラの魔法がエルヴァンだった身体を壊し、最後に残ったひび割れたエルヴァンの〝貌〟が剥がれ落ちた瞬間、人々は夢から覚めたように目を見開いた。

「……ぁ……悪魔だぁああああああああああああああああああ!!」

▼無貌の悪魔　種族：上級悪魔・難易度ランク6
【魔力値：3420／4185】
【総合戦闘力：3838／4603】▽300DOWN

人々は初めて見る上級悪魔に恐怖が振り切れ、そこが崩れかけた家屋であろうと炎の中であろうと構わず逃げ出して被害を広げ、カルラがその光景に薄く嗤う。

カルラの目的は国民に罪悪感を抱かせること。そのために姿を隠さず戦う姿を見せつけた。一度でもこの戦いでカルラを悪だと決めつけた者は、もう二度と疑えない。

これで聖教会も、カルラを正妃から外そうとする勢力も、誰も手出しをできなくなる。しようとすれば罪悪感を抱かされた国民が敵となるからだ。

『……オノレ！』

人間を欺き人間に招かれる――その簡易契約によって力を増していたその悪魔は、人間に正体を曝かれたことで力を落とした。

それでも悪魔は退くことはできなかった。一度は退き、殺すと誓った人間に二度も退くことは、精神生命体にとって『人間よりも弱い悪魔』だと認めることになり、存在自体が弱体化しかねないからだ。

無貌の悪魔が顔を歪めて新たな〝貌〟を創ろうとする。

魔術戦では力の多いほうが勝ち、同じ魔力値なら技量の高い者が勝つ……だが、その前提はたった今崩れた。

▼カルラ・レスター（伯爵令嬢）　種族：人族♀・ランク5
【魔力値：218／630】△40UP　【体力値：3／48】▽4DOWN
【筋力：7（9）】【耐久：3（4）】【敏捷：14（18）】【器用：10】
《体術レベル3》
《光魔法レベル4》《闇魔法レベル4》《水魔法レベル5》△1UP　《火魔法レベル5》
《風魔法レベル5》△1UP　《土魔法レベル5》△1UP　《無属性魔法レベル5》
《生活魔法×6》《魔力制御レベル5》《威圧レベル5》《探知レベル2》

《異常耐性レベル2》《毒耐性レベル3》
《簡易鑑定》
【総合戦闘力：1827（特殊戦闘力：5239）】△116UP
【加護：魂の茨《Soul Thorn》 Exchange/Life Time】

夜空に浮かぶ月を黒雲が覆い尽くし、天に渦巻く雲を背にカルラが無貌の悪魔に指先を向ける。

「――【雷の嵐《サンダーストーム》】――」


『――――――――!?』

今度こそ全力で放つ稲妻が天より雨の如く降りそそぎ、周辺の街並ごと撃ち抜かれた無貌の悪魔が叫びをあげた。

『――ガァアアアアアアアアア!!』

だがそれでも滅びることなく帯電する空から逃げ出した無貌の悪魔が、ある方向へと逃走する。

「どちらへ行くのかしら」

カルラがその背に向けて再び指先を向ける。だがカルラはその方角にあるものを目にして、その思惑に気付きながらも静かに手を下ろした。

その〝虫けら〟を焼くことに躊躇はない。それでもカルラはその役目が自分ではないと考え、口から血を零しながら愉しげに笑う。

「……あなたのために残してあげるわ。ふふ」

カルラは自分が認めたただ一人の少女へそう呟くと、静かに背を向けた。

王国を苦しめる手は多いほうがいい。

いつか、少女と殺し合う最高の舞台を創るために――


「そのほうが愉しめるでしょ？」

＊＊＊

『――――』

無貌の悪魔は誓いに背いたことで弱体化していた。だが、無貌の悪魔が向かうその場所にはそれを覆す最後の手段が残っていた。

悪魔の疑似契約者――ダンジョンの精霊に仲介されたその人間は、契約者であっても主人ではない。ただその魂のすべてを毟り取るために、その願いに沿って行動をしていただけだ。

すでに三体の上級悪魔から、寿命も希望も夢も削り取られて、命と魂だけを残してただ生きているだけの存在でも、それを食らえば悪魔の力は戻るはずだ。

だが、無貌の悪魔はその建築中の神殿の前で、ここには居ないはずの者たちを見た。

「構えぇぇえええええ!!」

鎧を纏った王弟アモルが高らかに声をあげ、アモルの派閥である第二騎士団の精鋭たちが対悪魔装備の槍を構えた。

その二つ隣には蒼白い顔をした覇気のないエルヴァンが顔を歪め、その二人に挟まれるように微笑んでいた〝聖女〟は、持ち上げた手を振り下ろした。

「悪魔に神の裁きを！」

その声と共に、彼女の前を固めていた神官たちから攻撃魔術が放たれ、一瞬硬直したように動きを止めた無貌の悪魔を撃ち抜き、次の瞬間、騎士たちの光の魔石を使った槍に貫かれた。

年を経た個体である無貌の悪魔は、今は勝てずとも百人程度の人間に負けるつもりはない。

だが、人間を殲滅するために動くはずの身体が硬直し、聖女と呼ばれる少女の後ろに幻影のように揺れる〝白い髪の女〟がニタリと嗤うのを見た無貌の悪魔は、これが罠だと悟った。

『――キサマ――』

その瞬間、再び放たれた攻撃魔術が無貌の悪魔を貫く。

悪魔は同族であろうと仲間ではない。自分以外の存在はすべて〝餌〟であり、新たな契約者を得たその悪魔は、ナサニタルの魂を独り占めにするために、そして無貌の悪魔を餌とするために協定を裏切った。

――カカッ――

無貌の悪魔は最期に自嘲するかのように嗤い、黒い塵となって消滅する。

それを確認したアモルが二人を振り返ると、静かに頷いた聖女リシアが青い顔をしたままのエルヴァンの手を引き、皆の前に踏み出した。

「悪魔は滅びました！　エルヴァン様に勝利の祝福を！」

その言葉に神官たちと騎士団から歓声があがり、集まっていた住民たちの聖女と王太子を讃える声が夜の王都に木霊する。

「さぁ、エル様、皆に応えてください。次の〝王〟として」

「……あ、ああ」

エルヴァンはリシアの言葉に頷き、引き攣った笑顔で手をあげて応えた。

いつからこうなったのか？

何を間違ったのか？

自分が求めていたものは、こんな光景だったのか？

何もできないまま流され、成長もできないままの自分を熱狂的に支持するこの者たちは、何を求めているのか？

そんな思いに囚われたエルヴァンの頭に過ぎった者は、癒しと救いを求めて手を取った目の前の少女ではなく、ずっと自分を悲しげに見ていた赤い髪の少女だった。

悪魔の住む町　4

悲鳴が聞こえ、誰かを襲っていた不死者《アンデッド》に気づいた私は、即座にそちらへ向かって、背後からその不死者《アンデッド》の首を半ばまで斬り裂いた。

「────ッ」

首を裂かれた冒険者ギルドの受付嬢が濁った瞳に血の涙を流し、伸ばされたその手を振り払うように黒いナイフで切り飛ばして、黒いダガーを心臓の魔石に突き刺しとどめを刺す。

「いやぁあああ！」

声がしたほうを振り返ると、一般人らしき血塗れの死体が子どもを襲っていた。

身体強化を全開にして常人の三倍の速度で駆け抜けながら、武器を抜いて襲ってくる冒険者たちの死体の首を切り飛ばし、子どもを襲っていた死体の心臓を背中からダガーで貫いた。

「──行カナイデ……」

そんな言葉を残して崩れ落ちた死体の向こう側に、その様子を愕然として見つめる十歳くらいの少女が現れる。……おそらくは母親か。母を殺した者が私だと気づいて、彼女は睨み付けるように瞳に無表情な私の顔を映した。

「家に戻れ」

「…………」

その少女は私の言葉に頷きもせず、ただ理解はしているのか、歯を食い縛るようにして近くの民家に駆け込んでいった。

憎しみでもいい……今は生きて。その瞳を見て私は、両親を失ったばかりの水に映った自分を思い出す。

糸を最大限まで伸ばした斬撃型のペンデュラムを旋回させるように振り回す。斬撃型は遠心力で〝斬る〟武器だが、それを最大にまで高めれば、その斬撃は〝斧〟と化す。

「――行グァ」

ザシュッ!!

ジャンたちを冷たい目で見ていた冒険者の首がその一撃で切り飛ばされた。

同じく糸を伸ばして遠心力を高めた分銅型のペンデュラムが振り下ろされ、誰かを襲おうとしていた中年男性の頭部を飛び散るように粉砕する。

通常、魔石を持つ者しか不死者《アンデッド》とならない。冒険者だけでなく住民まで不死者となっているのは、属性魔術でも無属性魔法でもわずかに心得のある者が持つ、まだ魔石とも言えない小さな残滓を〝契約〟により肥大化させられているのだろう。

子どもや才能がなく最初から諦めている者は、不死者化しない。でも、それ以外の〝嫉妬〟を持つ住民が全員不死者となっているとしたら、どれだけの数がいるのか見当もつかなかった。

でも……それでも私のやることは変わらない。

あの子どものような者をできるだけ救うためにも……。

「ハァアアア！」

二つのペンデュラムを使って周辺にいる不死者を薙ぎ倒し、間近に迫っていた不死者はナイフとダガーで迎撃する。そこに――

ヒュンッ！

「――俺ヲ見捨テルノガァ……」

「………」

コレットの仲間である狩人のスレイが矢を放ってきた。その揺れる濁った瞳にあるのは、後悔か憎しみか……。それでも彼はコレットへの〝嫉妬〟から、その魂を悪魔に売り渡した。

「――がっ」

「現実から逃げたのはお前たちだ」

すかさず撃ち返した私の銀の矢がスレイの右目に突き刺さり、瘴気を晴らされたスレイは物言わぬ死体となって崩れ落ちた。

「………アリアさん」

周囲の不死者を殲滅した私に声を掛けてきたのは、地面にへたり込み、キャラの血塗れの首を抱きかかえたコレットだった。

「何故ですか……何故、そこまで躊躇なく殺せるのですか！」

コレットが何かを指し示すように視線を巡らすと、そこには周囲の民家の窓から私を見つめる、幾つもの恐怖と憎しみの入り混じった瞳があった。その中にはあの少女もいた。それと同じ瞳で私を見るコレットは、さらに言葉を重ねる。

「あなたはどうして平気なんですか！　殺さなくても逃げればいいじゃないですか！」

「………………」

なるほど、これが悪魔の手口か。

普通の人はたとえ人を襲うとしても、人であったものを殺せない。他人の視線を意識させ、罪悪感を煽り、抵抗の芽を摘んでいく。人間を堕落させ、人を籠絡する。

人間をよく知っている悪魔だからこそ、そんな方法を取れるのだろう。

それでも……。

「だから、私がいる」

戦えない人たちの代わりに私がいる。私が静かに威圧さえしない視線を向けると、私に視線を向けていた人たちは自分から視線を逸らした。

「死にたいのなら止めはしない。私は敵を倒すためにいる。それを邪魔するのなら誰であろうと私の〝敵〟だ」

彼らにも本当の敵は他にいると分かっているはずだ。愛する者を化け物に変えてしまった存在がいることを……。

静かにそう言い放つと、私に向けられる視線は消えるように無くなっていた。

遠くからはまだ人々の悲鳴が聞こえている。そのすべてを止めることは出来ないが、それを止める方法は一つだけ知っている。

それを見つけるためにその場を離れようと、俯いていたコレットの横を通り過ぎるとき、彼女が俯いたままぼそりと声を漏らした。

「……一度だけ、オストール家の方とお会いしました。……今から思えば、どうしてあの方はお屋敷ではなく、墓地の近くにある礼拝堂に住んでいたのでしょう……」

「そう……」

彼女の言葉に私は短く返し、彼女が違和感を覚えたという礼拝堂へと足を向けた。


「これは……」

礼拝堂への道を進むと次第に道に溢れる不死者の数が増えていった。

これはコレットの予想が正しかったのか、それとも私を嵌めるための罠か……。でもどちらでも構わない。そこに〝悪魔〟がいるのなら結果は同じだ。

襲いかかってくる元住民だった不死者の群れ。

泣いている顔、怒っている顔、苦しみ救いを求める声――。

「無駄だ」

私は一瞬の躊躇もせず、横薙ぎに振るった斬撃型の〝斧〟で数人の首を切り飛ばす。

人間の情に訴えるのならまともな人間にやれ。

私はそれが〝敵〟なら、生きている人間でも躊躇はしない。

〝お前〟は人間を舐めすぎだ。

それに――私は独りじゃない。

『ガァアアアアアアアアアアアアアアアアアアアアアアアアアァッ!!』

夜空に浮かぶ月を食らうように黒き獣が宙を舞い、並み居る不死者たちを枯れ穂のように薙ぎ倒した。

〈――遅――〉

「ううん、遅れてはいないよ、ネロ」

横に並ぶネロに、私は労るように微かに汚れたその毛皮を撫でる。

おそらくはここに来るまで、私の倒した数倍の不死者を葬ってきたのだろう。それでも減ることのない不死者に対して闘志を見せるネロに、私も無言のままその背に飛び乗った。

「行こう」

『ガァアアアアアアアアアアア!!』

咆哮をあげるネロの周囲に以前よりも強力になった電撃が迸《ほとばし》る。対生物で威力を発揮する電撃だが、元が生体なら何かしらの影響は受ける。

ネロの電撃に神経を乱され、一瞬動きを止める不死者を私のペンデュラムが打ち砕き、ネロの爪が魔石や頭部などお構いなしに、身体ごと引き裂いた。

「突っ切れ！」

私の声にネロが躊躇もせずに不死者の中に飛び込み、私とネロの攻撃が直線上にいる敵だけを粉砕した。

力任せのゴリ押しだが、それでもいい。

「――どうせ〝お前〟を倒せばすべて消える」

私の視線の先に見える礼拝堂……その正面に一人の貴族らしき壮年の男が、まるで待ち構えるように和やかな笑みを浮かべていた。私の目から見てもただの人間に見える。でもやはり人間を舐めすぎだ。〝お前〟みたいな人間がいるものか。

私は一瞬の躊躇もなく銀の矢を撃ち放つ。それを眉間に受けた老紳士は和やかな笑みを変えないまま、そこから皮膚が割けるように内側に巣くっていたその正体を現した。

「やはりお前か」

柘榴が割けるように顕れた、あの森で見た〝骨の悪魔〟が音もなく私を嗤う。

▼骨の悪魔　種族：上級悪魔・難易度ランク6
【魔力値：4380／4715】
【総合戦闘力：4851／5186】

精神生命体である悪魔の強さは、魔力の多さで決まる。だが〝骨の悪魔〟の魔力値は最初から減っていた。

「――っ！」

次の瞬間、周囲の地面から土をかき分けるように人型の骨が現れる。

墓地に眠る人の骨……浄化されて、魔石ごと火葬されたはずだが、悪魔の魔力で強引に動かしているのか。

「ネロっ！」

『グォオオ！』

急制動をかけるように蛇行して、わらわらと現れる骨兵士《スケルトン》をネロの爪と私の蹴りが粉砕する。だが数が多い。一体一体の戦闘力は１００程度しかないが、おそらくは百体以上いるはずだ。

「ハァア!!」

私はネロの背で大きく身体を捻り、全力で振り回した分銅型のペンデュラムで十体以上の骨兵士を打ち砕く。ネロはその間も骨兵士に囲まれないように立ち回り、その巨体を活かして力業で骨を砕いていた。

骨兵士は骨で出来た刃のような武器を持っていたが、人間である私はともかく、《斬撃刺突耐性》を持つネロにそんな武器は効かない。それでも放置してきた住民の不死者が追いついてきたら一気に不利になる。

その前に悪魔を倒す。

だが、悪魔の減っていた魔力――用意した戦力はそれだけではなかった。

ギィイイイイイイイイイイイッ!!

硬い物がこすれ合うような歪な音が響き渡ると、礼拝堂の中から壁や窓を打ち壊しながら、十数体の新手の骨兵士が出現する。

骨の棍棒を持つ、三メートル近い巨体に人ではない姿……それは、オークやオーガの上位種を使った骨兵士だった。

その数十体あまり。あの悪魔はこのために魔力を消費してまで戦力を増やしていたのか。上位種オークを使った骨兵士の戦闘力は1000を超えていた。

「……ネロ」

私とネロの二人でもまともに相手をするには厳しい数だ。しかも通常の骨兵士もいて時間もない。でも……私は信頼する相棒の背を軽く叩く。

「任せる」

『ガァアアアアアアアア!!』

返事の代わりに咆哮をあげて、ネロが十体の上位種オーク骨兵士に突っ込んでいく。私もその背を飛び離れ、行く手を遮る人の骨を分銅型で粉砕しながら丸薬を口に含み、温存していた力を解き放った。

「――【鉄の薔薇《アイアンローズ》】――」

桃色がかった金髪が灼けた鉄のような灰鉄色に変わり、全身から銀の翼のように光の粒子を飛び散らせながら羽ばたいた。

▼アリア（アーリシア）　種族：人族♀・ランク5
【魔力値：324／380】△10UP　【体力値：256／290】
【筋力：11（24）】【耐久：10（22）】【敏捷：18（38）】【器用：9（10）】
【総合戦闘力：2325（特殊身体強化中：4294）】△61UP
【戦技：鉄の薔薇《Iron Rose》 /Limit 324 Second】

「――【拒絶世界《オブリビオン》】――ッ！」


出し惜しみは無しだ。そして出し惜しみして勝てる相手でもない。

全身から白い光の粒子を放ち、すれ違う寸前に繰り出した刃を仕込んだ踵が、〝骨の悪魔〟の纏っていた瘴気を斬り裂いた。

――ギィイ――

骨をこするような呻きを上げた〝骨の悪魔〟が顎を開くと、そこから真っ黒な瘴気の塊を撃ち放つ。

「――っ！」

【拒絶世界《オブリビオン》】の虚像を使い瘴気弾を躱す。それでも私が纏っていた魔力が削られ、背後の大地を数十メートルにわたって腐らせる。【拒絶世界《オブリビオン》】なしで受ければ即死してもおかしくない。でも私はその瞬間には間合いを詰め、私の繰り出した黒いダガーが襤褸《ぼろ》布のような黒い身体を貫いた。

この状態なら私の魔力と相殺になるが、悪魔の存在も削り取れる。それ以上に私の『滅ぼす』という意思が魔鋼の武器を通じて確実にダメージを与えていた。

だが、それを〝骨の悪魔〟も察したのか、細かい瘴気弾を撃ち放ちながら、徐々に私から距離を取り始めた。

ここで時間を稼がれるとまずい。私がこの悪魔に勝つには短期決戦しかない。でも、この悪魔が距離を取った目的は時間稼ぎでも逃げたわけでもなかった。

――ギィイイイイイイイイイイイ――

〝骨の悪魔〟の叫びに、周囲にいた百体近い骨兵士が集まり、その身体に纏わり付いていく。

「――ハッ!」

スカートを翻しながら【拒絶世界《オブリビオン》】の光を纏わせた投擲ナイフを投げ放つ。だが、そのナイフは纏わり付く骨に阻まれ、悪魔に届かない。

そのわずかな間に纏わり付く骨を悪魔の黒い靄が腐らせ、練り合わせ、見る間に骨で出来た巨体を創りあげた。

「これは……」

▼骨巨人の悪魔　種族：上級悪魔・難易度ランク――
【魔力値：３４３２／４７１５】
【総合戦闘力：６４０３／５１８６】

十メートルを超える骨の巨人は、無数の骨が組み合わさった顔で歪な笑みを作り、その巨大な腕を振り下ろした。

ドゴォオオオオオオン!!

骨巨人の振り下ろされた腕が大地を抉り吹き飛ばす。それを【拒絶世界《オブリビオン》】で回避した私はその背後に回り、幻痛の刃で斬りつけた。

――ギィイイイイイイイイイイイイイ!!

巨人を作る骨が悲鳴のように軋みをあげる。効いている。だが、根本的な部分で効いていない。

精神生命体である悪魔に精神攻撃を加える幻の刃は有効だ。だが、精神生命体ゆえに奴らは『刃で斬られる』という行為が致命的でないことを知っている。

生き物ならば斬られたら死ぬという、基本となる認識が存在しないのだ。

ギィイイイイイイイイイイイイイイ!!

「――っ！」

それでも〝痛み〟はあったのか、悪魔は防御を無視するように腕を振るって攻撃を仕掛けてきた。

「――【浮遊《レビテイト》】――っ」

一瞬身体を浮かせ、骨巨人の腕を蹴るように距離を取る。【鉄の薔薇《アイアンローズ》】を使っているとき単発の魔術は魔力の消費が大きくなるが、【浮遊《レビテイト》】のような持続系は【拒絶世界《オブリビオン》】と相性が良い。

それでも他の魔術を使う余裕はなく、巨人の腕を虚像で躱し、幻痛の刃で斬りつける。骨巨人も痛みは受けているが、それが根本的なダメージになることはなく、それを憎しみに変えるようにして殴り返してきた。

見た目は一進一退の攻防に見えるが、時間制限のある私が圧倒的に不利になる。私の攻撃は骨に阻まれて悪魔に届かず、悪魔の攻撃も私に当たらないまま、私と悪魔の戦いは次第に範囲を広げていった。

まずいな……。このままでは人のいるほうへ戻ってしまう。

骨巨人の攻撃を避け、背後に迫った巨木を蹴って骨巨人を飛び越える。するとその瞬間に悪魔は大量の骨の欠片を頭上に撃ち放ってきた。

それを【拒絶世界《オブリビオン》】で回避するが、隙間なく撃たれた骨の弾幕をナイフで迎撃する私に、それを狙って骨巨人が拳を繰り出した。

私はそれを避けることなく気合いを込め、右手に構えた黒いダガーを大きく後ろに振りかぶり、全力の一撃で迎撃する。

「ハァアアア！」

身に纏う【拒絶世界《オブリビオン》】の光が集中させた刃で渦巻き、骨巨人の拳を粉砕するように斬り裂いた。

ギィイイガァアアアアアアアアアア――ッ!!

「――っ！」

その瞬間、すべての骨が……埋没していたすべての頭蓋骨が軋むように叫びをあげ、一瞬だが『白い女性』のような〝影〟が見えた気がした。

「――【闇《ダーク》】――」

〝光〟の【拒絶世界《オブリビオン》】を解除した私は、再び【拒絶世界《オブリビオン》】を〝闇〟に切り替え、一番高い建物の上まで離脱する。

一瞬の間がなければ切り替えが間に合わずに殺されていた……。

あれは、今まで姿を見せなかった夢を見せる悪魔か？　それとも悪魔が見せた幻か。でも、私が飛び下がって一瞬視界が逸れたときにはその影はなく、白い靄のような魔力が町中へと広がっていった。

ズズズ――ッ!!

町のほうから何かの音が響く。……いや、〝何か〟ではない。町中から溢れるように押し寄せてくる〝群〟の音……。

筋力を限界まで酷使しているのか、肉が潰れようが骨が砕けようが、数百を越える住民たちの死体が障害物さえ無視してこちらへと迫り、〝怨嗟〟の声と合わさりおぞましい異音を響かせた。

『助ケテ！』『ドウシテ私ガッ』『苦シイ痛イ！』『憎イ！』『見捨テナイデ！』『生キテイル奴ガ憎イ！』『タスケテ！』『痛イヨ！』『死ネ！』『ヤダヤダヤダ』『ドウシテ⁉』『苦シイ！』『行ッチャ

『幸セニ、ナリタイ！』『憎イ！』『痛イ！』『助ケテ！』『死ニタクナイ！』『憎イ憎イニクイ！』『幸セニ、ナリタカッタノニ――――』

――生きている住民が自分たちを見捨てて幸せになることは許さない――

「………………」

あれが嫉妬を悪魔につけこまれた人間の末路か……。

人がすべてそうだとは言わない。その感情は人なら誰もが持っているものだ。だが、弱い人間はそれを抑える術を持たず、この閉鎖的な町で彼らは、その感情が負であると気づく機会もなかったのだ。

ギィギィギィギィギィギィ――――

この光景に〝骨の悪魔〟が愚かな人間を嘲笑う。弱い人間の負の感情が愛する人間を殺す……それはお前たち悪魔にとって最高の愉悦なのだろう……。

嫉妬と怨嗟の叫びをあげながら、住民の死体が津波のように、互いを乗り越えながら私がいる建物まで上ってきた。

『アナタモ死ンデ――――』

斬っ!!

最初に迫ってきた若い女の首を黒いナイフで切り飛ばす。

「嗤っていろ、悪魔ども」

私は目を細めて、黒いダガーを嗤っている悪魔に向けると、私が発する威圧に迫っていた不死者たちが動きを止めた。

私が懐から取り出した二個目の丸薬を口の中で噛み砕くと、私の感情によって闇の魔力が滲み出る。

師匠が竜の血を用いて作り上げ、ネロに持たせてくれたこの魔力回復薬は【鉄の薔薇《アイアンローズ》】の効果時間を少しだけ延ばすことはできるが、竜の血のような劇薬は取り過ぎれば毒にもなる。

だが、お前らを殺すためなら、後の事など知ったことか。

私は勘違いをしていた。負の感情を帯びた瘴気が黒く淀むことで、それに対抗するのは光の魔力であると考えていた。

でも違う……。〝闇〟が司るのは〝感情〟だけでなく〝安らぎ〟でもある。

人が人を愛するのも強い感情だ。それは悪ではなく正義でもない、純粋な想いだ。

私の両親が『悪い人はいない』と言っていたのは、人には想いによってそれぞれの正義があり、それによって敵対するからだ。

だから私は憎しみで戦ったことはない。でも……お前らだけは違う。悪魔は自分の愉悦を満たすためだけに、人の想いを利用し、騙し、苦しめることを悦びとしている。

私の怒りが〝闇〟となり、光と合わさり〝灰色〟となって〝銀〟に変わる。

精神生命体を倒すのは光の力じゃない。

お前たち悪魔を倒すのは、お前たちを〝殺す〟という純粋な〝願い〟だ。

この憎しみは負の感情じゃない。

お前たちを倒すための純粋な〝怒り〟だっ！

「ハァアアアアアアアアアアアアアッ‼」

気合いと共に銀の光が翼のように迸り、近づいていた不死者たちが崩れ去る。

そのまま屋根を蹴り砕くように飛び出した私は、その直線上にいる死体をすべて塵に変え、銀の光を纏わせ大剣と化した黒いナイフで骨の巨人に斬りつけた。

▼アリア（アーリシア）　種族：人族♀・ランク5
【魔力値：75／400】△20UP　【体力値：118／290】
【筋力：11（24）】【耐久：10（22）】【敏捷：18（38）】【器用：9（10）】
【総合戦闘力：2448（特殊身体強化中：5020）】△123UP
【戦技：鉄の薔薇《Iron Rose》/Limit 75 Second】
【虚実魔法：拒絶世界──《銀》】

ギィイイイイイイイイイイイイイイイ‼

骨の腕が粉砕され、切り口から崩壊していく〝骨の悪魔〟がわずかに一歩下がる。

怯えたな……〝私〟に。

ギィキィイイイイイイ！

最初に戦技で壊した腕を再生させ、骨の巨人が無数の骨の破片を撃ち放つ。

私はそれを【拒絶世界《オブリビオン》】と速度ですり抜け、巨人の顔面を吹き飛ばした。

あまりの速度に身体が軋む。光と闇の魔力が暴走しようとして口からも血が零れた。

だから知ったことか。ここで必ずお前を殺す……っ！

ギィイイガァアアアアアアアアアッ!!

〝骨の悪魔〟が崩れかけた巨人の身体を脱ぎ捨て、残った頭蓋骨だけを集めて二メートルほどの球体を造りあげた。

▼頭蓋骨の悪魔　種族：上級悪魔・難易度ランク――
【魔力値：３０８０／４７１５】
【総合戦闘力：５０５１／５１８６】

すべての頭蓋が顎を開き、闇の塊を生成する。それだけの魔力を撃ち出せば悪魔の力も激減する。

だが、〝骨の悪魔〟もなりふり構わずそれをしようとした。

でもお前の行為は覚悟じゃない。自己の存在よりも愉悦を取る悪魔に私は負けるつもりはない。

私は残りの魔力を二つの武器に集め、銀の光を纏いながら真っ正面から飛び込んだ。


「――【兇刃の舞《ダンシングリパー》】――っ!!」

左右から放たれる連撃が闇の弾丸を迎撃する。戦技である【鉄の薔薇《アイアンローズ》】に戦技を重ねたことで私の両腕が軋んだ。それでも――っ！

「ハァアアアアアアアアアア!!」

私はさらに前に出て、放った八連の刃がすべての頭蓋骨ごとその内にいた〝骨の悪魔〟を斬り裂いた。

ギィイイイイイイイイイイ!!

「――っ！」

〝骨の悪魔〟が絶叫をあげ、私の両腕からも血が噴き出し、【鉄の薔薇《アイアンローズ》】が強制解除される。だが、ずたぼろになって崩壊しかけた〝骨の悪魔〟が歪んだ笑みを浮かべ、身体の瘴気をすべて集めて開いた口の中に溜め始めた。

このタイミングでは躱せない。でもその時、私の耳に風を切る音が届いた。

「お前の負けだ、悪魔」

――ズガンッ!!

『ガァアアアアアアアア!!』

その瞬間、飛び込んできたネロの【爪撃】が、悪魔の顎を吹き飛ばす。

「ハアァアアアアアアアア!!」

魔力が尽きかけた私は毛細血管から血が噴き出した腕でダガーを構え、もつれるように地面に落ちながら、悪魔の顔面に刃を突き立てる。

「〝滅びろ〟――っ！」

ギシッ――！

私の〝意思〟を受けた〝骨の悪魔〟に罅《ひび》が入り、そこから焼かれた骨のように崩れて、消滅していった。

それと同時に蠢《うごめ》いていた住民たちの死体も干からびて崩れ去り、終わりを告げるように暗雲が晴れ、優しい月の光が私たちを照らしていた。

＊＊＊

〝骨の悪魔〟は滅びた。私も警戒をネロに任せて仮眠を取ったことで、全力戦闘は無理でもある程度の回復はできた。

町の住民の顔も暗い。こんな状況になったのだから当然だ。領主の館に生きている人もおらず、閉鎖的だったこの町もこれからは〝よそ者〟ばかりになるだろう。

それで、この町の住民にまた『嫉妬』が生まれるかどうかは私の知るところではない。

「…………」

あのとき私を睨んでいた少女を見かけた。自分たちを襲ったのが不死者だったとしても、それを〝殺した〟私を恨んでいる人もいるはずだ。

それでもその少女は、私を見て少しだけ視線を逸らし、そのまま涙を堪えるように父親らしき男性の所へ駈けていった。

「……人はそこまで弱くないか」

町の外に出た私に外に出ていたネロが横に並ぶ。

「ありがとう。ネロがいなければ負けていた」

まだ上手く動かない腕でネロの首に軽く抱きつくと、ネロの触覚が私の頬を軽く撫でる。

「……〝悪魔〟の気配は？」

〈――無――〉

ネロが見た限りもうこの周辺に悪魔の気配はないという。

夢を見せた存在が〝骨の悪魔〟と別だと考えたが、あれも〝骨の悪魔〟の能力だったのか？　それとも、見切りをつけて撤退したか……。

まずはこの町の復興のためにもエレーナの所へ報告に戻る。そのままネロの背に飛び乗り、最後に町に目を向けたとき、私は町の中でも会うことがなかったその人物を思い出した。

「……コレットはどこに？」

＊＊＊

王都にある聖教会の礼拝堂。昨年、とある事件によって神殿が焼失し、現状は敬虔《けいけん》な信徒と王家からの寄付金により、新たな神殿が建てられている。

だが、失われた神殿と人員の穴を埋めるため、神殿長を含めた管理者は、王都に屋敷があるにも拘わらず泊まり込んでいる者も多かった。

「……僕は……」

礼拝堂の裏にある居住区。そこに与えられた自室にて、真夜中に目を覚ましたナサニタルは、自分の状況が一瞬理解できず、ぐったりと柔らかな暖かさに身を任せた。

神殿長の孫であるナサニタルは神官の地位も与えられていたが、貴族であるために他の神官たちとは別の離れに広い部屋を貰っていた。当然、内装も他の部屋より上質ではあったが、頭を置いていたいつもとは違う〝暖かさ〟に再び目を開いた。

「………リシア？」

「起きてしまったの？　ナサニタル」

ナサニタルはベッドの上でリシアと呼ぶ少女に膝枕をされていた。

昨夜、彼女が一人のメイドを伴い、自分を訪ねてきたのは覚えている。だが、最近のナサニタルは日常的に倦怠感と疲労感を覚えており、今のナサニタルの姿はまるで〝精気を吸い取られた〟ようにやつれていた。

「……怖い夢を見たんだ。あの桃色髪の子が……僕の顔に刃を突き立てて……」

その〝夢〟の内容を思い出したのか、怯えた顔を見せるナサニタルの頬を少女がそっと撫でる。

「大丈夫だよ……ここには怖い人はいないよ。もう少し眠って……あなたには大切な〝役目〟があるのですもの」

「うん……リシア」

少女の微笑みに安堵して再び眠りにつくナサニタルは、眠るたびに衰弱していっているように思えた。そんな彼の頬を撫でながら少女の顔に浮かんでいたのは、心配する顔ではなく愉しそうな笑みであった。

「……私のために最期まで頑張ってね」

交差する思惑

「お帰りなさい、アリア」

地方から戻った私を少し疲れた顔をしたエレーナが安堵した顔で迎えてくれた。

まずは無事に戻った顔見せに冒険者の格好のまま寄ったのだけど、報告するために一度着替えようと戻りかけたとき、そのままでいいので話に混ざってほしいと言われた。

「……では、やはりその地に悪魔がいたのね」

悲痛な表情で確認するエレーナに私は静かに頷く。

「学園に現れた〝骨の悪魔〟だ。随分と犠牲者が出てしまったけど」

エレーナが怪しいと考えた聖教会と聖女の一派。その通り、悪魔はその地にいたが物的な証拠は得られなかった。

「それは……仕方ないとは言いたくないけど、話を聞いた限りでは、放っておけば町が全滅していた可能性があるわ。それに王都でも酷いことが起きたから……」

「……ある程度は聞いている」

王都にも悪魔が現れた。それを倒したのは王太子と聞いたが、エレーナは実際に悪魔を倒したのはカルラだと見ている。

人を欺く悪魔が王太子に化けてカルラを罠にかけた。あのカルラだから、よほど危険人物と思われていたのだろう。

王都でも悪魔が現れ、人々はその恐ろしさを知った。

死傷者の数は千を超え、死者の中には貴族の若者たちもいたことで貴族派による王家への攻撃材料となったが、その悪魔を倒した人物が、聖女を伴った王太子エルヴァンだと、幾つもの貴族家と民が証言したことで貴族派の攻撃は下火となり、人々の様々な思惑によってレスター伯爵令嬢の名は表に出ることはなかったそうだ。

カルラは自らその罠に飛び込んでいった。彼女は周囲から狂人のように思われているが、カルラは今まで自分から不利になるような状況に陥ったことは一度もない。

カルラが誰かを殺すときは、必ず相手から手を出させて被害者の立場にいた。たとえ過剰な反撃をしようと、カルラの罪にはならず、その溜まり溜まったカルラへの恐怖が、さらに手を出すことを怖れさせた。

私は裏社会と敵対することで同じことをしたが、カルラはそれを貴族社会でやってのけた。それもカルラの性格と力があってこその話だけど……。

だが分からないのは、どうしてとどめを王太子や聖女に譲ったのか？　それを口にするとエレーナが静かに頷き、傍らの人物へ視線を送る。

「先ほどまで、その件で話し合っていたの。ミハイル、アリアにも説明してあげて」

「かしこまりました、殿下。その前にアリア嬢……よく無事で戻ってきてくれた。情けないかぎりだが、君が居ると居ないとでは戦力に大きな違いがある」

私に微笑みを向けていたミハイルの言葉に、隣のロークウェルが気難しげな表情を浮かべた。

「ああ。自分の未熟さを痛感するが、現状、上級悪魔を単独で倒せるのは、君とレスター伯爵令嬢だけだ。だが、彼女がその手柄をあの二人に譲ったことで、少々厄介なことになった」

「……厄介？」

エルヴァンを王太子から外す思惑は、国王陛下の承認のもと、エレーナとメルローズ家派閥を主体として行われてきた。

元子爵令嬢の子であるエルヴァンよりも、生粋の上級貴族家の血を引くエレーナを推す貴族家も多く、エレーナの働きにより、すでに中立寄りの貴族派の一部と中立派はエレーナ寄りになっている。

だが、今回の件で王太子の名声が上がり、再び日和見な貴族家が王太子擁護に回り始めた。しかもそれだけではなく、悪魔を倒した『聖女』の名も上がり、王弟派閥と貴族派を中心に彼女を正妃としようとする動きも現れ始めた。

私はその聖女のことをほとんど知らないが、ミハイルが言うにはメルローズ家とも関係のある人物らしく、宰相を含めたメルローズ家の意見も纏まっていないらしい。

「いや、メルローズのことは私が何とかする。私はあれが関係者とは認めていない」

「……………」

ミハイルが一瞬、私を気遣わしげに見るが、彼も気付いているのかもしれない。

「けれど、その代わりに静観の立場をとっていたダンドール家が、エレーナ殿下の派閥に付くことになった。ダンドール家としてもクララが王妃とならないのなら、穏便に婚約を解消してもよいと考えている」

ミハイルの後に続いてロークウェルがそう教えてくれた。

確かに、ダンドール家としては、クララかエレーナのような血縁者でなければ意味はない。穏便にということは、クララの疵《きず》にならないよう『王太子下ろし』を行うということだ。

そのダンドール家が動いたことで、北と南の大派閥がエレーナ側に付いたことになるが、その原因となった『聖女』の存在が問題になった。

そこまでが前提の話で、そこからエレーナが主導で話を始める。

「……現状、王太子殿下と不仲だと噂されているクララの立場は良くないわ。普段ならそれでもダンドールの名が彼女を王妃にするのでしょうけど、それを飛び越えて正妃となった方が王太子殿下の実母なのだから、最悪の場合を想定しなければいけません」

「今回も、そうなると?」

「王太子殿下が望めば……あり得なくもないわ。でもその場合は、相当に国が荒れることを覚悟しないとね」

その瞬間、エレーナの目が細められ、剣呑な光が宿る。ミハイルもそれに頷き、ロークウェルが沈痛な面持ちで目を瞑ったことで私もようやく理解した。

そもそもエルヴァンが王太子としての成長がなく、子爵令嬢に傾倒したことで、エレーナは彼を見限り、自分が女王となることを決めた。

彼がこのまま成長もなく王となり、正妃に貴族としても怪しい者がなるとすれば、彼らを傀儡として貴族派が勢力を増し、他国に付け入る隙を与えることにもなるだろう。

そうなる前にエレーナは、彼に〝毒杯〟を用意することも辞さないとその瞳が語っていた。

「……とはいえ、わたくしの独断でそれをするのは難しいわ。お父様……陛下とのお話では、王太子殿下が成人する学園の卒業までに見極めることになっているの。それまでに陛下を説得するとしても、それ以前にこちらが事を起こそうとすれば、陛下は王太子殿下側に回る可能性があります」

そう言ってエレーナは伏し目がちに溜息を漏らす。

エレーナの目的は国家の安寧だ。それをするために事を急ぎすぎればそれは謀反であり、下手をすれば内戦にも繋がりかねない。

「エレーナ……私は〝約束〟を覚えている」

「アリア……」

私は、エレーナのためにたとえ王でも殺すと誓った。

エレーナがそれを望むのなら、私は〝王太子〟でも〝聖女〟でも殺してみせる。それで私が邪魔になるのなら死んだことにでもすればいい。

実際に聖女を殺せば大半の問題は片が付くように思えた。

でも――。

「……難しいわね。少し前ならお願いしていたかもしれないけど、彼女は名声を得てしまったわ」

「……うん」

王太子や聖女を殺すのは最終手段だ。悪魔を殺す前の聖女なら死んでも大きな騒ぎにはならなかった。でも、その時の彼女は怪しい動きをしていても、傍目には罪を犯していないただの少女であり、暗殺対象にはならなかった。

だが今はどれだけ邪魔になっても、その死が美談となり、それが王太子に同情を集めることになって、彼を王へと押し上げるだろう。

「最悪はそれをすることになっても、まずは暗殺ではなく、民と聖教会が納得する『聖女を排除する』理由を探したほうがいいわね。……ミハイル」

「かしこまりました。暗部と調整し、王太子殿下が卒業なさる日までに、皆が納得する理由を用意致します」

私が倒した悪魔は神殿長の屋敷がある町にいた。それに聖教会……そして彼らが関わっていた物的証拠はないが、私たちの心証的にはほぼ黒と言っていい。

結果的に、こちらが動く前に王太子側に先手を打たれた形となったが、この段階まで来たらミハイルならきっとやるだろう。

「それでは、決行は陛下が決めた王太子殿下の卒業に合わせて行います。わたくしはそれまでに陛下の説得と貴族家の取り込み。ミハイルは情報の収集と調整。ロークウェルは引き続き私の護衛とダンドール派閥の取り込みと調整をお願いします」

「「はっ！」」

王族の顔になったエレーナの言葉に、ミハイルとロークウェルが臣下の礼を執り、それに頷いたエレーナは最後に私へ向き直る。

「私は一度、アモル殿下や聖女がいない状況で、王太子……兄と話をしたいと思っています。できればクララを交えて」

「私は何をすればいい？」

政治的な敵ではあっても、二人ともエレーナにとっては親族であり、それなりの情もある。特にクララに関しては色々と思うこともあるのだろう。ただ排除するとしてもその線引きをどこにするのか、それと彼らの真意を最後に自分の目で確かめたいのだと感じた。

「アリアはあなたの目で聖教会を見てきてほしいの。あなたがそれを見て、どう感じたのか。それを教えてほしい」

「なるほど……」

聖教会に近づき私の心証で確かめてくる。魔力を色で〝視る〟私の目とランク5になった私の感覚で判断することは、証拠の乏しい現状では有効な手段だと思った。

証拠はなくても心象的にでも確証があれば、少なくとも動くことに迷いはなくなる。

いまだ正体の知れない〝聖女〟らしき少女。

〝骨の悪魔〟がいた町を管理していた神殿長とその孫。

いまだに姿を現さず、存在さえも確定できない〝夢魔〟の存在。

そのすべての手掛かりが王都の聖教会にある。その証拠はおそらくないだろう。だからエレーナの撒き餌である私が赴くことで、釣り出すことはできるかもしれない。

それに気付ける者がいるとすれば、私だけだ。

「了解した、エレーナ」

「では始めましょう、アリア。私たちの戦いを」

王国に淀む闇

「王太子殿下、こちらでございます。お二人はまだ到着されておりませんが、お待ちいただく間、お飲み物はいかがでしょうか?」

「……ありがとう。少し早く来てしまったようだね。温かな物をいただけるかな?」

「かしこまりました」

特に銘柄を指定しなくても王宮の侍女なら彼の好みは把握している。その曖昧な指定に侍女は戸惑うことなく緩やかに一礼して準備を始めた。

王女宮にあるテラスに用意されていたテーブルに着いたエルヴァンは、侍女が用意した茶を己の侍従から受け取り、口に含んでゆっくりと息を吐く。

妹に話があると呼び出され、その時刻よりも早めに来てしまったのは、こうして心を落ち着ける時間が欲しかったからだ。それ以上に、幼い頃より近くにいて、今は心の距離が空いてしまった二人の少女と話す機会を求めていた。

王太子という立場であるエルヴァンは一人で動くことはない。王女エレーナと同様に数名の近衛騎士と侍従が常に側に控えているが、今回の王女エレーナからの招待にエルヴァンは侍従だけを連れてここに来た。

王女宮には国王陛下が認めた信用のある者だけが入ることが許される。招待状のない子爵令嬢では近寄ることすらできず、たとえ王族である王弟アモルといえども、王女の許可なくして王女宮へ立ち入ることは許されない。

それでなくてもエルヴァンはここへ一人で来たかった。それほどまでに彼の精神は追い詰められていた。

幼少期からの友人たちは、エルヴァンが変わったことで彼の許から去っていった。

心を許した腹違いの妹は、彼が変わらなかったことで離れていった。

新たな友になった法衣男爵の子息は、日々衰弱して死の淵にいると聞く。

自分を庇護してくれていた叔父は人が変わったように野心的になり、自分の派閥となった貴族派と第二騎士団に入り浸っている。

そして……。

「ダンドール辺境伯ご令嬢、クララ様がいらっしゃいました」

侍女の声にエルヴァンが顔を上げると、数名の侍女を引き連れたクララがテラスに入ってくる姿が目に映る。

「クララ……」

婚約者だというのに久しぶりに見る彼女の姿にエルヴァンが腰を浮かしかけると、クララの護衛侍女たちが警戒するような視線を向けてきた。それを片手で制したクララが侍女たちを下がらせ、一人でテーブルまで近づいてきた。

「お久しぶりです……殿下」

「ひさ…しぶり……」

エルヴァンはクララの以前とは違う呼び方に衝撃を受けながらも、なんとか声に出して彼女を迎えた。

クララの侍女が彼女の前に飲み物を置いて、他の侍従たちがいる壁際まで下がると、声が届くのが互いだけになった時点でエルヴァンが口を開く。

「……会いたかった」

「今更……ですか？　わたくしのことなど忘れたかと思っておりました」

「そんなことはないっ。……違うんだ」

一瞬大きくなったエルヴァンの声にクララが少し驚いたように彼を見て、エルヴァンは声を抑えて首を振る。

一瞬の沈黙。互いに話したいこと、聞きたいことはあるが、それを言葉にして望んだ答えが返ってこないことを怖れて口をつぐむ。

そのとき、その沈黙を破るように一人の少女が姿を見せた。

「第一王女、エレーナ殿下が到着なされました」

テラスに入ってきたエレーナは、かつてエルヴァンの友であったミハイルとロークウェルを連れていた。その友が自分に向ける冷ややかな目に耐えきれず、視線を妹に移すと、それ以上に冷ややかな瞳をしたエレーナが作り物のような笑みを浮かべていた。

「お兄様、ごきげんよう。クララも」

「あ、ああ……」

「ごきげんよう、エレーナ様」

ミハイルとロークウェルは、エレーナに従っていることを示すように彼女をエルヴァンとクララの間となる席へ導き、そのままエレーナの背後につく。

侍女がエレーナの前に飲み物を置いて、三人だけになったことでエレーナがおもむろに口を開いた。

「本日はおいでくださり、ありがたく存じますわ。本日は是非、お二人の話を伺いたいと思いましたのよ」

「話……？」

エルヴァンが思わず問い返すと、エレーナが静かに頷く。

「ええ。お兄様はどうなさりたいの？」

「どうって……」

貴族同士は弱みや揚げ足を取られないよう曖昧で遠回しな表現を使うが、エレーナの直情的な物言いにエルヴァンは息を呑む。

「お兄様は王になるおつもり？　なんのために？」

「それは……」

エルヴァンが思わず言い淀む。生まれてからずっと王になることが決められていた。だからそれを疑問に思うことはなかった。皆が笑って過ごせる国にしたいと、子どもめいた思いで、王となる自分を思い描いていた。

だがその教育が厳しくなり、泣き言をいう幼いエルヴァンに、母はもっと自由でいいと教えてくれた。だからこそ、厳しい教育で身体を壊した妹が不憫になり、明るい外の世界へと連れ出した。

それが正しいことだと信じて……。

だが、目の前にいる彼の妹は、それを望んではいなかった。

「お兄様。わたくしは王になりますわ。わたくしたち王族を信じて、税を納めてくれる民のため、この国を護るために。たとえそのために死んだとしても……後に続く人たちのために」

「……そ、それは、……でも、他国とは……」

「この国に住まう民を守らずして誰を守りますの？　それは本当にお兄様のお考えですか？」

「……っ」

王弟アモルや新たに支援してくれた貴族たちは、他国に扉を開き、招き入れて共に発展することが、皆が幸せになることだと教えてくれた。

だが、まっすぐにエルヴァンの瞳を見て宣言をするエレーナに、他者の意見だけで、自分でそれを見ていないエルヴァンは、まともに言葉を返すことが出来なかった。

エルヴァンは自分が〝逃げている〟ことに気づいている。

太平の世ならそんな彼でも平凡な王にはなれただろう。そのために厳しい教育を受けた、旧王家である辺境伯二家が王の側にいるのだから。

母はどうしようもなく苦しいのなら、無理をすることはないと話してくれた。

けれど……。

「お兄様……もう逃げるのはおよしなさい。平民なら逃げてもいいでしょう。下級貴族なら逃げられる場所があるかもしれません。……けれど、わたくしたち王家の者は、絶対に逃げることは許されない」

他人は苦しければ逃げろという。死ぬより酷いことはないから……と。だがそれは下々にいる人間の考え方だ。上にいる人間が逃げることは決して許されない。

エレーナは、エルヴァンが逃げるのならその代わりに王になると言ったのだ。決して逃げることなく命を懸けて民と国のために戦い続けると。

逃げ続けるのならそれを態度で示せ。王太子の座を妹に譲り、アモルのような立場になれとエレーナの瞳が言っていた。

そしてエルヴァンの『目』でも、エレーナがその覚悟をするだけの経験を積んでいることを、否応なく理解させられる。

「せめて、あの子爵令嬢とは縁を切りなさい。そうでないと――」

――死ぬことになる――。

だが、その言葉をエレーナの唇が零す前に、エルヴァンは真っ青な顔でそれを否定した。

「違うんだ、エレーナっ。彼女は……リシアはそうじゃないんだ」

「……お兄様？」

エルヴァンは幼い頃から苦痛を感じていた。

優秀すぎる妹。優秀すぎる友人たち。婚約者たちも生まれてから英才教育を施された本物の貴族だった。

カルラも桃色髪の少女も、年下とは思えないほど恐ろしい力を持っている。

そんな少女たちに恋など出来るはずがない。元子爵令嬢だった母から、何度も父との恋物語を聞かされて育ったエルヴァンは、貴族だからと決められた相手と結婚することが苦痛だった。

唯一、成長してから自分に近い感性を見せてくれたクララも、その視線や言動で、エルヴァンを幼い子どものように扱うこともあり、それがエルヴァンの劣等感を刺激した。

そして……あの時から、わずかにあったエルヴァンの王族としての自信さえも失った。

エルヴァンは、その『目』で〝視て〟しまったからこそ、周囲と自分の〝差〟を知ってしまったのだ。

エルヴァンの【加護《ギフト》】――『完全鑑定』は、対象とする人物の〝すべて〟を見ることができる。

だからこそ、彼女たちとの差に気付かされ、本当になんの力もない〝リシア〟という少女に傾倒して——溺れた。

母のように自分を肯定してくれる彼女の側が心地よかった。

甘い蜜でできたぬるま湯に浸かるように甘やかされ、現実から逃げるように彼女を求めた。

自分よりも何も持っていない彼女だからこそ、信じられた。

辛いなら逃げてもいい。王になりさえすれば優秀な家臣がどうにでもしてくれる。自分がずっと側にいてあげると、リシアはエルヴァンの身も心も絡め取った。

たとえ、リシア……アーリシアが〝本物〟ではないとしても。

リシアの【加護《ギフト》】は『魅惑』——その効果は、好感度の微上昇。彼女に対して新たに悪感情を抱けない……ただそれだけの能力だ。

彼女はそれを『ヒロインの力』だと言っていた。その意味は分からない。最初から彼女を嫌う者、敵対している者にはほぼ効果のない能力だが、彼女は巧みな話術と自らの身体を使い、瞬く間に信者を増やして、聖女の座まで上り詰めた。

そしてその狂気じみた想いに気づいたエルヴァンは、次第に薄ら寒いものをリシアに感じるようになった。

「エレーナ……彼女と敵対しては駄目だ。今では叔父上も、聖教会や第二騎士団でさえも彼女の味方だ。私には正直、どうして彼女がそこまでするのか分からない。でも、もし彼女を追い詰めれば、きっと沢山の人が死ぬ……」

リシアが恐ろしい……でも、離れられない。

どれだけ恐ろしくても、彼女が悪い人だとは思えなかった。

それが彼女の【加護《ギフト》】だと知ってはいても、エルヴァンにはもう彼女のいる場所だけが安らぎとなっていたのだから。

「………」

エレーナは兄を見て、彼の【加護《ギフト》】が早世した以前の王弟と同じ能力だと考えた。

エレーナの早世した叔父である第二王子は、兄である国王のためにその力を多用し、若くしてその命を散らした。だが、そのおかげで王国内にいた危険な貴族や他国の間者を排除することができて、一時の平穏を得ることはできた。

叔父が第二王子として本当にするべきだったのは、兄のすることを盲目的に認めるのではなく、当時、ただ愛らしいだけの恋する子爵令嬢を排除することだったが、兄思いの第二王子はそれができなかった。

おそらくは彼もその子爵令嬢に恋をして、二人の幸せを願わずにはいられなかったのだ。

エルヴァンはその力を自分のためにだけ使っていた。

彼が聖女リシアの〝中〟に〝何か〟を視て、彼女を盲信する人々を〝視る〟ことで、リシアを追い詰めれば、その者たちが暴走し、多くの血が流れると理解してしまったのだ。

「お兄様……」

エレーナたちは彼女を排除する計画を立てていたが、エルヴァンの話を信じるのなら、その前に彼女側の力を排除する必要があるとエレーナも理解する。

だが、卒業までのわずかな期間にそれをすることは困難だ。

アリアにどれだけの力があろうと、力ずくで排除しようとすれば、それに気づいた彼らの害意がエレーナと王家に向けられることになる。

エレーナは対外的な抑止力として……それ以上にアリアを守るために、自由な戦力であった彼女を自分の懐に入れたが、表舞台に上がったアリアはその行動を縛られることになった。

でも、エレーナにはアリアにはできない解決方法もある。

（……本当に〝毒杯〟を使うことになるなんて）

聖女を簡単に排除できないのなら、兄を排除するほうがまだ混乱は抑えられる。

エレーナも好んで使う方法ではないが、自分が兄殺しの泥を被ろうと、それをする覚悟はすでにある。最悪は正妃の教育から離して、独自の王教育が始まった第二王子に任せればいい。

最善はエルヴァンが自分から王太子の座を降りてくれることだが。

（でも……）

エレーナは視線だけで無言のまま話を聞いているクララを見る。

エルヴァンを排除すれば、この場にいるクララが王妃となることはできなくなる。

以前は精神を病み、危険な兆候が見られたクララだったが、ようやく覚悟が決まったのか、八才の頃から現れていた小市民的な思考はなりを潜め、それ以前の気高いダンドールの姫に戻ったような印象をエレーナに与えた。

今回の会談はそれを確かめる意味もあった。

会談が始まってからいまだ黙して語らないクララにエレーナがあらためて顔を向けると、クララはずっとエルヴァンだけを見つめていた。

「わたくしは、あなたを守れるとは言えません……」

静かに口を開いたクララに、エルヴァンが憔悴した顔を向ける。

彼の瞳に浮かぶのは、絶望か、拒絶された恐怖か……。でもクララはその後を続ける前に少しだけ微笑んだ。

「でも……わたくしは、あなたと共にありたいと思います。……エル様」

「クララ……」

クララも上級貴族の令嬢だ。このままでは破滅することを理解している。だが、それでも……たとえ共に毒杯を仰ぐことになっても。クララはエルヴァンと共にいると、そう宣言した。

あまりにも一途な愛の告白。

その意味を理解しているのか、できないのか、エルヴァンの瞳が戸惑い気味に揺れていた。

エレーナは、ようやく戻ってきた〝従姉《いとこ》〟の姿に悦びながらも、すぐに失うことになるのかと少しだけ寂しげに目を伏せる。

そのとき――

「え……」

エレーナの目の前に小さな〝闇〟の球体が出現し、それが一瞬で弾けると中から小さな木片が転がり落ちた。

エレーナはそれが〝何か〟知っていた。それは、二人が決めた二人だけが知る〝符丁〟。

その現象に気づいたのはテーブルに居た者だけで、そっとそれに触れたエレーナは木片に記された記号に、殺気を迸らせ目つきを険しくした。

「エレーナ様……？」

「あら、ごめんなさい」

戸惑い気味の声を掛けてきたクララに、エレーナは寒気のするような笑みを浮かべながらも、クララとエルヴァンに向き直る。
・・・・・・
「アリアが亡くなったそうよ？」

＊＊＊

昼から王太子やクララと会談するエレーナの護衛をミハイルとロークウェルに任せ、私は朝から冒険者の姿で聖教会の神殿に訪れていた。

「……よくここまで直ったね」

完成したばかりの神殿を見て思わずそんな感想が漏れる。

カルラが燃やした聖教会の神殿は、基礎部分こそ残ってはいたがほとんどが焼失していたはず。それが半年も経たずに再建できたのは、魔術の有無もあるが、想像もできないほどの労力と資金が注ぎ込まれたはずだ。

おそらくは貴族も資金を出したのだろうが、国中の闇魔術師と土魔術師の信者が関わっているのだろう。

その神殿だが、今は完成したばかりということで、寄付をした一般の信者のためにもかなり奥まで立ち入ることが許されている。参拝に訪れた多くの人々の中には冒険者の姿もあり、外套を纏ったままの私でも問題なく神殿内に入ることができた。

だが奥まで入ることを聖教会が許した本当の理由は、一時、噂となり、カルラの罪を問うことを聖教会が断念した教導隊の正当性を示すためと、ここに〝聖女〟がいるからだ。

聖女……それがどういうもので、どのような存在なのか私は分からないけど、今の聖教会では愛されているように感じた。

「…………」

神殿内にいる関係者。参拝する平民の信者。神殿の奥にある孤児院の子どもたちからも、時折『聖女さま』という言葉が聞こえてくる。

……特に洗脳されている様子はない。子どもたちも心から聖女を慕っているように感じられた。

だからこそ、違和感がある。セオの話では、彼女はレベル1か2の光魔術しか使えなかったはずだ。そんな人間を聖女として祭りあげ、慕う理由はなんなのか？

奥に行ってみるか……。まだ建築資材が残る裏庭などを散策するように神殿の構造を頭に入れていると……。

「ここから先は、立ち入り禁止ですよ」

不意にそんな声が聞こえ、おそらく奥側へと続くだろう外部の階段の上から、赤みがかった暗い金髪の少女が私を微笑みながら見下ろしていた。

その少女……。遠い記憶……どこかで見たことのあるような少女の姿に一歩踏み出そうとした瞬間、彼女の周囲にいた神殿の騎士らしき者たちが庇うように前に出る。

「待ってください」

一瞬剣呑な雰囲気さえ感じられた彼らを、少女はニコリと笑みを浮かべて止めた。

「……お知り合いですか？　聖女様」

「学園の生徒さんですよ。こんにちわ、レイトーンさん」

「…………」

これが〝聖女〟か……。彼女は私のことを知っていたようだが、私も彼女のことを噂以上に知っている。

聖女である彼女に挨拶も返さない私を睨みながらも、神殿騎士が後ろに下がる。

だが、その距離は何かあってもすぐに庇える位置にあり、『聖教会の重要人物』という以上の忠誠心を感じた。

その聖女である彼女がこの場に現れたことで、それに気づいた神官や一般の信者たちが彼女の側に集まりはじめる。

私たちが知っている情報は、彼女が学園入学時から王太子に付きまとっていた女生徒の一人であり、それがいつの間にか王太子を籠絡し、王弟や神殿長の孫を巻き込んだ混乱を引き起こしていることだけだ。

エレーナはその起点になっているのが彼女だと考え、王太子諸共排除すると決めて動きだした。

……だけど私はもう一つのことを知っている。

私が今の〝私〟になった原因……『乙女ゲームのヒロイン』に成り代わろうとしたあの女は、私が〝ヒロイン〟だと言っていた。

私がいなければ……私が物語から離脱すれば、それは始まらないはずだった。だがそのヒロインの位置に納まり、私と同じ〝アーリシア〟を名乗る彼女が現れた。

あの女の言っていたことがすべて妄想という可能性もある。理性的に考えれば私もそう思うが、現状があの女の記憶にある遊戯とあまりにも似すぎていた。

実は彼女こそ〝本物〟で、あの女が私と勘違いしただけなのか？　でも、そのヒロインの親族らしきメルローズ辺境伯は、髪の色と顔を見て私が捜し人だと確信しているようだった。

そしてお母さんから渡された、お守り袋の指輪には、ミハイルの家と同じ〝メルローズ〟の家紋が記されている……。

状況的にはやはり〝本物〟は私ということになる。だからこそ、何故彼女がその位置にいるのか分からない。

実際に会ってみた印象は本当にただの少女だった。魔力値も貴族とは思えないほど低く、どうして彼女が聖教会に『聖女』と認められたのか理解できない。

だからこそ厄介だと思った。彼女がただの少女にしか見えないのなら、それ以外の部分……彼女の人柄や容姿が優れているからだ。

一目見て理解させられる。エレーナからの話を聞き、暗殺まで視野に入れた相手だというのに、彼女を見た瞬間に彼女は本当に人柄の良い人物なのではないかと思えた。

でも――

「……ふぅ」

私は人々に囲まれて笑顔で応じている彼女を見て、大きく吸った息を吐く。

いや……あれは違う。どれだけ好意的に思えても、私は彼女のことを教えてくれたエレーナやセオの言葉を信じる。

だとしたらこの気持ちもまやかしだ。理性的に考えろ。だとするのならこの原因は……あれが持っている【加護《ギフト》】だ。

強い力じゃない。この感じる『好意』が〝攻撃〟だと理解した瞬間、私の中にあった彼女への好意が霧散した。それと同時に理解する。

この少女を生かしておくことはエレーナの害になる。

私の中で偽りの聖女への〝好意〟が消えた瞬間、彼女が振り返るように私を見た。

「…………」

わずかに目を見開いた彼女と、わずかに目を細めた私の視線が絡み合い、次の瞬間、彼女が不機嫌そうに唇を歪めた、その瞬間――。

『――ガァアアアアアアアアアアアアアアッ‼』

突如響き渡る獣の咆吼――一瞬、影が差し、神を奉るはずの聖教会に空から、三体の異形の魔物が舞い降りた。

「……あ、悪魔だぁあああああ！」

誰かが叫ぶ。その声を皮切りに一般の信者が悲鳴をあげて逃げ惑う。

▼獣の悪魔　種族：下級悪魔・難易度ランク4
【魔力値：848／850】
【総合戦闘力：933／935】

「下級悪魔《レッサーデーモン》が三体っ⁉」

まさかこんな場所で悪魔を呼び出したのか！

『ガァアアアアアアアア‼』

歪な猿のような下級悪魔三体が咆吼をあげ、【石弾《ストンショット》】に似た無数の岩を、私だけを狙って撃ち出した。

「ハァアアアアアアアアアアアアアアア！」

周囲にはまだ逃げ遅れた人たちがいる。私は気合いと共に息を吐き出し、放った四つのペンデュラムを旋回させ、周囲に降りそそぐ岩の弾丸を弾き飛ばす。

次の魔法は撃たせない。打ち落とすと同時に地を蹴った私は黒いナイフを抜き放ち、『滅ぼす』という意志を刃に込めて大きく後ろに振りかぶる。

「――【神撃《クリティカルエッジ》】――っ！」

『ガッ――』

空中で放った戦技の一撃が真正面にいた一体の首を斬り飛ばした。

だが戦技を放った私は硬直し、それを見て一体の悪魔が豪腕から爪を振るう。

その瞬間、私の身体は敷石に突き立てられたペンデュラムの糸に引かれて後ろに流れ、悪魔の爪を躱した仰向けの体勢のまま、硬直が解けた爪先の刃を悪魔の目に突き立てた。

『ガァアアアアア⁉』

思わぬ反撃を受けた悪魔が警戒するように後退する。

この一瞬の攻防に反撃を受けた悪魔だけでなく、残ったもう一体も怯んだように身を引いた。

「――【浄化《クリーン》】――」

「今です！」

そのとき、子どものような声が響き、悪魔たちの背中へ光が浴びせかけられた。

『おおおおおおお‼』

その瞬間を狙い、神殿騎士たちが手に持つ槍で悪魔を貫き、下級悪魔たちはそのまま黒い塵となって消滅した。

そのあっけないほどの最期に、聖女の周りにいた者たちが叫ぶように歓声をあげる。

「おおおお！」

「悪魔を倒したぞ！」

「さすがは聖女さまだ！」

「聖女さまと騎士さまが悪魔を倒したぞ！」

信者たちが聖女と神殿騎士を讃え、歓声に包まれる。

私は喜ぶ彼らを見ながら立ち上がる。信者の一部が私のほうへも顔を向けたが、彼らが声を発する前に聖女が声を出して彼らの注目を集めた。

「皆さん！　もう大丈夫です！　ここには〝本物〟の私がいるから！」

聖女である彼女の言葉に再び歓声が沸き上がる。

「…………」

なるほど……そういうことか。

彼女が『本物』と言葉にして信者たちはそれを『聖教会に認められた本物の聖女』と受け止めた。

でも彼女はそれを口にするとき、無意識なのか一瞬だけ〝私〟を見た。

自分こそが〝本物〟であると……。

私はそのまま背を向けて聖教会の神殿を後にする。あの少女のことはもう理解した。私のするべき事も……。

私は離れた神殿を一度だけ振り返ると、そのまま人気のない区画へ向かい、人がいなくなった裏路地で【影収納《ストレージ》】から取り出した木片にエレーナだけに通じる記号を書き込み、首から提げている認識阻害のペンダントを見つめた。

私がエレーナの囮を務めるのに必要なものだったが、これからの私が、王家から庇護を受けている証拠となるものを持っているわけにもいかない。

「――待て」

裏路地で背後から掛けられた声に私はゆっくりと振り返る。するとそこにはまったく同じ白い外套を纏った三人の男たちがいた。

「君をこのまま帰すわけにはいかない。申し訳ないが――」

「神殿騎士か」

話途中で遮る私の言葉に、彼らの肩がわずかに震え、声を掛けてきた真ん中の男が諦めたように顔を隠していたフードを下ろした。

その顔は見たことがある。あの少女の隣にいた騎士の一人だ。

「何か用？」

私が静かに問うと、彼は苦痛に顔を歪めるように口を開く。

「レイトーン家……確か王家派閥の者だな？　悪魔を倒すのに協力をしてくれたのは感謝している。

だが……その力が聖女様の妨げになるのなら、我らは力を尽くさねばならない」

「……それは、あなたの意思で?」

「……そうだ」

あの奇妙な精神干渉を受けているのか……彼は外套の下にある武器の柄を強く握りしめて、苦渋に満ちた声を零した。

「我々もこれが正しいとは思っていない。聖女様の行いもすべて正しいとも思えない。それでも我らは聖教会の正しい教えのために、それを妨げる者を悪しき者として断罪してきた。正しい世界のためにそれは必要なことだった」

「それが正しいことだと……?」

「そうだ。……いや、そうではないかもしれん。だが、罪の意識に苛まれる我らを聖女リシア様はお許しくださった。安らぎを与えてくださったあの方のために、我らは戦うと決めたのだ」

その言葉が終わると残り二人の騎士も剣を抜く。

彼らは操られているのではない。元からあった心の隙間を聖女の【加護《ギフト》】によってこじ開けられ、甘言で肯定されることで堕とされた。

そして彼女が私を警戒したことで、彼らは自分の意思で私の排除を考えた。

「行くぞ!!」

三人の騎士が同時に地を蹴り、剣を振るう。三人ともランク3の上位だが、戦闘力では表せない熟練の技の冴えを見た。でも……

それがあなたたちの意思なら、もう私も遠慮はしない。

「――【鉄の薔薇《アイアンローズ》】……【拒絶世界《オブリビオン》】――」

私の桃色がかった髪が灼けた鉄のような灰鉄色に変わり、全身から放たれる光を纏う私を三人の剣がすり抜け、すれ違いざまに三人の首を素手で打ち砕く。

「…………」

首が折れる以外は外傷のない三人を一瞥し、私は【拒絶世界《オブリビオン》】を使って木片をエレーナのいる王宮へ送る。

同じく狂っていてもカルラには共感できる部分もあった。だからこそ私もカルラの願いを叶えてあげたいと思った。

だが、あれは違う。あの聖女は〝あの女〟と同じ〝気配〟を感じた。

あの女と同じく『乙女ゲーム』を知り、自分の好む世界へと塗りかえようとしている。

自分が〝本物のヒロイン〟になるために……。

そして、今の私は〝私〟らしくない。

私はエレーナを護ることで私たちの運命を変えられると思っていた。だからこそ、闇にいた私が表舞台に上り、孤独な戦いをしていたエレーナの盾になった。

いや、違うな……師匠の許にいたときと同じで、彼女の側にいるのが心地よかったからだ。

私はエレーナの隣に立つことで安息を得たが、しがらみも生まれてしまった。

でも今なら、エレーナの側にはロークウェルやミハイルもいる。学園ならヴィーロやジェーシャもいてくれる。ダンドール家やメルローズ家も彼女を守るだろう。

悪魔が私を狙ったことから、あの少女は誰よりも私が〝敵〟だと認識したはずだ。

そんな私は尚更エレーナの側にいないほうがいい。

あれを絶対に生かしてはおけない。あの女と同じように遊戯を知るあれが勝手に動けばエレーナも危なくなる。それでも聖女としての名声がある以上、下手に手出しをすれば、王太子や信奉者たちがどう動くか分からない。下手に追い詰めれば悪魔が大勢の被害を出すだろう。

だから、私は今一度闇へと戻り、王太子の卒業までにあれの周りを支えるすべて始末する。

そしてあれを殺すための舞台を用意する。

エレーナには私が感じたことを伝え、私が死んだことにするように頼んだ。

余計な者がいなくなれば、エレーナは絶対に負けないから。

「私は私のやり方で、あの少女を……アーリシアと名乗る女を排除する」

＊＊＊

「……あの桃色髪の女」

聖女リシアは、現れた桃色髪の少女が消えた街並みを窓から見つめて、手の中にある〝魔石〟を強く握りしめる。

「――――ッ――――ッ」

室内に隙間風のような掠れた喘鳴《ぜんめい》が漏れ、すでに声も出せなくなったナサニタルが濁り始めた瞳で見舞いに来た少女を見上げる。

以前から悪かった体調はこの数日でさらに酷くなり、まだ十四歳で生命力に溢れていた肌は枯れたようにかさつき、艶のあったブルネットの髪は色褪せ、ナサニタルはすでに立ち上がれないほどに衰弱していた。

この原因不明の症状を、もちろん聖教会側も黙って見ていたわけではない。

しかし、神殿長である祖父の治癒魔術でも効果は薄く、一時的に持ち直したとしても翌日には同じ状態になり、これ以上、民に使うはずの治癒を関係者ばかりに使うことはできないと、神殿長はこれ以上の治療を諦め、彼が慕う聖女リシアにナサニタルを委ねた。

「ナサニタル君……頑張ってくださいね」

何かを訴えるようなナサニタルの霞んだ瞳に、白い髪のメイドを連れてベッドへ近づく聖女リシアの優しげな微笑みが映る。

治癒魔術で治るはずがない。ナサニタルは怪我をしたのでも、病気でも、呪いを受けたのでもなく、その〝魂〟を徐々に削られているからだ。

汚れた雑巾で産まれたばかりの赤子の身体を拭うように、砂糖菓子を少しずつ舐め取るように、徐々に魂が消えていく恐怖にナサニタルは憔悴していく。

それもすべては、新たな契約者である少女がそう命じたからだ。彼女は自分の願いを叶えるために、契約もせずに悪魔を使役することになった彼の魂を差し出した。

「愛しているわ……ナサニタル」

聖女リシアは片手で髪をかき上げ、ナサニタルのひび割れた唇に自分の唇で触れる。

彼にはもう少しだけ生きてもらわなければいけない。

彼の愛と絶望こそが願いの〝対価〟なのだから。

「────っ」

「心配しないでね……私は〝幸せ〟になるから」

救いを求めるように手を伸ばすナサニタルの手をそっと押し戻し、気を失うように眠ったナサニタルの髪を優しく撫でて立ち上がったリシアは、背後のメイドに声をかける。

「あの桃色髪の女を殺すわ。私が持つすべてを使っても」


おそらくはあれが〝本物〟だ。乙女ゲームのシナリオを知るリシアだからこそ、彼女が本物だと分かった。

もうこの物語の主人公は自分だ。今更、異物にかき回されてすべてを失うわけにはいかない。

エレーナ、カルラ、クララ……この三人の悪役令嬢こそが最大の障害だと考えていたが、今日邂逅したことで彼女こそが自分の最大の敵だと理解した。

ずっと昔の微かな記憶。あの孤児院。そこにいた〝桃色髪〟の少女が彼女なのだと、リシアは初めて〝敵〟の存在を認識する。

その彼女の背後で……。

リシアの言葉を聞いたメイド服を着た少女……あの町で消えた〝コレット〟は、青みがかった黒髪と瞳を白く染めて、耳元まで割けるような悪魔の貌で嗤っていた。

＊＊＊

王女の懐刀《ふところがたな》、裏社会で畏怖され、表の世界でも〝竜殺し〟として知られるようになった少女――アリアが姿を消してから数週間が経った。

彼女が姿を見せないことに、死亡説や王女からの離反説など様々な噂が流れたが、王女に関わる王家派閥や反王女となる貴族派に影響のある事件がなかったことで噂は下火となり、アリアを恐れて陰に潜んでいた者たちが動き始める。

だが……その誰も、彼女が姿を消した意図を理解できた者はいなかった。

月も昇りきった深夜過ぎ、明かりもない廃墟のような一角を歩く、一人の少女の姿があった。

治安の良い王都といえども〝闇〟はある。

裕福層の多い王城周辺の中心街はともかく、外周部に近い地区ともなれば夜中にまっとうな女性は出歩かない。

外周地区で夜に見る女性はその手の商売か、客引きをする者だけで、そんな女性に連れ込まれて裏路地にでも迷い込んでしまえば、身包《みぐる》みを剥がされて路上で朝を迎えることになる。

それでも、命を失うよりマシだ。

外周地区でも特にその手の怪しい店がひしめく場所では、盗賊ギルド直営の店だけでなく、ギルドにみかじめ料を払った怪しげな店もある。

だが、ここ数週間でその怪しげな店がほとんど潰されて廃墟となっていた。

盗賊ギルドの直営店には手は出さず、外国の人間らしき者が営む店だけが狙われ、ある日突然、朝には誰もいなくなるのだ。

それは夜逃げか誘拐か。

その〝答え〟を知る者は――。

「――待て」

夜に歩く少女を男の声が呼び止める。

怪しげな事件があった場所だ。真夜中であるだけでなくそんな曰く付きの場所を一人で歩きたいと思う者はまずいない。

だが、そんな場所を歩く女がいて、声をかけた男がいた。

「ここは立ち入り禁止だ」

「それでも入ってくる者は連れて行く」

「大人しくついてくるか。それとも――」

暗闇の中から声と共に五名ほどの男女が姿を現し、問答無用に少女を取り囲む。

「――断ったら?」

ローブのフードを目深に被った少女の声に、取り囲んだ男女から緊張が奔る。

五人はクレイデール王国の人間ではない。この国の情報を集め、貴族の弱みを握り、不和の種を蒔くためにいる間諜の類いだ。

その拠点であり情報収集の場である〝店〟が関係者や情報と共に消えたことで危機感を覚え、店の再建をする振りをして手練れを送り込んだ。

その実力はランク4からランク3の上位で、並のランク5なら充分に相手取れる。

だが、その五人が緊張を崩せないのは、犯人の第一候補が並の相手ではないからだ。

「〝若い女〟の声……そうか」

一番年嵩らしきランク4の決意を込めた声が夜に響く。

「やれ! 〝灰かぶり姫〟だ!」

その声と同時に黒い刃を抜き放った男女が流れる渦のように取り囲み、まるで一つの生き物のように兇刃が少女へ迫る。

だが――

「残念。人違いよ」

フードとローブを内側から燃やし尽くすように、燃え上がる炎が迫っていた五人の男女を一瞬で呑み込んだ。

竜巻のように炎が踊る。燃え尽きていく男女の中でただ一人、最初のリーダー格の男が黒焦げにりながらも武器を構えて炎を突き抜ける。

せめて一太刀。ただで死ぬわけにはいかないと、執念で獄炎に耐えた男の頭を白い指先が掴み取り、半ば炭化した頭部を容赦なく握りつぶした。

「ふふ……」

炎の中で黒髪を靡かせたカルラは、堪えきれないように笑みを零す。

彼女が今宵この場所へ現れたのはただの偶然だった。その途中、不自然に潰された色街の一角があると聞いて、カルラはそれをした人物を確信した。

「あなたも動き出したのね……アリア」

カルラは最近のアリアに少しだけ不満があった。

アリアは大事なものを得て、それを守るために強くなった。でも、そのせいで自分を縛るような状況になっている。

そんなアリアだからこそ、カルラのような人物と正面からぶつかってくれているのだと、分かってはいるが、それを少しだけ寂しくも思っていた。

出会った頃のアリアなら、王女の敵など今頃誰も生きてはいないはずだ。

そんなアリアが戻ってきてくれる。

刃で出来た鉄の薔薇が敵を殺しにやってくる。

だからこそ――

「やはり必要ね」

カルラは大地の魔素に干渉して深い穴を穿ち、そこに一つの〝宝珠〟を落とす。

遙かな昔、救済を願った魔族のために〝精霊〟が与えた五つの宝珠。

膨大な魔力を秘めたその力は、誰かの思いに応えて、広大な森を砂漠に変えた。

それが真実か分からない。けれど、この宝珠に込められた膨大な魔力は、カルラの望みも叶えてくれる力を秘めていた。

カルラは魔族国より奪った秘宝を使い、来たるべきその日に備えて準備を始める。

「ああ……待ち遠しいわ。アリア」

＊＊＊

――トン。

街も眠りにつく夜遅く……。【拒絶世界《オブリビオン》】の闇から姿を現し、降り立ったテラスの床とブーツの爪先が微かな音を奏でる。

王城の奥にある王女宮。ここにいたときは何かを思うこともなかったが、こうして離れてみるとわずか数週間でも不思議と懐かしさを感じた。

遠くから聞こえる微かな喧噪は、街で騒ぎでも起きているのか、それともまだ城の中で誰かが働いているのだろう。そんな誰かの邪魔をしたくなくて、無意識に足音を殺して王女宮の中へと足を進める。

そうしていると、私も好きだった、高価な玻璃《ガラス》板をふんだんに使った温室が見えた。

植物を育てるだけでなく、寒い季節にはここでお茶や食事をすることもある。最近ではカルファーン帝国から献上されたトゲのある多肉植物を育てていた。

暖かな季節となっても夜はまだ肌寒いが、温室の中はまだほんのりと昼の暖かさを留めている。

その中で〝彼女〟が好んで使っていたテーブルで、その人物が顔を上げた。

「おかえりなさい。アリア」

「ただいま……」

私の同類で、同志で……友達。

たった数週間でも、ひさしぶりに感じる彼女は、少しだけ痩せていた気がした。

普段の彼女がこんな時間、こんな場所にいるはずがなく、エレーナが私のことをずっと待っていてくれていたのだと思った。

ナイトドレスの肩にショールを掛けただけのエレーナは立ち上がり、ゆっくりと歩いて、勝手をした私を叱るでもなく、彼女より少しだけ背の高い私の肩に、とん……と自分の額を押しつけた。

「また……戦うのね」

「うん」

あの〝偽物の聖女〟を排除する。

でも、そのまま殺しては懇意にしているエルヴァンを悲劇の王子にする可能性が高く、同情でも彼を王へと推してしまう。

あれはそれを理解している。だからこそ、あれは自分の命を賭け金として、これ程までのことをしでかした。

あれは、その性根も、心の在り方も、力もすべて違うが、カルラと同じようにすべてを捨てて何かを求める狂人だ。

それでもまだ、理性的に悪役を演じられるカルラとは共感できる部分はあったが、あれとは相容れないと実際に会って理解した。

まずはその力を削ぐ。あれの力が人の心に訴えるものなら、周りの力を削いでいく。

そうなれば、エレーナは負けない。

「これを……」

「――っ」

私が取り出した認識阻害のペンダントを見せると、私の肩から顔を離したエレーナが私を見つめて息を呑む。

これは私がエレーナの囮となる意味と同時に、私の身分を保証するものとなる。これを所持することで私は自分の判断である程度の処分が可能になるが、それを返却することは、それ以上のことをしなくてはいけないからだ。

「どうして……一人で戦うの？」

「必要だから」

エレーナも理解している。私が何を相手にしようとしているのかを。

あれの目的が本物のヒロインとなることなら、現状であれを王妃にしようとする勢力は貴族派だけじゃない。その裏には隣国の影がある。

政治的な関わりのあることで、私やエレーナはそれらに直接手を出すことはしなかった。内部で争っている今、さらに隣国を相手にすることが出来なかったからだ。

手を出せば、すべての敵が一斉に牙を剥く。私だけならともかく、それにエレーナを巻き込むわけにはいかなかった。

でも──

「必要じゃ……ない。隣国だけじゃないわ。下手をすれば聖教会や悪魔さえもすべてアリアを襲ってくるわ！」

エレーナが私の襟首を掴み上げるように縋り付く。

「アリアがどれだけ強くても、あなたは〝人〟なのよ！」

個人で私と戦える相手は多くない。けれど、人間が一人で戦うには限度がある。

特に対個人戦に振り切った私では、集団を相手にするには本当に命を懸ける必要があった。

不用意な発言に私を睨んでいたエレーナは、不意に襟首を掴んでいた指から力を抜いて目を伏せた。

「……ごめんなさい」

「何故、謝るの？　勝手をしたのは私だよ」

「そうじゃないの。あなたは自由に生きたいだけだった……でも、私の我が儘がアリアを危険に巻き込んだ。そしてまた、あなたに頼ろうとしている」

「私が選んだ道だ」

エレーナの我が儘は、私の望みでもあった。

友達の側にいたい……そんな普通の願いも言葉にできないエレーナの想いと、私も同じものを抱いていたからだ。

でも——だからこそ。

「信用して」

私はエレーナを護る。望みを叶える。それは私の〝誓い〟だ。

「ずるいわ……」

エレーナはそう呟いて顔を上げると、その顔には少しだけ苦笑めいた表情が浮かんでいた。

「アリア、無理はしないで……」

「……無茶はすると思う」

「……あなたらしいわ」

そう言って彼女は微かに笑みを作る。

私には私の戦いがあるように、エレーナには彼女の戦いがある。

でもエレーナは冷徹な〝王女〟の仮面を被る前に、一人の十三歳の女の子として小さく呟く。

「死なないで……」

「了解」

いつものように短く答えた私に彼女はその瞳を微かに揺らした。

私は一人の戦士として彼女の許を離れ、エレーナは王女として、次の女王として政敵を潰すために、私たちは互いに背を向けて、振り返りもせずに歩き出した。
私は私たちの〝望み〟を叶えてみせる。

乙女ゲームに憧れて

六歳の時、農作業中の熱中症で倒れた彼女は、丸一日うなされて目を覚ましたら前世のことを思い出していた。

要領は良いように見えて実は要領の悪い。転生して、そんな前世の性格を受け継いだような彼女だったが、根本では別の人格になる。

しかし、前世の記憶を思い出したことで、記憶の中に強烈に残る情念……執念と言い換えてもいいほど傾倒した『乙女ゲーム』の内容に衝撃を受けた彼女は、その物語の内容を事細かに各ルートまで閲覧し、その内容に嵌まっていく中で、気がついたときには別人格でありながら、ほぼ前世の彼女と同じ人格に染まっていた。

「そっかぁ。前の〝私〟って死んじゃったんだぁ」

自分の死に対してどこか他人事なのは、やはり前世と今世の自分を分けて考えていたのと、薄々ではあるがここが元の世界とは違う世界だと気づいていたからだ。

だから、乙女ゲームができないことに不満はあるが、それでも記憶の中にあるイベントを妄想して、もう少し大きくなったら二次創作の同人誌でも作って布教活動をしようかと、下手をすれば王家侮辱罪で投獄されかねないことを考えて我慢をしていた。

しかし、あるとき、彼女は大人たちや兄弟が使う〝生活魔法〟や聞き覚えのある〝単語〟から、これがただの〝異世界転生〟ではないと思い至る。

「ヤッベ、ここ『銀恋』の世界じゃん！」

前世の彼女は所謂〝現代〟の人間で、地方の田舎で生まれ、公立の小学校や中学に通い、その辺りまでは若干自己主張の強いウザい系ではあるが普通の子どもとして育った。

特に勉学に優れていたわけではないが、興味を持った分野では人並み以上の集中力を発揮することがあり、まともな分野でその集中力が発揮できれば、一廉《ひとかど》の人物には成れなくてもその分野で必要とされる人材になれた……はずだった。

道を踏み外したのは大学生の頃。ごく普通の地元の大学に入学した彼女は、視聴していた動画の広告で流れてきた『乙女ゲーム』の内容に興味を持ち、軽い気持ちで始めたそれに、見事に嵌まってしまった。

その頃はまだ彼女も一般的なファンの一人にすぎず、内容や世界設定よりも出てくる攻略対象者の絵を見て喜んでいるにわかファンだった。

絵師の絵柄に嵌まり、ゲームの攻略よりもグッズを買うためにアルバイトを始めた。大学の単位もギリギリだった彼女が、グッズを買うためだけにそれなりの給金が貰える企業に就職することもできた。

そこで終われば、若い頃はゲームに嵌まったという話で済んだのだが、問題はその乙女ゲームが新興ゲーム会社の第一作目だったことだ。

彼女が仕事に慣れ始めた頃、そのゲームの二作目が発売された。

二作目は一作目の子世代の物語で、彼女は特典グッズが付くプレミアム版を購入して『また桃色髪のヒロインかよ』とか思いながらも順調にのめり込んでいく。

公式グッズだけでなくファンサイトのグッズや二次創作までも買い漁り、その資金を得るために残業を繰り返し、帰宅してから深夜まで周回プレイをする日々を過ごした。

当然、隈の浮いた目で黙々と残業をする彼女が一般的な恋愛など出来るはずもなく、三作目、四作目が発売する頃には、友人たちに子どもがいる年齢になってしまっていた。

だが彼女に悔いはなかった。このシリーズを愛していたからだ。

どうもこの作品のシナリオライターは、ゲームの内容を〝夢〟で視るというかなりアレな人物ではあったが、そのぶん拘りがあるのか、キャラクターがまるで本当に実在していたかのような奇妙なリアリティーを感じさせた。

二作目もかなり良かった。攻略対象者は定番の王子様など色々揃っていたが、中でも砂漠の国から来た留学生の王子様とその従者は、一作目にはいなかった褐色肌の少年たちで、その二人で人気を二分するほどだった。

その人気の結果、本来の三作目が後回しにされて、砂漠の国に二作目と同じヒロインが留学する物語が発売されることになり、正式なナンバリングではないが、これまでと違う異国の雰囲気にかなり売り上げを伸ばした。

その流れで砂漠の国を舞台とする四作目が発売され、しかも二作目と三作目のヒロインの娘が新しいヒロインとなり、桃色髪に小麦色の肌のヒロインは男性の人気も出て、多くのグッズが発売される。

彼女も残業を繰り返して多くのグッズを買い求めた。おそらくそんな生活が祟ったのだろう。溜まった疲労は徐々に彼女を蝕んでいく中で、ついに正式なナンバリング『3』を冠した第五作目が発売された。

だが今回は、これまでの『桃色がかった金髪のヒロイン』ではなく、印象を一変させたかったのか、『金髪碧眼のヒロイン』に変更されていた。

その試みは多くの新規ユーザーを取り込むことに成功したが、その反面、これまでのユーザーからはあまり評判が良くなかった。

これまでの『可憐な容姿で破天荒な行動をする桃色髪のヒロイン』と違い、優しいけれどもちょっとドジで、悪役令嬢に虐められて攻略対象に気に入られて仲良くなる、定番すぎるヒロインに、さすがの彼女も周回プレイをするほどのめり込めなかったのだ。

しかも桃色髪の令嬢が、王太子の婚約者候補という悪役令嬢ポジションにいたことが、さらに従来ユーザーの不信感を刺激する。

その桃色髪の令嬢は、ゲームを進めると、見習い騎士に恋をして婚約者候補を辞退するようにどこかへ消えてしまうが、彼女はその結末にあまり納得ができず、モヤモヤとした気持ちを持て余すようになった。

『もっと桃色髪のヒロインを出せよ』

桃色髪のヒロインが続くことに文句を言っていた彼女だったが、定番のヒロインが来たことで、以前のヒロインたちに執着するようになる。

五作目を周回せず、これまでの一作目から四作目までを何度も周回する日々。

彼女と似たような意見も多く、開発メーカーもそれを重く見たのか、数年の時間を置いてついに第六作目、ナンバリング4、最新作『銀の翼に恋をする』が発売された。

彼女は歓喜した。パッケージのヒロインが待ち望んでいた『桃色髪の少女』だったからだ。

すでに三十路を超えていた彼女だったが、もはや現実の恋愛など不要とばかりに、ド嵌まりして新作にのめり込んでいった。

これまで対象を攻略することやグッズ蒐集《しゅうしゅう》ばかりをしていたが、これまで目を向けなかった作品の世界観にまで目を通すようになり、特にヒロインに対して特別な執着を見せるようになる。

そんな中……〝彼女〟は亡くなった。

死因は携帯端末でグッズの情報を集めながら土手を〝ながら歩き〟していたところを、長年の疲労から足を踏み外して転落し、同じく携帯端末で〝ながら運転〟をしていたトラクターに轢かれたのだ。


そうして〝彼女〟は前世の記憶を思い出し、乙女ゲーム『銀の翼に恋をする』の世界に生まれ変わった。

彼女は、それはもう歓喜した。知恵熱が出て寝込むほどに歓喜した。人生の半分近くを注ぎ込んだ物語の世界なのだから当然だ。

しかも前世の両親は彼女の奇行に諦め気味で、家庭に入った友人との繋がりも希薄になっていたため、前世の乙女ゲーム以外のことは単なる〝知識〟でしかなくなっていたこともあり、前世の人間関係に欠片の未練も残っていなかったのだ。

それより問題は、どこか奇妙な娘がなおさら奇妙になった今世の両親だろう。

彼女が生まれたのは、乙女ゲームの舞台であるクレイデール王国にある農村で、五人兄弟の次女だった。

奇妙なことを口走りながら着の身着のままで旅立とうとする彼女を、家族総出で取り押さえて止める羽目にもなった。

次女なので成人したらどこかへ嫁に出す予定だったが、それまでは農家の労働力として働いてもらわないといけない。魔法のある世界なので、運良く子どもは全員亡くなることなく成長しているが、魔物に襲われて働き手が減ってしまう場合もあるのだ。

だから今世の両親は、彼女に成人する十五歳になったら家を出てもいいが、それまで大人しくしていろと言い含めた。

彼女は興奮が冷めると落ち着いた。両親の話に納得したからではなく、内心ではまだ興奮したままだったが、大人として生きた経験が、魔物がいる世界で六歳の子どもが一人旅などできないことを理解させたのだ。

旅をするにも色々なものが必要だ。農家の子どもなんて靴どころか十歳まで下着すら履かないのも珍しくない。安全に移動をするのなら護衛のいる寄り合い馬車に乗る必要があり、それに乗るには金銭が必要だった。

前世の記憶を取り戻した彼女だが、生まれてから六年で覚えたことと、前世の農家生まれの経験から、渋々ではあるがさほど違和感もなく農作業を手伝うことができた。

水道もガスも電気もないそんな生活だったが、これまで生きてきたことで、やたら硬いパンも井戸から汲む淀んだ水も、さほど抵抗はなかった。そもそもゲームのために面倒なら乾麺をそのまま齧るような女に食の拘りはない。逆に身体を動かしている分だけ健康的とも言える。

その中で彼女は家族の言うことを聞く振りをして、こっそりと旅の準備を進めた。


それから彼女は村長の家に通うようになった。

だが、会うのは忙しい村長本人ではなく、村の子どもに簡単な読み書きや算術を教えてくれる、お人好しな前村長が目的だった。

まず必要な知識は、ここがクレイデール王国のどこにあるかだ。

乙女ゲームに関わるにはヒロインと関わるのが手っ取り早い。攻略対象のことも気にはなるが大部分が貴族なので近づくことすら難しいだろう。なので、子どものうち……せめて十歳になるまでに行動を始めて、ヒロインがいるはずの孤児院に潜り込もうかと考えた。

そしてヒロインと仲良くなり、貴族に見つけられて養女になる際に『別れるのは嫌だ』と駄々を捏ねて、ヒロインの友人兼メイド見習いとして潜り込む。

上手く学園にもついていくことができれば、暗部の攻略対象である〝セオ〟と同僚になることもできるし、幸い今世の顔立ちはそれほど悪くもないから、ヒロインが王子様の〝エルヴァン〟と仲良くなるなら、おこぼれで誰かと結ばれることもあるかもしれないのだ。

「私って……天才⁉」

そんなことを考えながら、前村長に必死でゴマをすり、チマチマと銅貨をお小遣いとしていただきながら必要な知識を集めていたが、そこで彼女は困惑する。

「……知っている名前がない」

前村長が知らなくても、彼を訪ねてくる村以外の人が必要な知識を知っている場合がある。この村を含めた三つの村を統治するという騎士爵と前村長の話を盗み聞きしていた彼女は、国王や王妃の名前を聞いて聞き覚えがないことに混乱した。

ここが『銀の翼に恋をする』の世界なら、今の国王は第五作目ナンバリング3の王太子であった〝ラインハルト〟のはずだ。いかに興味の持てなかった金髪ヒロインだったとしても、さすがに攻略対象である王子の名前くらいは覚えている。

もしかして、ここは『銀恋』の世界と違っていたのか？　それにしては地名や国名、メルローズやダンドールなど酷似している部分が多すぎる。

もしかして、登場人物の名称だけが変わっているのかもしれない。バージョンが変われば名称の変更などよくあることだ。

そんなもやもやした思いを抱きながら旅立つと決めていた十歳となり、焦りの中で何も進展のないままさらに数年が過ぎた頃、彼女はとんでもない事実を知ることになる。

「王子が……生まれた？」

前作の攻略対象である王太子〝ラインハルト〟が生まれたと、彼女のいる村まで御触れが届いたのだ。

つまり、今の時間軸は彼女がもっとも傾倒した『銀恋』の親世代、五作目ナンバリング3の時代で、しかもヒロインや攻略対象よりも十歳ほども離れている。

これではヒロインと友達になって物語に関わるなんてできない。

しかもナンバリング3は、金髪ヒロインがあまり好きではなかったため、どこの貴族家でどうやって関わっていくのかまるで覚えていなかった。

彼女は酷く落ち込んだ。いつもは脳天気で小賢しい娘が目に見えて落ち込み、奇抜な言動がなりを潜めたことで、とうとう壊れたかと家族が本気で心配したほどだ。

彼女がナンバリング2の時代設定を良く覚えていれば、砂漠を舞台とした第四作目、小麦色の肌のヒロインと同じ歳だと気づけたかもしれないが、どちらにしろ、砂漠の国にまで行く手段のない彼女にはどうしようもないことだ。

しかし、彼女は諦めなかった。

「……そうよ、教師になればいいのよ！」

同級生として物語に絡めないのなら、物語の本編である『魔術学園』の教師になればいい。それまでヒロインや攻略対象が何処に居ようが何をしていようが、最終的には物語の舞台である魔術学園に集まってくるのだから。

ナンバリング3の物語が始まるまであと十数年。

それまでに魔術学園の教師になって攻略対象を待ち構え、その物語を愉しみつつ、学園内で地位を築いて、ナンバリング４……『銀恋』の始まりを待つ。

「……やっぱり私って、天才？」

そう思いついたが吉日、脳天気直情猪娘は、これまで貯め込んだ金銭とこっそり用意していた旅の荷物を持って、乗合馬車に乗り込んだ。

それは彼女が十二歳の春の出来事であった。


だが、そうすんなり思い通りに行くはずはなかった。

突発的に家出をした形になった彼女だったが、何しろ、どうすれば魔術学園の教師になれるのかさっぱり分からない。しかも、初めてまともに見る村以外の〝異世界〟に浮かれて、数週間で金を使い切ってしまった。

だが、脳天気な彼女は〝実家に帰る〟という選択肢を思いつきもしなかった。

困ったときは『冒険者ギルド』。彼女は前世で読んだマンガの知識からそう学んでいた。

「……え？　冒険者になれないの？」

「あのね、お嬢ちゃん……冒険者になるには戦闘技能《スキル》が必要なんだよ」

冒険者ギルドの受付のおじさんにそう諭される。

冒険者ギルドは傭兵ギルドから派生した、探索専門の傭兵だ。未知の場所を開拓するために、個人または少人数で危険に対処できる戦闘能力が求められる。

この考え無しが服を着ているような彼女をさすがに不憫に思ったのか、おじさんは懇切丁寧に教えてくれた。

冒険者になるには戦闘系……剣や槍、斧などの近接武器系のスキルがレベル1以上。魔術なら攻撃魔術か回復魔術が1レベル以上必要であり、それを職員に見せる必要があるらしい。

彼女は農作業をしていたので多少筋力がある程度の村娘でしかない。前世の記憶があったとしてもゲームをしていただけの一般人で何か出来るわけでもない。

一応、オタクの嗜みとしてゲームで使うような武器や技の知識はあるが、あのような超人的なことなどできるはずもなかったが……。

「そうよ……魔法だわ。魔法があるじゃない！　じゃあ、おじさん、ありがとね！」

「ああ、嬢ちゃん⁉」

突然何かを思いついたようにギルドを飛び出していく彼女を、職員のおじさんは唖然として見送ることしかできなかったが、彼女はなんの目算もなく動き出したわけではない。

目的地はクレイデール王国最北の土地。捜すのはそこにいるはずの〝魔族〟だ。

その魔族の女性は、ナンバリング4『銀恋』において、ヒロインに魔術を教える師匠的な人物だった。時代は違うが長寿の魔族なら今でもいるはずで、彼女に魔術を習えば冒険者にもなれて、目標である魔術の教師にもなれると、彼女はなんの確証もなく行動を開始する。

彼女の住んでいた村は、王都とダンドール辺境伯領の中間にある、グリムス伯爵の寄子である子爵領にあった。都会ではないが田舎でもない……農業中心の村なのだから田舎なのだが、ある程度治安のよい地域に住んでいた彼女は、魔物や山賊に襲われることなく旅立つことができた。

そして、あっさりと行き詰まった。

彼女は路銀が無くなって、冒険者になろうとしていたことをすっかり忘れていたのだ。

「働かせてくださ〜い……」

仕方なく彼女は行き倒れ寸前で食事処に飛び込み、なんとか雇ってもらえることに成功する。

給金は寝床と食事、日給小銀貨一枚で朝から夕方までとかなり黒い感じではあったが、成人もしていない子どもなので文句は言えない。子どもを雇ってくれるだけマシだとも言える。

十歳まで農作業をしていたために体力があり、前世でも資金を稼ぐために仕事三昧だった彼女は、初めての食事処でも要領よく働いた。

彼女は色々と奇妙ではあるが頭が悪いわけではないのだ。

うっかり店主に褒められて一年も働いたり、二次創作をするために紙とペンが欲しくなって散財したり、ゲームの知識から居場所をなかなか絞り込めず、見つけるまで数年かかったりしながら、セイレス男爵領の森奥にある魔族の庵に辿り着くまで四年近くかかった。

そして……

——バタン！

「あんた、魔族の魔術師でしょ？　私、知ってるんだから！　あと何十年かしたらヒロインを助けて魔術を教えることになるんだから、私にも教えてよ！」

扉を開いて開口一番、そう言ってのけた彼女に、闇《ダーク》エルフのセレジュラは、唖然として思わず茶を入れたコップを取り落としそうになった。

セレジュラは魔族……闇エルフであることから隠遁暮らしをしている。もし国に知られたら討伐隊が送られるほど有名なセレジュラの正体を調べようとした者は、すべて葬ってきた。

そんなセレジュラの正体を看破して、唖然とするセレジュラの小屋にずかずかと入り込んだ彼女は、勝手にポットに残っていた茶をコップに注ぐと、セレジュラの前に座り、ペラペラと身の上話をしはじめた。

もちろん、前世からの長い長い話を……である。

そのあまりの傍若無人さと、ここがゲームの世界だと堂々と話す馬鹿さ加減に、基本お人好しなセレジュラは彼女の頭を不憫に思い、思わず弟子にすることを了承した。

翌朝、冷静になったセレジュラは、勢いで奇妙な人間の娘を弟子にしてしまったことに頭を抱えながら、玄関に罠を仕掛けることを本気で検討し始めた。

それから彼女の呼び名を『馬鹿弟子』とした。何しろ彼女は自分の名前にすら興味がなかったようでろくに覚えていなかったのだが、セレジュラにとって彼女は、最初の印象ほど悪い弟子ではなかった。

きついことをやらせればすぐに文句を言う。移り気ですぐに新しいことに興味を持ち、興味のないことはなかなか覚えられない。

だが、やりたいことがハッキリしており、興味のあることには異常な集中力を発揮する。ただの村人には理解できないような抽象的な専門分野を理解できる地頭もある。

でも、魔術師としては致命的に魔力値が低かった。

レベル1や2の魔術ならなんとか使えるだろう。だがどれだけ理解があってもレベル3の魔術を覚えるには魔力が足りない。

それでも理解力はあるので研究者としてならそれなりの魔術師には成れる。研究者となって魔術の詠唱を簡略することができればランク3も目指せるはずだ。

「嫌よ！　私、冒険者になりたいの！」

でも彼女はそう言って回り道することを嫌った。セレジュラからすれば危険なことをする不安定な冒険者よりも、安定した給金を得て研究をする仕事のほうが良いように思えるのだが、馬鹿弟子は何故か冒険者という職業に異様な拘りがあるらしく、セレジュラの話をまったく聞いてくれなかった。

仕方なくセレジュラは、レベル2の魔術を覚えて早速冒険者になりに街へ行こうとする馬鹿弟子を押し止め、無理矢理、近接戦闘スキルである短剣術を教え込んだ。そうしなければ街に辿り着くまでに死ぬ危険があったからだ。彼女が魔物に出会うことなくこの庵に辿り着いたことは本当に幸運だったのだ。

だが、興味のないことに関してはまったく集中力のない馬鹿弟子は、なんとか使えるようになるまでに数年かかり、彼女が冒険者になれたときには弟子になってから五年近くが過ぎていた。

「十代の内に冒険者デビューしたかったのに！」

「……でびゅぅ？　なんか知らんが、そんなザマで冒険者なんてできるか、馬鹿弟子！」

馬鹿な子ほど可愛いとは言うが、セレジュラはこの突拍子もない彼女を死なせたくはなかった。

それでもやはり魔力量で無理があったのか、数年で様々な冒険者パーティーを渡り、食うに困ると勝手に出戻っては、勝手にセレジュラ製の作り置きのポーションや薬を持っていくようなことが数年続くことになる。

「あんたはまだ独り身なのかい？　結構、良い歳だろ？」

「いいのよ、私は喪女だから」

「……モジョ？」

彼女は乙女ゲームに人生を捧げ、情熱を持って邁進しているようにセレジュラには思えた。

だが……度々戻ってくる彼女の顔に、いつしか陰りが差し始めた。


「……なんですって」

彼女が魔術を覚え、冒険者となったのは、名を高めて魔術学園の教師になるためだ。

そのために嫌々ながらも師にも勧められた魔術師ギルドの会員となり、小さな研究を手伝うことで日銭を稼いでいたが、そこの老魔術師から思ってもいなかったことを聞かされた。

「貴族しか……教師になれないの？」

魔術学園はクレイデール王国が貴族間の資本力による教育の格差を埋め、国家全体の底上げを目的とする機関である。そのために各地からほぼすべての貴族子女が集められて通うことになるが、そんな次代を担う若者たちに関わる学園の関係者となるには〝信用〟が必要だった。

最低でも貴族の縁者であることが必須であり、その者が問題を起こせば連れてきた貴族家の疵にもなるため、貴族もよほどの者でなければ紹介しない。

食料や物資を持ち込む商家も、長年クレイデール王国に店を構える大店《おおだな》だけで、販売員一人にしても下級貴族の三男などをわざわざ雇い入れている。

そこに、名の売れた程度の冒険者など必要ない。

もちろん、高ランクの冒険者となり、高位貴族の信用を得て保証を受けることができれば、学園に踏み入ることも可能だが、低ランク冒険者の彼女にそんな伝手は何処にもなかった。

彼女は探した。なんとか乙女ゲームに関われる道を。

だが、乙女ゲームの事ばかりにかまけていた彼女に親身になってくれる友人はなく、数少ない知人に頼み込んでみても埒があかず、貴族の信用を得るために何か新しいことをするにも、彼女はすでに老いはじめていた。

追い詰められるように何かを探す日々。徐々に病んでいく心……。

彼女は攻略対象の美麗な男性たちよりも、ヒロインが好きだった。

ヒロインに自己投影をして、素敵な男性や少年たちに愛を囁かれ、振り回す日々を妄想した。

もはやヒロインの人生は自分の人生であり、ヒロインは自分自身でもあった。

だからこそ、一つのルートしか選べないこの世界のヒロインに間違ってほしくはなかった。

彼女は、ヒロイン《自分》が苦労をする人生を歩ませたくなかったのだ。

そんな心が病んでいく日々の中で、彼女はその知らせを聞くことになる。

「……エルヴァンが生まれた？」

ついに攻略対象である王太子〝エルヴァン〟が生まれたことが国中に告知された。

つまりはあと一年ほどで、『銀恋』のヒロインである〝アーリシア〟が生まれるということだ。

時間がない……。本編の開始まであと十四年。孤児院にいるアーリシアに接触するのなら、あと八年しかない。

どうすればゲームに関われるのか？　どうすればアーリシアの側にいられるのか？

そんな焦燥感が募る日々の中、さらに一年が過ぎ、追い詰められていく精神は一つの結論を導き出した。

「そうよ……私が〝ヒロイン〟になればいいのよ」

彼女は師であるセレジュラの持つ一つの書物を思い出した。

それは過去の魔術師による、動物に芸をさせる魔術の研究が記されてあった。

小さな動物の脳に複雑な命令をさせるのは困難であるため、魔石が基になった生物の情報を多く残していることに着目したその魔術師は、魔石と自分の血を使い、その魔石を埋め込むことで情報そのものを動物側に反映させる方法を編み出した。

魔術というよりも錬金術を合わせた呪術に近いその魔術が完成すれば、動物に芸だけでなく複雑な命令をさせることができるだろう。

だがその試みは失敗に終わった。それは、すでにある魔石に術者の血によって情報の上書きを行っても、完全な情報にならないこと。

血による情報の上書きは、よほど強く思念を込めなければ目的が曖昧になり、思念を込めすぎれば実験動物の自我が消えてしまい、精神崩壊が起こりかねないこと。

実験動物の自我が消えてしまうことから、情報が動物の精神をも上書きする可能性があり、まともな命令を実行させるには、〝心〟に匹敵する膨大な情報が必要になること。

上書きした魔石では完全な情報にならないと知ったその魔術師は、この実験を失敗とした。

だが彼女は諦めなかった。

「それなら私の魔石を使えばいい」

魔石とは魔術を使い続けることで、血液を媒体として術者本人の心臓に生成される。

他者の血を使った魔石に上書きができないのなら、術者本人の魔石を使えばいい。呪術に近い製法によって作られた魔石の情報が対象の精神を上書きするのなら、それは対象の〝心〟を上書きすることに他ならない。

病んで壊れかけた彼女の精神は、ヒロイン〝アーリシア〟の心を上書きすることで、自分自身がヒロインになることを望んだのだ。

それからさらに数年の時が過ぎた。

心臓にある自分の魔石が使えないのなら、自分の血を使って新たな魔石を作ればいいと考えた彼女は、五年も掛けてついに自分の心と知識を込めた魔石を作り出した。

多くの血を抜いたために まともに動くことができず、死にかけたこともあった。

師から禁止されていた呪術まがいの儀式をしたせいで、魂に負荷が掛かり、彼女の心はさらに壊れていった。

それでも、大好きなヒロインを失敗させないために自分が上書きするのは、彼女のためだと疑いもしなかった。

その魔石がアーリシアの心を上書きして自分になったとしても、今いる自分は残ることになるが、彼女はそれを気にしてはいなかった。

上書きしたヒロインはプレイヤーキャラクターで、彼女自身はそれを操作するプレイヤーだ。

同じ自分ならアーリシアは彼女が側にいることが出来るように尽力するだろう。そして二人で話し合って方針を決め、この乙女ゲームの世界を攻略すればいい。

それはなんと楽しいことだろうか。

この世界でも〝乙女ゲーム〟がプレイできるのだから。

あるとき、北にあるホーラス男爵領にて魔物の大量発生が起こり、町が壊滅するほどの被害が出たと知った彼女は、時期的にそこがアーリシアのいる場所だと断定し、出来たばかりの魔石を持って旅立った。

そして……

ヒロイン〝アーリシア〟によって反撃され、命を落とした。

＊＊＊

今その魔石は、それを拾って〝知識〟を得た少女の許にある。

だが、その魔石は呪術を介して作られたことで、術者である〝彼女〟の心を引き裂くようにわずかながらその〝魂〟の断片を宿していた。

ほとんどの情報を〝知識〟として放出し、失った情報の分だけ崩れて小さくなってしまった魔石の中で、もはや〝情念〟だけになった彼女の魂の断片が叫びをあげる。

私が〝ヒロイン〟になるのだと……。

自分こそが〝アーリシア〟なのだと。

その魔石を新たな契約者から預かり受けた〝夢魔〟は、白い髪を揺らすように悪魔の貌で、耳元まで裂けるような笑みを浮かべていた。

船上の戦い

第一王女エレーナを護りきり、冒険者パーティー〝虹色の剣〟と合流したアリアは、西の大国カルファーン帝国からエレーナや仲間と共にクレイデール王国への帰途の船上にいた。

潮の流れにより、クレイデール王国へは行きより早い一か月足らずで到着する。

帝国へ向かうときは、焦燥感や準備などでやることはいくらでもあったが、こうして国元に戻るだけとなった今、一同は暇を持て余すことになった。

「アリア、模擬戦やろうぜ！」

「別にいいけど」

完全に暇を持て余したジェーシャが、遊びにでも誘うようにアリアに声をかけた。

〝虹色の剣〟の新メンバーとして加入した山ドワーフ娘は、砂漠育ちだが船酔いになることもなく元気が有り余っている。普段なら一人で鍛錬をしているアリアも身体を慣らす必要があるので、模擬戦は望むところなのだが、アリアは何かが気になったように辺りを見回した。

「他の人たちはどこにいるの？」


その頃――

「それじゃ次だ」

船内にあるとある一室にて、悪い大人が集まっていた。

胡散臭さに定評のある斥候ヴィーロに、ぽっちゃりエルフと名高いミランダ、そして王宮侍女で魅惑の人妻、暗部の騎士のセラである。

メルローズ辺境伯所有の船舶なのでどの部屋もそれなりの広さはあるが、その中でもさほど広くもないこの部屋で、三人がテーブルに集まって何をしているのか？

ヴィーロがおもむろに複数枚のカードを切り始める。

現代のトランプにも似たこのカードは、それと同じように複数の遊び方があり、占いに使われることもあるものだ。

では三人は占いでもしようとしているのか？

それとも暇つぶしにカード遊びでもしているのか？

——チャリン。

「ベット」

三人が自分に配られたカードを見て、テーブルの上に銀貨を置く。

そう……悪い大人たちは、この一室で賭け事をしていたのだ。

しかも船員が暇つぶしに行う銅貨や食事のおかずを賭けた遊びとは違って、単価が高い。

クレイデール王国なら銅貨一枚あれば小さな黒パンが一つ買える。小銀貨一枚なら少し良い昼食が摂れるだろう。三人とも高給取りとはいえ小銀貨の十倍である銀貨を惜しげもなく積み上げ、賭け事をする様は、遊びの範疇を超えた〝本気〟だった。

「だぁあああ！　またセラかよ！」

「ふっ。それではいただきますね」

「むむむ！」

ヴィーロが自分の手札を放り投げるようにテーブルに突っ伏し、それを鼻で笑ったセラがすました顔で手早く銀貨を回収する。ミランダは自分の手札をしかめっ面で凝視すると、諦めたようにカードを投げ出した。

「か〜て〜な〜い〜」

「ミラはまだいいだろ。くっそ、もうひと勝負だ！」

「よいでしょう」

ここまでほぼセラの一人勝ちだった。ミランダはこの遊戯に慣れておらず、賭け金自体が少ないのもあるが、それでも偶に勝てていたので負けは銀貨五枚程度でしかない。

だがしかし……。

「このままでは終われない！」

無駄に格好の良い台詞を吐いてはいるが、ヴィーロの負けは一般の四人家族の生活費を超える銀貨三十枚に達していた。

「このままだとメアリーに叱られる……」

そして情けない台詞を吐く。

昔の彼なら飲み屋の女性に貢いだり、賭け事で身ぐるみはがれたことも一度や二度ではなかったが、冒険者ギルドの職員というお固い職業の婚約者ができたことで、これまでのように宵越しの金は持たないような生活はできなくなった。

今回はアリアの救出もあったので多めの資金をお小遣いとしてもらっているが、全部使いきったと知られたらきっと叱られる。

「私も今度こそ！」

ミランダも気合を入れて糖分補給に焼き菓子を口に頬張った。そんな二人にニヤリとしたセラがヴィーロの代わりにカードを切ろうとした、そのとき——

バンッ！

「ふんっ、ヴィーロもミラもまだまだだな。俺が手本を見せてやる」

突然、扉を開けて現れたのは〝虹色の剣〟のリーダーである苦労人、山ドワーフのドルトンであった。

ドルトンは、空いていた席に腰を下ろすとセラにカードを要求した。

「カモになりに来たのですか、ドルトン」

「その軽口もここまでだ、セラ」

自信ありげなドルトンを含めてセラが全員にカードを配る。

自分の手札を見たミランダが眉間に皺を寄せて諦めたようにカードを伏せて勝負を降り、自信満々で銀貨を積み上げようとするヴィーロの手札を覗き見て、仰天して止めているその横で、ドルトンとセラが不敵な笑みで睨みあう。

「覚悟はいいか、セラ」

「その台詞はそのままお返ししましょう」

「「ベット」」

ドルトンはよほど自信があるのか、銀貨を除《よ》けるようにその十倍となる小金貨を置く。それを見て目を見開いたセラだったが、彼女もドルトンに応じるように十枚の銀貨を積み上げた。

「俺の手はこれだ！」

そうしてドルトンが公開した手札にヴィーロが項垂れ、勝ち誇った顔で踏ん反り返って腕を組むドルトン。だが……。

「それで勝ったつもりですか」

セラはドルトンの札に一瞬驚きながらもニヤリと笑い、自分の手札を公開した。

「なん……だと……」

「ふっ。私の勝ちですね、ドルトン」

「くっ！」

ランク４のステータスで素早く小金貨（とヴィーロの銀貨一枚）を回収するセラに、ドルトン（とヴィーロ）が呻く。

「……なかなかやるな、セラ」

「あなたもなかなかでしたよ、ドルトン」

唸るように歯を剝くドルトンに、セラは上機嫌で流れるようにカードを切り始めた。

「次はこのようにはいかんぞ！」

「勝てますか、この私に！」

弱者二人を放って、強者二人が盛り上がる。

しかし、そのとき――

「ほっほっほ、それでは私も混ぜてもらいましょうか」

「あなたは！」

いつの間に部屋に入ってきたのか、その言葉に振り返ったセラが驚愕の声をあげる。

そこにいたのは、侍女のクロエと共にエレーナを生まれた時から見守ってきた執事であるヨセフであった。

「……その年寄り臭い話し方、何とかなりませんか？」

「放っておいてください、セラ様。私のこだわりです」

話し方は年寄りのようだが実際の年齢はまだ四十代。姉代わりを務めて王女の身の回りの世話をするクロエと違って裏方で影の薄い彼だが、暗部の騎士としてランク3にもなる実力者だ。

「影の薄い私ですが」

自覚はあったらしい。

「エレーナ様に〝爺や〟と呼ばれる私の夢は否定させません！」

分かるようでよく分からないこだわりに〝虹色の剣〟の面々が戦慄する中、これまで裏方として完璧に王女を守ってきた油断ならない男の登場に、セラは額に汗を浮かべる。

「ヨセフが参戦するとは、私も本気にならざるを得ませんね」

「ほっほっほ、私に勝てますかな、セラ様」

「あ、私パス」

異様な雰囲気にまだ素人のミランダがヨセフに席を開けて、まだ粘ろうとしているヴィーロの背後に付くと、セラが流れるような手つきでヨセフを含めた四人にカードを配り始めた。

「「「ベット」」」

自分の手札を見て不敵に笑い、銀貨を五枚ほど積み上げるヨセフ。

ドルトンやセラも警戒して五枚の銀貨を置き、同じように五枚の銀貨を出そうとしたヴィーロの後頭部をミランダが張り倒して一枚にさせた。

そして……。

「ぐぉおおおおお……」

「ヨセフ……」

苦悶の声をあげながら床に手と膝をつくヨセフに、セラが微妙な表情を向ける。

簡単に言えばヨセフは弱かった。ヴィーロよりも弱かった。あっという間にヴィーロと同じ額の金を巻き上げられたヨセフに、彼のおかげで少しだけ勝てたヴィーロが同情したように肩を叩く。

ずっと王女を守ってきた真面目な男は、賭け事には心底向いていなかったのだ。

「さあ、どうします？　さあさあさあ」

一番の勝者であるセラが一児の母とは思えない大人気なさで敗者を煽る。その煽りに膝をついていたヨセフが歯を食いしばるように顔を上げた。

だがそのとき――

「なにやってんだ？　こんなところで」

いつの間にか開いたままになっていた扉の外に立っていたのは、〝虹色の剣〟の切り込み役、剣士の筋肉だるまフェルドであった。

「カードか？　懐かしいなぁ」

元貴族であるフェルドはカード遊戯の経験もあるのだろう。それでも生真面目な彼に悪辣な駆け引きができるとは思えないが、経験者なら歓迎だ。

「それでは、ヨセフの代わりにあなたが参加しますか？」

これ以上負けさせるのも罪悪感があるヨセフをあっさりと除外して、セラがフェルドを遊戯に誘う。

「それじゃ、少し遊ばせてもらおうかな。俺もガキの頃以来なんで、ヨセフさん教えてもらえますか？」

「かしこまりました、フェルド様」

一瞬で立ち直り、まるで何か悪いことを忘れるように執事仕事を始めたヨセフがフェルドの背後につき、満足げにうなずいたセラがカードを配り始めた。

「う～ん、どうなんだろ？　三枚交換で」

「フェルド様、それは……」

おそらくド素人で勝負下手のヨセフから見てもありえない交換だったのだろう。それを見て容赦なく賭け金を釣り上げるセラとドルトンの外道ども。同じく嬉々としてそれに乗ろうとしたヴィーロがミランダに借金を申し込んでつれなく断られ、渋々銀貨一枚をベットした。

「あ、俺の勝ちだ」

「「「なっ……」」」

無謀に思えたフェルドのカードが見事に揃っていた。

そこでドルトンは思い出す。フェルドが貴族家を逃げ出すように出奔したのは、優秀すぎて跡継ぎである兄の代わりに担ぎ上げようとした者たちがいたからだ。ドルトンはそれを筋肉のことだと思っていたが、もしかしたら〝運〟も良かったのではないだろうか。

驚愕する一同の前でフェルドが朗らかに笑う。

「久しぶりにやると楽しいなっ。もうひと勝負しようか」

「……ええ、良いでしょう。私も本当に本気を出します」

「その幸運がいつまでも続くと思うなよ」

大人気もなく素人に牙を向く悪い大人たち。

フェルドの運も本当に良いのなら貴族家を出奔することもなく、平々凡々の人生を歩めていただろう、と自分たちの苦労体質を棚に上げて、さらに本気の勝負を持ちかけた。

「ならばここからの最低賭け金は小金貨だ。覚悟はいいな」

「私も良うございます」

「俺もいま儲けたからいいけど……」

なにやら火がついてしまった二人に基本朴訥なフェルドが困惑する。

だが、そのとき――

「……あなたたち、何をしていらっしゃるの？」

「「「「エレーナ様⁉」」」」

唐突に現れた第一王女エレーナに一同が狼狽する。

そこには侍女のクロエ、護衛のアリアとジェーシャを引き連れたエレーナが、呆れたような目で彼らを見て苦笑していた。

「こ、これは……」

「いいのですよ、セラ。あなたも偶には息抜きが必要でしょう」

「恐れ入ります」

よりにもよって主であり雇い主でもある少女にとんでもない姿を見られたセラやドルトンは恐縮するが、そんな姿にニコリと微笑んだエレーナがテーブルまで歩み寄る。

「フェルド様、代わっていただけますか？」

「ええ、どうぞ。殿下」

「ありがとう」

自然なしぐさで席を引いてくれたフェルドに礼を言って、彼の代わりに席に着いたエレーナが可憐な笑みで彼らを見る。

「では、わたくしとも遊んでいただける？」

結果的にエレーナは小金貨三十枚の一人勝ちとなった。

旅費の小遣いをほとんど失ったセラとドルトンは打ちひしがれ、多額の借金を背負うことになったヴィーロは、学園にいる間の彼女個人の使い走りとなることで、借金をチャラにしてもらうことになった。

「やりすぎたかしら？」

「いいのですよ。セラ様も気を抜きすぎぎです！」

エレーナの呟きに侍女のクロエが当然だと擁護する。

そんな純真なクロエの姿を見て薄い笑みを浮かべていたエレーナに、こっそりと近づいたアリアが耳元で囁いた。

「エレーナ。いかさましてたでしょ」

「ふふ……内緒ですよ。砂漠の方々に教えていただいたのです」

どうやらアリアが一人で行動していた間にエレーナも学んでいたらしい。

それに気づいて溜息をついたアリアは、気が抜けて随分と可愛らしい笑顔を見せるようになった〝友人〟に小さく微笑んだ。

「まぁ、ほどほどにね」

あとがき

初めましての方は初めまして。シリーズ既読の方は毎度ありがとうございます！　春の日びよりです！

今回からいよいよ最終章、その前編となります。ちょうど良いところで区切れなくて、次回はかなりのボリュームになると思いますので、お楽しみに！

今回はウェブ版でも度々ご質問をいただいていた回になりますが、その多くがビビはどうなったのか？　コレットはいつからああだったのか？　その二点になります。

今回でその答えを示したかったのですが、謎解きとミステリーを重視した結果、また曖昧なヒントだけを加筆した感じになって申し訳ありません。

あとがきから読む方もいるかもしれないので、ネタバレも最小限にしますとあまりお話しもできないのですが、コレットに関しては初めからです。答えを知ってから台詞を読み返すと、そんなふうにも感じられる作りとしました。

ビビに関しては後編でも出番を作りたいなぁ……とか思ったり。

悪魔を敵役としたのは、アリアとカルラがもう人間の中で最強に近くなっているせいです。強さ的には属性竜が最強なのですが、二人には搦め手で攻めてくる自分よりも強い相手とどう戦うかが見所となります。

あとは単純に、私が悪魔好きなのもあります（笑）
この作品は、基本的には子どもを主人公にしながら、読者層は少し高めを想定しております。そのせいで書籍は発刊できても、若い方をターゲットとしたランキングや人気投票的なものにはまったく載らない謎作品と化していますが、幸い、読んでくださる読者様には様々な年齢層の方がおられるようで嬉しいかぎりです。
年齢や性別によって好きな展開が違い、前巻は不評と好評がかなり入り交じりましたが、基本的には初期のプロットのまま進めています。
前半が修行回で徐々に強くなり、後半はその強さを見せつけつつ強敵と戦う感じです。それも最終的にラスボスであるカルラがいてくれるからこそ出来ることですね。

今回もイラストはひたきゆう先生で、美麗な絵を描いてくださりました。

わかさこばと先生のコミカライズも第二章に入って盛り上がってまいりました。

次回はいよいよラスボス、カルラとの最終決戦です。各自がどういう結末を辿るか、お楽しみにしてください。……もしかしたら書籍で後日談も続いたり？

それではまた次巻でお目にかかれることを祈って、本書を置いてくださる書店様と、手に取ってくださる読者様、それとすべての関係者様に最大級の感謝を！

アーリシア(偽聖女)

愛称はリシア。『転生者の女』の魔石の欠片を偶然手に入れ“乙女ゲームの知識”を得た。加護【ギフト】は、無意識に周囲の人間の好感度を上げる『魅惑』。幼少期に愛を与えられなかったことから、愛されることだけを目的として攻略対象たちを篭絡している。その妄執は、自身や周囲の最終的な破滅すらもいとわない程。

ミハイル・メルローズ

メルローズ辺境伯家の嫡男。血縁的にはアリアの従兄弟にあたる。王太子・エルヴァンの側近だったが、袂を分かちエレーナの側近となる。本来は攻略対象の一人であり、現在も孤独に戦うアリアのことを支えたいと密かに思っているが、なかなか相手にされない。

コミカライズ第20話　試し読み

漫画 **わかさこばと**

原作 **春の日びより**
キャラクター原案 **ひたきゆう**

第20話
ガラ ガラ ガガラ ガラ ガラ…
ガラ ガラ ガラ ガラ ガラ…
もう少し かかりますか？
！
ああ もう少しさ……

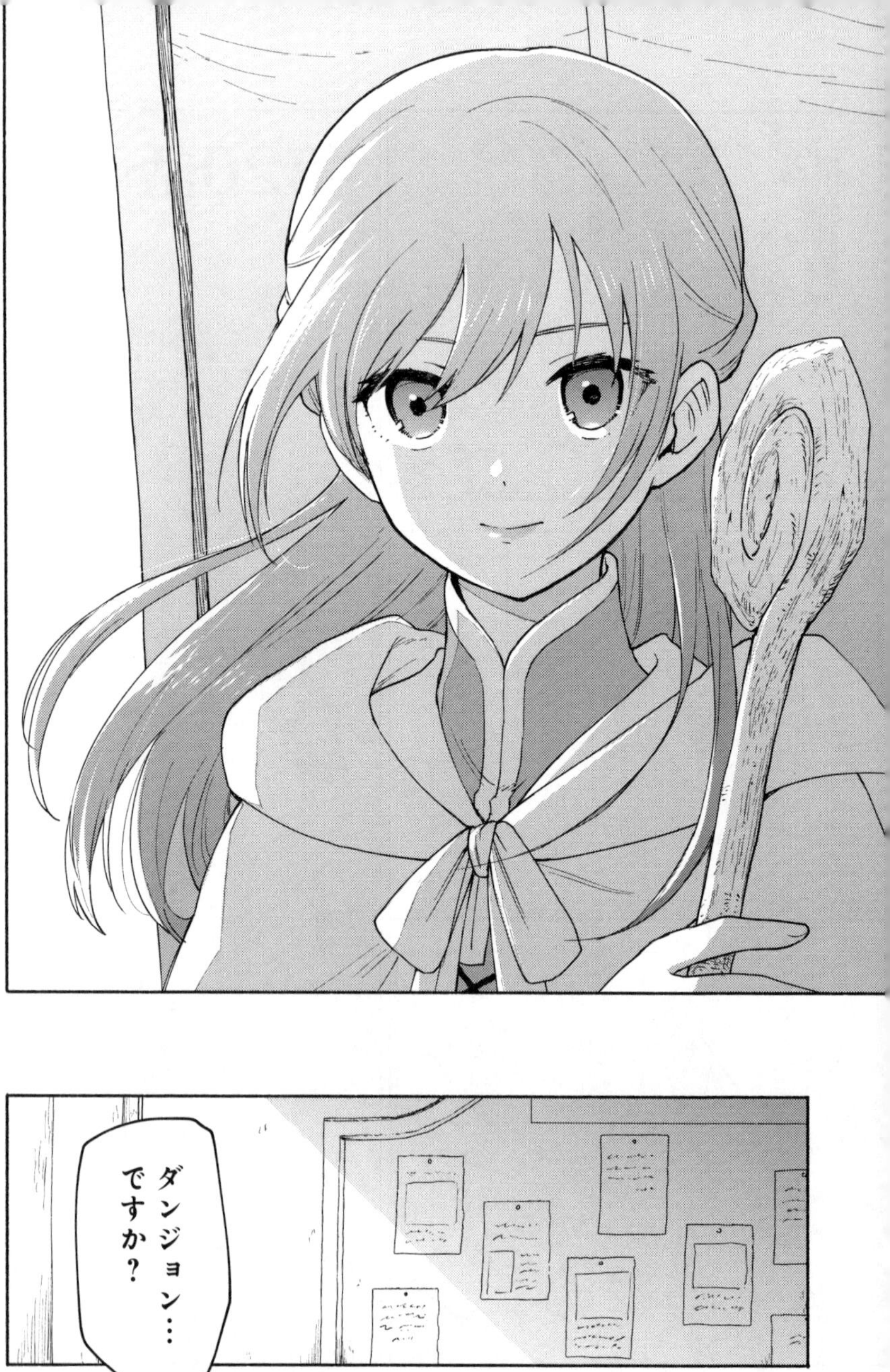
ダンジョン…ですか？

冒険者になるくらいなら興味はあるだろ？
試しに俺たちと潜ってみないか？
でも…
攻略には知識も道具の準備も必要だし
新人だけじゃ簡単には潜れないよ
俺たち冒険者歴長いんだ
君を守りながら潜るくらい朝飯前さ
結構いい機会だと思うんだけどどうかな？
………
コクンッ…
！
よし！それじゃ馬車を手配しておくよ
タグもらってきました
じゃいこうか
──『ダンジョン』

それは魔物が取り憑《つ》き一体化した遺跡や迷宮を指す
ダンジョンは魔物そのものなんだ
人や他の魔物を呼び寄せて殺し合わせてる
そこに迷い込んだ生き物の生命力と魔素をより効率的に得るためにね
ダンジョンが得るのは生命力だけじゃない
死んだ生き物から思念を吸収して人間がほしがる『宝物』を生成する
それを餌《えさ》に俺たち冒険者はこうして吸い寄せられてしまうってわけだ

それに最大規模のダンジョンでは人の残留思念が精霊になって
最奥部まで辿り着いた者に【加護《ギフト》】を与えると言われている
こっちだよ
夢があるよなぁ
まぁこのダンジョンは中規模だから精霊なんていないけどね
…そうなんですね
アーニャ……
年は12歳
聖教会以外では見るのも珍しい光魔術師
そしておそらくは良家の生まれだろう
はい
そこ段差気をつけて
恰好や仕草がそれを物語っている

この娘は高く売れる
もうあの街で仕事をすることはできないかもしれないが
はい お茶
ありがとうございます
馬車代を出してもアーニャひとりで充分な稼ぎになるはずだ
俺たちはあの街で悪い意味で有名になってしまった
それもこれもあいつを仕留め損《そこ》ねたせいで——
だから女を売ろうなんてせずいつものように殺して金だけ奪えばよかったんだ!!

まさかあの傷で生きてギルドまで辿《たど》り着くとはな……
結局その女も男を逃がすために死んじまったしな
今までが上手く行きすぎていたんだ……
そろそろこの街も潮時《しおどき》か？
これ以上目立つと盗賊ギルドから粛清《しゅくせい》されるぜ
場所を移すのはいいが金足りるか？
お前は金を使いすぎなんだよ
ギルドへの上納金は払っているのか？
どちらにしろもう少し稼がないとキツいな……
新人冒険者を殺しても稼ぎはたかが知れている
やはり女子どもの誘拐が1番稼げるが
俺たちの腕じゃ傷つけずに捕らえるのは難しい
痕が残る怪我をさせれば金額は下がっちまうし
冒険者に本気で抵抗されたらこの間のように殺してしまう可能性もある……
――なぁあんたら

!?
おっと 待ってくれ・・ 俺は同業さ
眠り薬は要らんか？
ここのギルド支部に払う上納金が少し足りないんだ
安めでいいから買い取ってくれると助かるんだが……
銀貨3枚は痛い出費だが傷を残して医療費を差っ引かれるより遥かに安い
念のため少し効果を確かめたが確かに本物だった
これを使うなら確実に稼げる獲物を探さないと――

こっちだよ アーニャ
この先に いい狩り場が あるんだ
他の連中には 内緒にして くれよなっ
俺たちを警戒した 受付嬢から 忠告されていた ようだが
世間知らずな 彼女《アーニャ》とは 齟齬《そご》があったようで こうして連れ出す ことができた
今回は 睡眠薬もある
絶対に無傷で 攫《さら》ってみせる
だが……
…少し慎重に なりすぎたか？
昼の食事にも 飲み物にも 少しずつ薬を 混ぜて 与えているが
アーニャに 変わった 様子はない

睡眠薬は一度に入れすぎると死んでしまう危険がある
薬を盛るのはあいつの役目だが……
彼女に気を遣いすぎて失敗したのか？
イラ
イラ
さっきからやたらとアーニャの気を引こうとしてるし
……まさか〝本気〟じゃないだろうな……？
女好きな奴だが子どもに興味を持つ趣味はなかったはずだ
けどあの様子……
……どこまで本気だ？
アーニャは可愛らしいが目が眩むような美姫《びき》じゃない
物静かで愛嬌《あいきょう》があるわけでもない
この小部屋前は宝があったんだけどなー

だが彼女は
確かに何かを
持っている
まだ子どもだと
わかっていても
人を惹きつけて
離さない何か――
妖《あや》しい〝魔性〟を
秘めている
イラ
イラ
まさか
こいつも!?

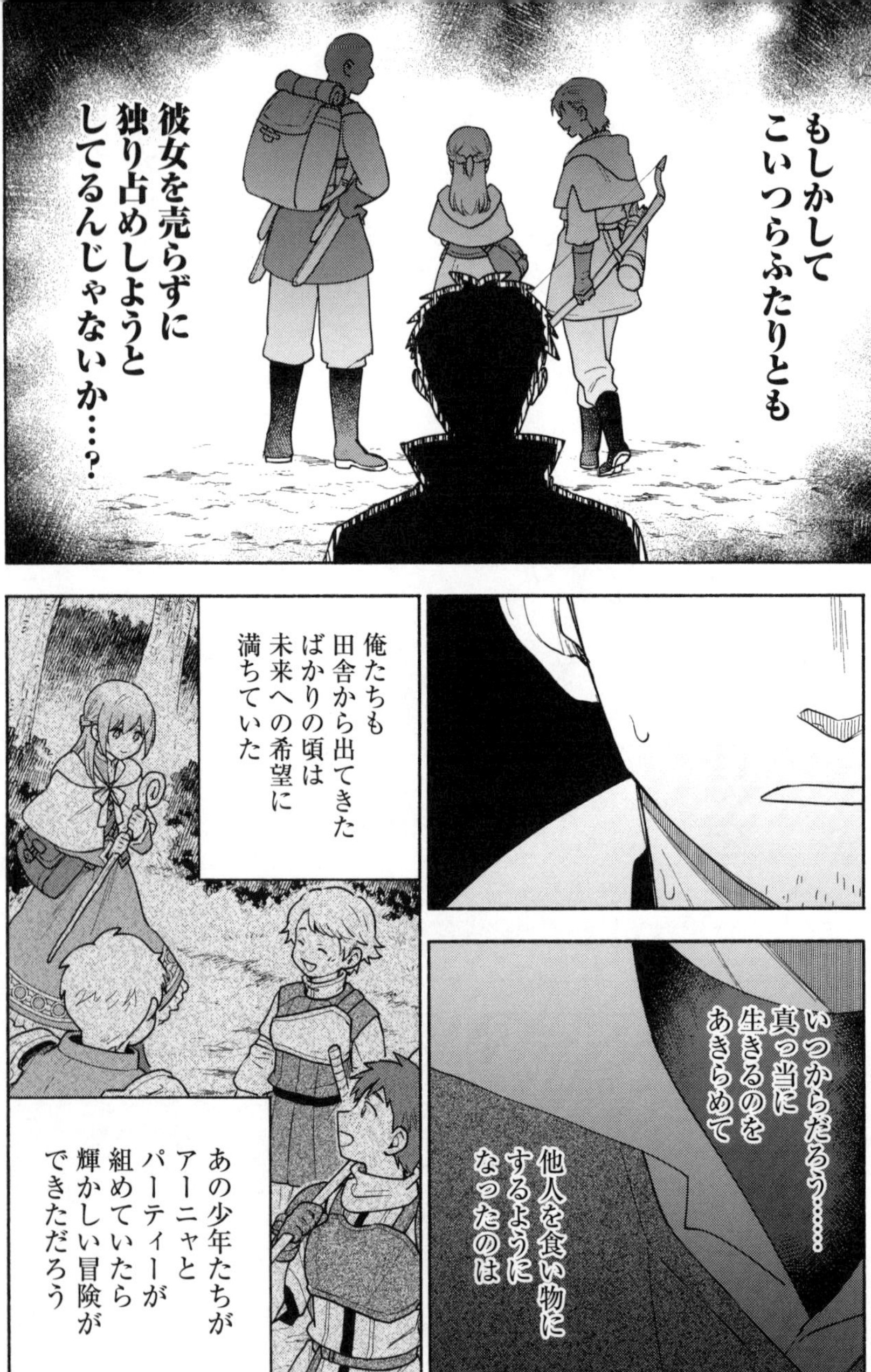
もしかして
こいつらふたりとも
彼女を売らずに
独り占めしようと
してるんじゃないか…？
いつからだろう……
真っ当に
生きるのを
あきらめて
他人を食い物に
するように
なったのは
俺たちも
田舎から出てきた
ばかりの頃は
未来への希望に
満ちていた
あの少年たちが
アーニャと
パーティーが
組めていたら
輝かしい冒険が
できただろう

ハァ…
ハァ…
だが今の
俺たちでは
それはもう
叶わない
汚れてしまった
俺たちが
アーニャといても
輝かしい未来は
訪れない……
けど
本当にそうか？
3人では
だめだ
でも
・・・・
ひとりでなら？
ハァ
ハァ
ハァ…
そうだ……
まだ遅くない……
ひとりでなら
やり直せる
俺だけなら
アーニャと
人生をやり直せる
ハァ…
ハァ…
ハァ…

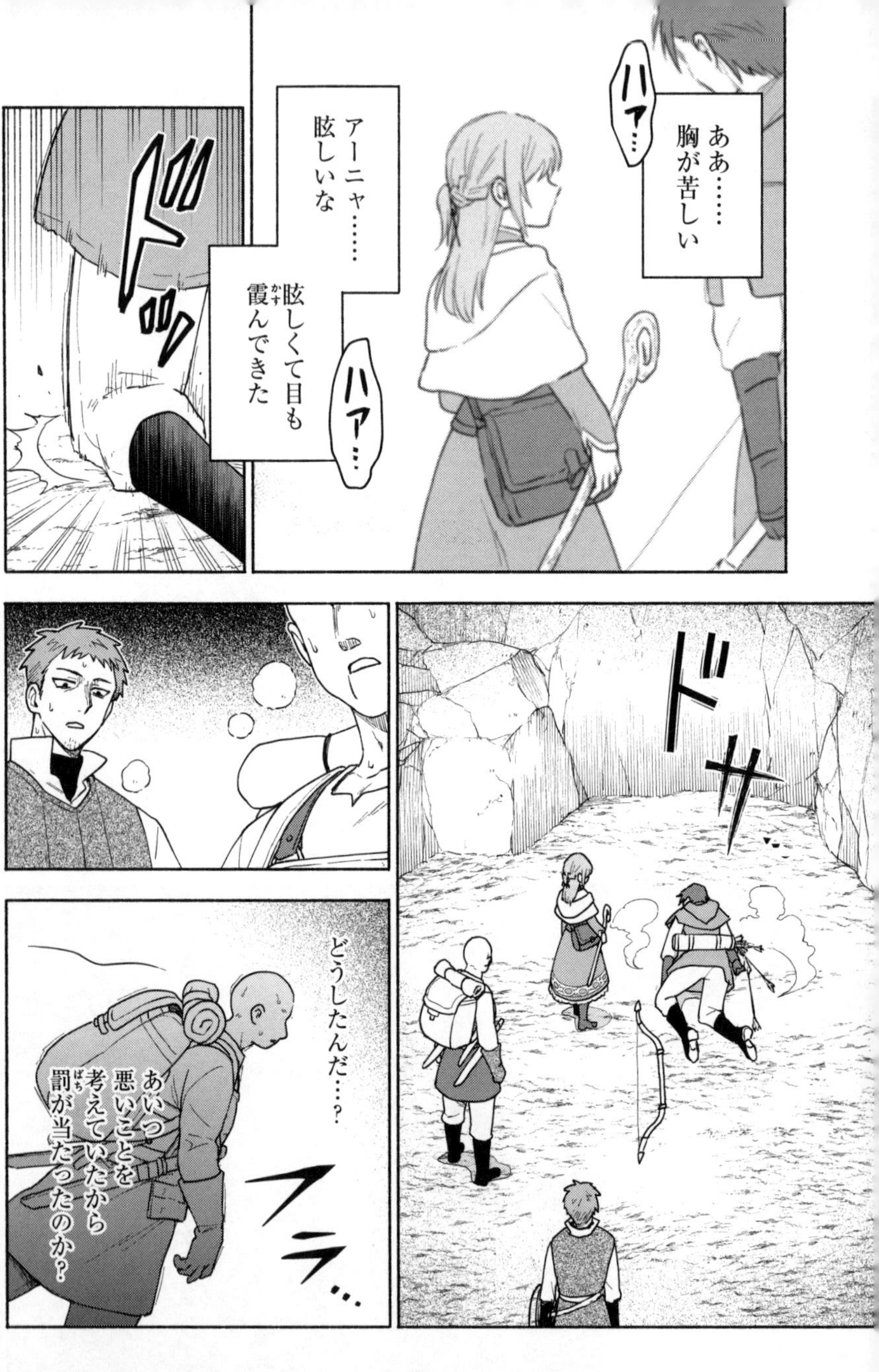
ハア…
ああ……
胸が苦しい
ハア…
アーニャ……
眩しいな
眩しくて目も
霞《かす》んできた
ドサ…
どうしたんだ…？
あいつ
悪いことを
考えていたから
罰《ばち》が当たったのか？
フラ…

ズシャッ
…そうか……
こいつも悪いことを考えていたのか
神は見ていたんだ
アーニャを独り占めしようとする薄汚いこいつらに罰を与えて
俺に人生をやり直す機会をくれたんだ
なあアーニャ――

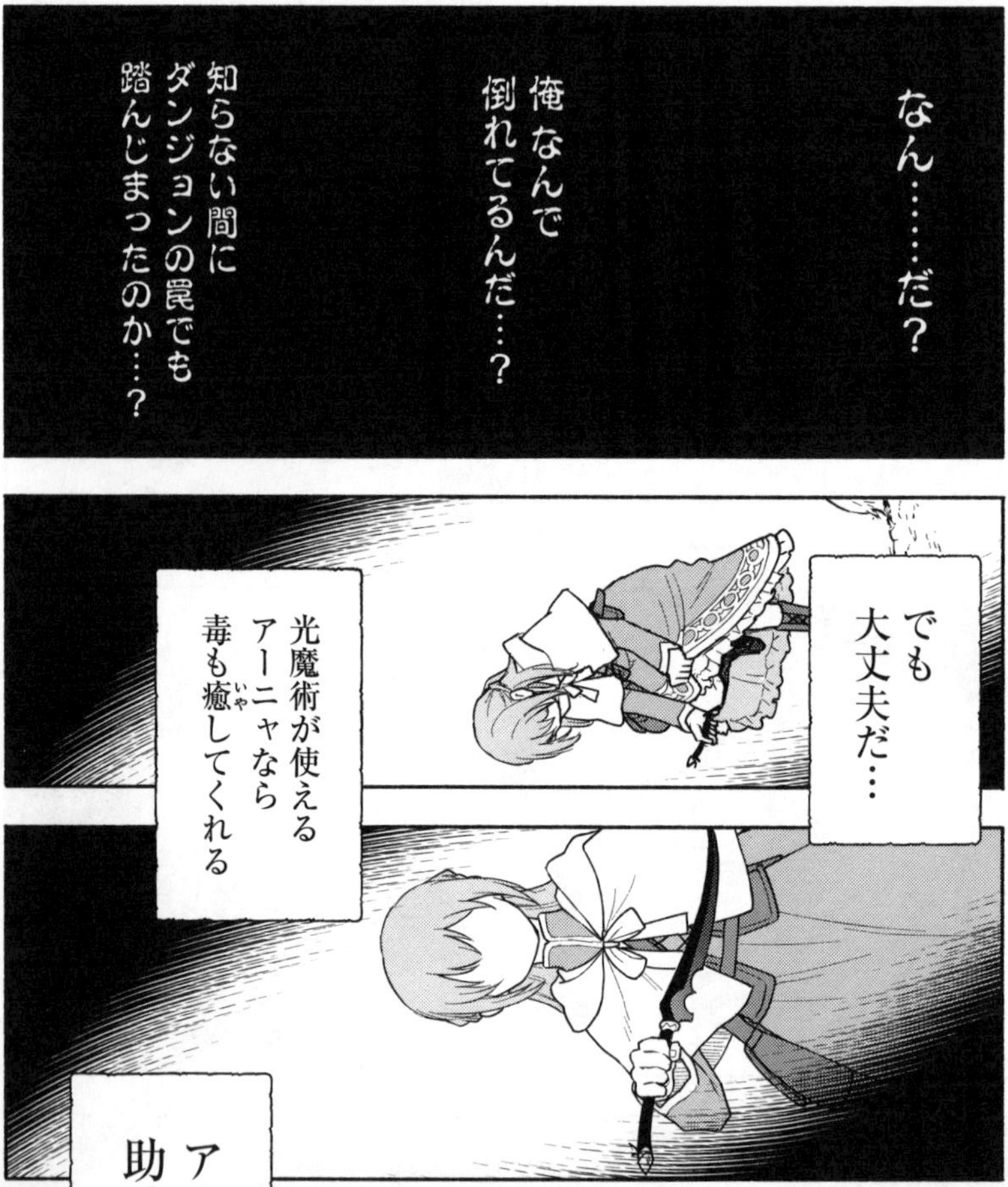
なん……だ？
俺なんで倒れてるんだ…？
知らない間にダンジョンの罠でも踏んじまったのか…？
でも大丈夫だ…
光魔術が使えるアーニャなら毒も癒《いや》してくれる
アーニャなら助け……

──任務完了
あとは
こいつらのタグを
依頼主に渡せば
達成の証拠として
充分だろう
死体の処理は
魔物に
任せればいい
キラッ
さて──

ガッ
そろそろ出てきたら？
…おっかしぃなぁ
隠密には結構自信あったんだけど

いつから気づいてた？
昨夜の教会から
初めからかよっ！うわぁ自信なくすなぁ
自信は持っていい
ちゃんと隠れていたから
それでもヴィーロほどじゃない
それに技量があるせいで私の目にはちゃんと〝人の形〟に視えていた
はぁー…
ガキに言われてもなぁ……
──じゃあ今の攻撃をどうやって察した？

いくら気づいてても突然攻撃されていきなり躱《かわ》せるかぁ？
それよりもどういうつもり？
まさか〝挨拶《あいさつ》代わり〟……なんて言わないよね？
まさか
スラッ
キーラからの依頼だ
お前を痛い目に遭《あ》わせろってよ
あいつはディーノに睨まれて動けないから俺が代わりってわけだ

なんだ灰かぶり
驚かねぇんだな？
俺結構『人の好いお兄さん』を演じてただろ？
ガイこそ驚かないのね
最初から私の性別に気づいていた？
おう
お前さん まともな恰好だと すげぇ化けるな
それにしても あっさりやりやがったな
毒を盛ったはずが 自分たちが毒を盛られちゃ世話ねぇぜ

つはよう――!
2024年
発売予定!

乙女ゲームのヒロインで最強サバイバルⅧ

2024年7月1日　第1刷発行

著　者　春の日びより

発行者　本田武市

発行所　TOブックス
〒150-0002
東京都渋谷区渋谷三丁目1番1号　PMO渋谷Ⅱ　11階
TEL 0120-933-772(営業フリーダイヤル)
FAX 050-3156-0508

印刷・製本　中央精版印刷株式会社

ISBN978-4-86794-216-1

N
W
E
S

9784867942161
1920093012720
ISBN978-4-86794-216-1
C0093 ¥1272E
定価：
（本体1,2
TOブ

Story

魔族との激闘から数週間。
アリアはエレーナとともにクレイデール王国への帰還を果たした。
魔術学園も再開されてまた以前のような日々が始まる——
と思いきや、二人の平穏は長くは続かない。
したエレーナを狙った攻撃は激化する一方
る王太子らの策略はとどまるところを知らず。
た悪魔の学園と王宮への
たのだ！
誰が敵かもわからない状況において、
り。
かるものは斬り捨てる。
せるシナリオで、
が煌めく！
壮絶＆爽快な異世界バトルファンタジー第8巻！